小説

学校をつくろう

白石 良 *Ryou Shiraishi*

元就出版社

【この物語はフィクションです。文章中に実在する人名・学校名・地名などと同一あるいは、類似の呼称が登場したとしても、それは純粋に偶然の一致であり、作者の意図したものでないことを明記しておきます】

小説　学校をつくろう——目次

PARTⅡ

PART Ⅲ

毎日の記録

12月20日 金 曜日	天気	くもり	日直	ハルカ		検印

（月・週の目標）

風邪をひかないように気をつけましょう。

在籍	出席	欠席	遅刻	早退	入者退名
28名	名	名	名	名	

欠席者			遅刻者	早退者
片岡さん	病 事 不	病 事 不	山田くん	
	病 事 不	病 事 不	広瀬くん	
	病 事 不	病 事 不		
	病 事 不	病 事 不		

（註）欠席事由　病（病気）事（事故）不（不明）の該当項目に○印を附す。

学習

時	教科	担任名	内容	宿題・学習状況・反省
1	古典／数III	しま姐／みどり 先生	「笈《おい》の若葉」建部綾足	
2	国表／数C	麻生太郎／長居 先生	「幼年時代」室生犀星	
3	英R	豊能 先生	1年間の感想 It is a dream that keeps us willing, fighting + liv	
4	国表／古典	麻生太郎 ジュンコ 先生	「更級日記」菅原孝標女	
5	体育	とばあば・ヤマD ニャンプイ 先生	バドミントン	
6	大掃除	／ 先生		
		先生		
		先生		

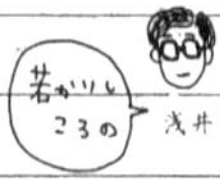

行事・放送

学級活動（H・R）

SEEING IS
百聞は一見にしかず
BELIEVING。

教室（清掃）状況

キレイになった。

イラスト：れーこさん

伝達事項

冬期講習のテキストを必ず買うこと。

明日は9：20登校

感想と反省

今日で高校生活最後の授業が終わった。
長いようで短かった。

小説　学校をつくろう

プロローグ●入学式

今から考えると昭和の末年、大阪の近郊に私立の中高が開校した。

霧生《きりゅう》鉄郎はその第一回入学式の司会壇の上で大きな不安を感じていた。

高校定員二百に対して入学者二百一名。中学百二十に対し百十七名。数は確保できた。

原因は式場を見渡して真っ先に気づくこと。生徒の着ているものがバラバラなことである。

男子は中学時代の制服、ブレザーと詰め襟《えり》が多かったが、セーターやGジャンというのもいた。

ただ男の服装というものはそんなに変わるものではない。「変わる」のは女子である。やはり中学時代の制服というのもいたが、そういうのはごく少数。お嬢様風のブレザーやワンピ、胸の大きく開いたTシャツで谷間らしきものが見えている者、すごいミニスカでパンツが見えかけているものまでいた。

——制服がなかったのだ——

バラバラであったのは服装だけではない。レベルも、である。大学でも同じだが、新設校というものは過去のデータがない――海のものとも山のものともわからないので、どの程度の生徒を持っていけばいいのか、送る側もわからないのである。そのため十段階評定――各教科を1〜10で評価した成績の平均――が10から3までいたのである。

この状態でうまくいくのか？　それよりも当面の入学式が、静かに、何事もなくすむのか？　教員席の方を見ると、創立者であり理事である川下と目があった。川下も同じことを考えているらしい。

式が始まった。入学式のメインは、「入学者呼名」である。ところがこの日の朝になって、校長の押川が指示を出した。

「生徒を人間として尊重するため、生徒を呼ぶときには、君、さんをつけて下さい」

ところが霧生の前任校は男子校である。君、さんなどつけて呼ぶはずがない。さらにこの状態である。

「昭和××年度、入学を許可される者。A組、綾田秀孝。伊吹隆典」

そこではっと気がついた。しかしもうどうしようもない。そのまま敬称なしで突っ走ってしまった。A組がこうなったからには、合わせなければしかたがない。B組担任の小川以降、高校部は全部敬称なしになった。これはこの後、「伝説の間違い」として語り継がれることになるが、おかげで高校の敬称の話はそのまま消えてしまった。

式が終わり、新入生と保護者を教室に入れ、担任が話をして、とりあえず初日は「無事に」終わった。新入生の方もさすがに緊張していたからであろう。そして霧生が職員室に帰ってくると、英語科の大ベテラン、太田がやってきた。

「よう間違うてくれた。高校に君、さんはあわんで」

そして次の日がオリエンテーション、日曜をはさんで翌日から授業が始まった。

まず起こったのはケンカ。ランク決め——昔の学校ではあったようだが、最近は聞いたことがなかった——である。太田が、

「サル山のサルといっしょや」

そして五日目、A組で長ランを着て格好だけは勇ましかった生徒が、B組のキョウカにやられた。どうもA組の方が、「ケンカしよか」と言っていって、逆に一発でやられたらしい。霧生が話を聞くと、本当に泣きながら、

「痛いけど、それより負けたんがイヤや」

そこで翌日、校長が一限目の授業をつぶして体育館で学年集会を開き、全員に注意をした。それでケンカはピタッと収まった——というとすごいのだが、実はその時にはもうランキングができあがっていたのだ。そうするとベテラン組にとっては楽である。誰がランキングが一番上なのか、オピニオン・リーダーなのか見抜いて、その人物を味方につければいいのである。

PART I

開校前夜

話は少し戻る。十年ほど前のことである。

長期のアメリカ留学から帰ってきた川下勝は、県庁所在地の市で、ある宗派の教会を主宰していた。日曜日の礼拝の後、古い信徒の人が集まって話をしていた。

「先生は、アメリカで、教育の方をご専門にされたとか」

「そうですよ」

「むかし――そうですね、戦前からですが、この県にうちの宗派の学校を作ろうという話がありましてね。戦後も何回か計画はあったんですが、そのつどだめになりまして。何とかできないものですかねえ」

「それはすごいですねえ。うちの宗派としても、由緒のある県でしょ。できたらいいですねえ。

でも、べつの宗派の名門校もあるでしょ。今から、どうやろか」

この時の話はこれで終わってしまった。しかし、「学校を作る」という話は、川下の心に残った。

八十年代になった。川下は、依頼されて、県北地域に短大を設立した。川下自身は経営には関係していなかったが、

「この短大が将来の中高のきっかけになるかもしれない」

「もし中高ができたら、この短大を返してもらって、吸収しよう」

そう思っていた。

そうした折も折、県が、南部地域に私立の一貫教育の中高、それも京大、阪大、神戸大という、いわゆる「京阪神」を目指すような進学校を設置したい、という構想を持ったのである。そう考えたのは、この県にはもともと私学が少なく、「私学不毛の地」とまで言われていたからである。他府県の私立へ千名を超える生徒が「流出」してしまっている。それを何とかして県内にとどめたいということであった。

この構想が打ち出されると、すぐにいくつかのところから申し出があった。ところがなかなか納得できるようなところがなかった。

これはチャンスだと考えたのが川下である。ある日、県庁に知事を訪ねた。この知事はのちに国会議員になり、与野党の離合集散の中で新党を立ち上げ、連立内閣に参加し、副総理までいく人物である。

「私たちにやらせてくれませんか」

「宗教の方が学校をされるというのであれば、どこから見てもおかしくないでしょう。それは結構なことです。県としては力になりましょう」

こうして話は進み出した。


しかしなぜこの時期に新設だったのか。

当時不思議に思われたものだった。第二次ベビーブームの影響によって確かに高校生は増加していたが、九二年の十八歳人口二〇四万九千人、高卒者一八〇万七千人をピークにその数は減少に転ずることがわかっていたからである。

こうした「激減期」は、第一次ベビーブームが終了したあと、昭和四十年代にも起こっていた。その時は高校進学率の上昇でのり切ることができた。しかし高校の義務教育化が言われて久しい時である。大阪府は八八年度入試から、私立高校に対して、それまでの「定員を割ったら補助金を削減する」方針を、「定員を超えたら削減する」に変更した。私学関係者の間では、「公立が定員を減らしてくれたとしても、つぶれるところが何校か出るだろう」

根拠は人口のドーナツ化現象だった。このころ土地の値上がりは天井知らず。土地転がし、地上げなどが横行、大阪の北郊で一戸建てを手に入れようとすれば、大規模開発のさきがけとなった千里ニュータウンは、すでに青山台などの人気地区が坪当たり三百～四百万くらいになってしまっていた。

さらに千里は開発が古かったため一区画の単位が百坪平均であり、一般のサラリーマンには手の出ない状況。その後に開発されたもう少し一区画の面積が小さい高槻の南平台、茨木のサニータウン、兵庫県になるが能勢の日生ニュータウン、宝塚の奥あたりしかなかった。

　そのため人々は、その兵庫をはじめ京都、滋賀、奈良、三重など、外へ家を求めつつあった。そのあたりなら、たとえば滋賀県、大津インターのすぐ下、駅からは徒歩十五分から二十分くらいはかかるが、中学校のすぐ隣の新興住宅地で、坪当たり六十万円であった。このころ、滋賀県の野洲、名勝近江富士のすぐ下から大阪の茨木へ通勤している人が、

「二年前、引っ越したころは、電車は野洲始発じゃなくても座れた。ところが今は、始発でも少し前に行って並んどかんと、座れん」

　そしてこの学校が開校しようとしていたのはそのまっただ中。経済企画庁が二〇一〇年になっても人口が増え続けるとした、全国三地域の一つだったのである。


　ところが最初からつまずいてしまった。

　翌年開設された設立準備室の室長は、当然川下である。ところが川下は忙しすぎて実際には動けない。そこで実務は、室長補佐という肩書きで、同じ宗派の西宮の方にあった学校で教頭をしていた川淵――この人の兄は同じ宗派の布施教会の主任であり、川下とも信頼関係で結ばれていたので、開校時は校長に就任することが予定されていた――が担当していた。ところがわずか半年後、川淵は仕事から帰った後、夕食中に動脈瘤破裂で倒れた。救急車で病院に運ばれたが、そのまま意識を回復することもなく三日後に亡くなってしまった。川下の日記。

「川淵先生倒れる。どうしたらいいのか。学校はどうなるのだろうか」

「川淵先生本日ご逝去。とにかく後任を考えなくては」

後任はやはり信徒でなければならないだろう。そして教育関係者。白羽の矢がたったのは、京都の南の方で私立の中高の副校長をしていた押川であった。

その年の十一月、学園の第一回設立発起人会が開催され、十二月には設立認可申請書を県に提出、設立のための動きは本格化した。

同じ宗派の信徒である霧生が、川下から中高を作るから手伝ってくれと声をかけられて、大阪の男子校から移る気になったのがこのころであった。

ところが二つ目の問題が起こっていた。

学校を建てる、特に私立の場合、まず重要なのが、どこに建てるか――立地条件――である。そこで県が中に入って、県第二の都市で将来ＪＲの新駅の構想があるというところの山側――県の種鶏場があって、移転する予定になっていた――が候補地として上がってきた。新駅から徒歩十五分である。

しかし地元が反対した。聞いてみると、ずいぶん以前からここには県の文化芸術会館を誘致することに決まっていたのである。それを知らなかったのだ。市長から連絡を受けた川下、

「それじゃあ空中分解ですね」

「いや、『下りてくれたら、地元は責任をもって学校の予算に合うものを提供する』と言ってますので、一度地元の人と会ってくれませんか」

そこで出てきたのが、最初の土地のさらに山手の非常に広大な山林と、ＪＲをはさんで反対側にある田んぼの真ん中のため池である。

ところが山手の方は駅から遠いのである。新駅ができたとしてもバスで十五分。できるまで

はとなりの駅から三十分。

「高速のインターもできるらしいし、車なら文句ないんだが」

規模の大きい学校ならば、バス会社と提携してスクールバスでも出せるだろうが、はじめは三百二十名である。

一方、ため池の方は、駅ができるまではやはり路線バスで近い方から十五分、別の駅からは二十五分ほどかかるが、できたら徒歩十分である。見に来た川下が即決した。

「もう、これでよろしいですよ」

ただしその一か所では、今度はせますぎて設置基準を満たせないので、少し離れたところにある別のため池の跡地を合わせて購入することにした。

しかし山手の土地も惜しい。

「野球場と、クラブハウスと、研修施設を作ったらどうだろうか」

こっちも売ってくださいと頼んだ。

「先生は安くしか買わんから、かなわんわ」

土地の購入価格が坪七万だったのである。元の地権者の一人であった不動産屋は、

「その値段はおかしい。一平方メートルの間違いと違うか」

結局あきらめた。そして後の話であるが、学校が開校してから六年後、ここには京都の大学が進出してくることになる。

ところが購入してから土質調査をすると、ＰＣＢが検出された。すぐ近くにあった元の持ち主のコンデンサ会社が、絶縁体として使用していたＰＣＢを投棄していたのだ。もちろんＰＣ

Bが投棄されているからといって、掘ったらPCBのカ、タ、マ、リ、が出てくる――はじめのころ生徒でもそう信じているものがいた――わけではない。PCBの混ざった土が埋められているのだ。今日なら全部取り除いて焼却処分などができるのであるが、当時はまだそんな技術はなかった。そこで学園は県と環境庁に相談、池の底をコンクリートで固めてその部分に汚染された土を移し、二重に遮水シートをかぶせ、その上に土を一メートル以上積む、という封じ込め工事を行うことになった。

しかしそういう進学校ができるということになると、前からある学校が反対する。特に中学校に対する反撥がきつかった。

「頭のいい子だけ集めてするのだろう。それは差別だ」

それにこのPCBの件である。県教組を中心に、他の私学を含めての反対運動が起こった。さらにこれはどんな場合でもあるのだが、工事車両の通行に対する地元住民の反対である。県道から約二百メートル。二車線の道路はあったのだが、それが学校の南側にある住宅地へ通じる道路だったのである。それで着工が大幅に遅れた。押川は、「間に合わなければ仮校舎で行く」と十月ころにはまだ強気であったが、県が設立認可を断念、設立は一年延期されることになった。

ただこの一年遅れたのが、はたして悪かったのかどうか。

霧生はこのぶんでは教員の方も集めきれていないだろうと思った。そうすると開校した時のシステムはどうなるのか。通常、「学則」とか「内規」などというものは、一部は生徒手帳などに載っているものの、全文は見ることができない。部外秘のものもある。そして室長補佐の押川は「現職」ではない。それに気がついた霧生は、一年かけて、自分の学校の教務関係の資料を集めまくった。

その中には、学則はもちろん、出欠について、成績評価について、単位認定についてなどというマル秘のものまであった。さらにこの年、霧生は高三の担任であった。高三所属の場合、入試説明会に参加するために大学を訪問したり、合同説明会に出ることが多い。そこで川下に頼んで「設立準備室所属」という肩書きと名刺をもらい、説明会で配った。

しかし開校延期決定から一ヶ月もたたないうちに、工事用道路は学校の北にある大きな道から田んぼの中の農道を五百メートルくらいにわたって拡幅して通す、ということで合意が成立、工事は一気に進みはじめた。

それと並行して川下は、自分の宗派に、新中高をその宗教立の学校として認めてくれるようにと働きかけていた。

私立の学校の経営母体は宗教団体であることが多い。近畿だけで見ても、大学がキリスト教プロテスタントの同志社、関西学院。カトリックの英知、ノートルダム女子。仏教なら龍谷、佛教、大谷など。短大、中高まで入れたらいったい何校あるのか。

ただカトリックキリスト教の場合「修道会」、プロテスタントや仏教の場合「宗派」という「団体」が中心になることが多い。たとえば日本私学屈指の名門上智大学はカトリックキリスト教の「イエズス会」という修道会、京都の名門龍谷大学は浄土真宗本願寺派（西本願寺）、大谷大学は大谷派（東本願寺）が母体である。

しかしそうならなかった。宗派が自分の方から作ったのなら問題ないのだが、この場合、川下が中心となって、信徒から出資者を募っての設立だったからである。そのために承認が受けられなかったのである。

いや正確に言うと、「共同出資」だったからなのではない。設立の中心となった川下と宗派上層部との関係であった。

米国留学から帰国した川下は、最初のころ、宗派の近畿地区長からの信頼と依頼により、当時日本にはまだそれほど存在していなかった身体障害者療養施設の設立と経営を任されていた。それが地区長の交替により一転、宗派とまったく関係のない他の団体への無償譲渡となったのである。

「信徒の愛のホームとなることを願って資金を寄付してくれた人々への裏切り行為であり、背信行為だ。まったくファシズムだ」

川下の抗議は一蹴された。それは在任中事もなく安穏でありたいとの新地区長の路線変更であった。またこの川下という人物、確かに「宗教家」ではあるのだが、実業家でもあった。大学時代、バザーなどのイベントがあると、非常に上手に利益をあげ、そしてほとんど金を持っておらずいつもピーピー言っている仲間の学生を連れて、「打ち上げ」に出かけていった。

つまり新地区長がそうした「実業家」川下を使いこなせなかったということなのだ。そして何度申請を出しても新地区長は認めようとはしなかった。

しかしそうした「政治的」事情には拘わりなく工事は進んでいった。設立準備室は間借りしていた川下の教会の付属幼稚園の一室から、現地のプレハブに移った。

そして三月末、埋め立ての終わった池の跡で地鎮祭が行われた。この日、霧生がタクシーを降りると、工事現場の回りにたくさん人が集まっている。

「えらいたくさんいるな」

近づいてみると、みな黄色いはちまきをしてゼッケンをつけている。

「なんだ、反対派の人か」

主として組合の人々である。五十人ほどもいたであろうか。霧生も「反対」のビラを渡された。開祭の十五分ほど前には、「街宣車」もやってきて、シュプレヒコールを繰り返していた。ただ昔のように「実力阻止」などということはなかった。反対派の人々も開祭時には帰り、式は滞りなく行われた。

「抗議行動」とも言えるものはこれだけで終わってしまったらしい。だいたいこの当時国民の大多数が「中流意識」を持ち、「格差」はほとんど見られなくなっていた。それでこの前後から組合の組織率は急激に低下していた。一般の組合員は、上部団体から「最低何人出してくれ」と言われるから、順番でしかたなく行くという状態だったのである。

この時、創立の中心メンバーがはじめて顔を合わせた。創立者で理事の川下。理事長の中田。この人は元の県教育長。校長の田中。前年まで県北地域のトップ高の校長だった。このあたりは県との関係で、川下に言わせれば「受け入れなければならなかった」人物。高校教頭の川下進。いつも飲みすぎのような赤い顔をしていたが、創立者の川下の兄で、京都で公立の先生をしていた。中学教頭の押川。事務長の津島。そして霧生である。

十月末。一年遅れで学校は寄付行為の認可と中学校・高等学校の設置認可を受けた。要するにこの時点で正式に設立が決定したのである。

これが出ないと募集活動は行えない。さっそく翌日、地元の中学校の先生対象の説明会が県庁所在地の市の貸ホールで行われた。

田中校長の説明――設立に至る経緯とか教育方針、どんな生徒を送ってほしいか、入試のやり方とか――は、別に問題なく終わった。そして質疑応答である。

「さきほどこのホールではタバコはご遠慮いただきたいと司会の教頭先生がおっしゃいましたが、それだけ我々の健康のことを考えてくださる学校さんが、なぜＰＣＢの上に学校を建てようとなされるのですか」

学校の先生にはヘビースモーカーが多い。そういえば職員室が禁煙の学校など見たことがない。この先生も禁断症状が出かけているのかもしれない。しかしこれをきっかけに質問はＰＣＢ問題に集中した。

「ＰＣＢ処分地であることを知っていて購入したのではないか」

「封じ込め以外の方法はなかったのか」

「将来的に安全なのか」

結局、一番大事であるはずの質問――学校の教育そのものについて――はなかった。

「なんやねん、組合の団交やないか」

二週間後、今度は駅前のホテルの宴会場を借りて、最初の保護者対象説明会が開かれた。この時、同時に神戸にある日本屈指の進学校の元校長を招いて、講演会も行われた。

ところで大阪、兵庫、京都の私立高校は、一次入試の日程は協定で同一日になっている。この当時なら二月十五日である。しかし私学を取り巻く状況はずいぶん違う。兵庫のトップは灘、甲陽、六甲である。京都なら文句なく洛南、洛星。大阪では北野、茨木、大手前、四条畷、天王寺、三国丘。大阪だけ公立上位なのである。大阪は昔から商人の町。

「同じこと教えてくれるんやったら、安い方がええ」

そういう考え方なのである。

この時わざわざその兵庫から講師を呼んだというのは、まだ私学が少ない――全日制普通科では六校目だった――この県に、「私学のよさ」をアピールするためであった。ただし参加したのは約三十名であった。

翌十二月。今度は日曜日に学校見学会と入試説明会が行われた。ところが建物の方は完成したばかり。机も何も入っていない。とりあえず「LL教室」「武道場」「体育館」「職員室」という紙は貼ってあるが、それでわかるはずがない。約二百五十名の参加者も場所を確かめただけ。この後引き続き説明まで聞いて帰ったのは、半数以下の百二十名ほどであった。

高校の公式の入試説明会はこれだけであった。田中校長や押川は中学回りを行っているらしいが、はたして受験生は集まるのか。この心配は杞憂に終わった。実際にフタを開けてみると高校は九百二十二、中学は二百十八名。

そして高校は国数英の三科目、中学は国算の二科目で入試が行われた。しかしこういう新設校の常として、専願はあまりいない。併願者があとでどれだけ公立を落ちて戻ってきてくれるか。それが問題なのである。それが入学式の時のあの数字になったのは、単なる偶然だったということはないだろう。やはり入試判定をした人の読みがすごかったのだろう。

開校

四月一日、いよいよ開校である。

しかし。田中校長がいない。さらに川下進高校教頭も。顔合わせの会議の挨拶をしたのは、押川中学教頭だった。

「田中校長先生と川下教頭先生は、ご事情がございまして、三月末日付で退職されました。かわって私が校長に就任することになりました。先生方が本校に来られました事情にはさまざまなものがあろうかとは思いますが、ご縁があって集まったわけですから、力をあわせてやってゆきましょう」

何かややこしいことがあったのか。そうだとしたら三つ目のつまずきだろう。

いたのは、定年後に来たような大ベテランが四人、中堅クラスが霧生以外に三人、あとは若い人ばっかりである。

押川校長の方針の説明が続く。

「生徒の自主性を育てるため、制服は作りません」

確かに大阪の公立などで、「制服なし」のところはある。霧生の出身の大阪の公立高も、霧生の在学中に「自由」になった。

「そういえば、生徒会が同じようなことを言ってたな」

しかし最近は「復活」させてるところも多い。

その後、当面の業務である。

「〈須武田〉先生、入学式と始業式の計画をお願いします。太田先生は時間割を。〈おやじ〉先生の指示に従って小川君、霧生君、〈うーやん〉君、〈トミやん〉君、〈ニャンブイ〉君で高校のクラス編成とクラスの準備を。中学の方は、仰木先生の指示で森泉君、上田君、久野さんでお願いします」

どういう編成にするのか。成績順か、成績上位者を集めたいわゆる特進クラスを作るのか。

「特進は作らず、同じレベルのクラスを作ってください。クラスの名称は、中高ともＡＢＣにして下さい」

クラス分けの基準になるのは入試成績しかない。おやじ先生が合格者一覧表を校長室のロッカーから出してきた。三科目の合計点をもとに、その平均が各クラス同じになるように生徒を配分してゆく。ところが。

男女比が七対三くらいである。↓男子組を作る。

美術・音楽の選択者の割合も七対三くらいである。↓男子組の選択を全部美術にする。

組んでいるうちに変なことに気づいた。生徒の成績が上・中・下位の三グループに完全にわかれてしまっている。ひょっとしてこれが最大の問題ではないのか。

物理的な問題も出てきた。教室の看板が高校の方は１２３組になっている。↓とりあえず紙を貼って、マジックでＡＢＣと書いた。

ところで生徒の名簿というものは必ず男子が先、その後に女子が五十音順に並んでいる。

「生徒の人権の尊重ということでしたら、男女混合名簿にしたらどうですか」

これは当時最も先進的な考え方で、全国的に見ても、実際に実施しているところは高校でまだ数校しかなかった。

「それはおもしろいですね」

体育のニャンブイが言った。

「それはやめてほしいと思います。男女別の授業の時にややこしくなりそうです」

「それもありますね。では一応男女別にしますが、中学の方は女子を先にしてください」

たぶん女子が先の名簿というのは全国でも例がないのではなかろうか。これは宣伝に使えるなと思った。しかし残念なことに、これが新聞に取り上げられて話題になるということはなかった。そしてせっかくの全国初の名簿も三年で消えてしまった。

そのころ太田が困っていた。太田はこの県のトップ校に二十年以上も勤めた英語教育の大立者。県内の英語教師でこの人の名前を知らない人はモグリだと言われるほどの人物である。

「時間割なんて、長いことやっとらんし、作れんで」

霧生は前任校では「時間割係」だった。

「それならやります」

その日の午後、クラス編成作業を他の人に任せて時間割に回った霧生が、誰がどこの組のどの科目をもつのかという配当表を各教科に回していて気がついた。

「国語と理科がたらん」

校長に聞きに行くと、

「今捜してますから」

まだ決まってなかったのである。しかし時間との勝負になっている。決まるのを待っていたら間に合わなくなる。

「とにかく組んでしまう」

その日の夕方である。開校したのだから、新聞に何か載ってないかと事務室に行った霧生が、地方版の小さな記事に気がついた。

『新設校で校長を解任』

「田中校長は理事会と対立、理事会は三十一日付で田中校長を解任」

これが朝の押川校長の話につながっていたのだ。ただ新聞にはそれだけしか書かれていなかった。


翌日から本格的に時間割編成作業が始まった。

「中学の方から、誰か一人回ってもらえませんか」

二人いないとできないのだ。

「お手伝いします」

久野という若い女性の先生だった。どこかの高校で一、二年常勤をしていたらしい。時間割はできあがるまでは伏せておかないと、必ずこうしてほしいと要求してくるのがいる。会議室にとじこもって作業が始まる。太田が、

「時間割編成のコマ、借りてきてあげよか」

「八クラスしかないんですから、それほどのこともないですよ」

時間割のマス目のある箱に科目と名前の書いてあるコマを挿《さ》し込んで作ってゆく、というのが昔の作り方。ところがこれはけっこう間違いが多い。そして必ず途中でひっくり返すのがいる。

「やっぱり紙と鉛筆と消しゴムが一番正確やで」

前の学校で霧生を教務・時間割係として引っ張ってくれた数学の大先生もそう言っていた。この学校は、霧生が二年前、東京のソフト会社に協力して時間割編成ソフトを開発して導入するまで、高校だけで四十クラス以上、先生も百二十人以上いたのに、このやり方でやっていた。それにくらべたらクラス数八、教員数二十一は楽勝である。条件のつく非常勤、そして同時展開——合併授業——優先で入れてゆく。

「音—美のセットから行きます。〈ナナ〉・川辺組。火・木・金だけＯＫ」

霧生が、自分の持っている人物別時間割の、出て来れない月・水・土に線を入れる。

「高一Ｂ・Ｃ、火の一・二限に」

〈ナナ〉と川辺の欄に一BCと書き込む。

「高一Ｂ・Ｃ、火曜一・二限、〈ナナ〉、川辺」

久野が復唱して、クラス別時間割の方に教員の名前を入れる。

「続けて高一Ｄ・Ｅ、火曜の三・四限へ」

「高一Ｄ・Ｅ、火曜の三・四限、〈ナナ〉、川辺。入れました」

こんなやりとりを続けながら時間割が作られてゆく。

一日目の編成が終わった時に、横で見ていた太田が、

「久野さんいうのは、なかなか鋭いコやな。あの時間割のやり方、一発で飲み込んでしもうたで」


ところがこのくそ忙しい時に、英語のうーやんが出勤してきていない。連絡もない。

「春休みと思ってるんと違うか」

月曜日にも出てこない。電話をかけようにも、まだついていない。

「森泉君、君が以前に住んでいたマンションだ。帰りに寄って、明日から出てくるように言ってもらえますか」

それでやっと出てきた。

「やっと片付いたわー」

謝罪の言葉がない。

「変なやっちゃなー」

みんなが思った。

「準備でみんな忙しいんですから、困りますよ」

「すみませんでした」

校長にはあやまった。

六日になってやっと国語の専任が決まった。ところが理科が決まらない。理科は免許は一種

類だが物理、化学、生物、地学と専門がわかれるので、なかなか難しいのだ。

「地学の人が欲しくて、探してるんですが」

七日になっても決まらなかった。

「とりあえず理科を抜いた仮時間割でいきます」

理科の非常勤講師一名が生物でやっと見つかり、その人に地学にするはずだった二時間も持ってもらって生物四単位ということにして、週三十六時間の全時間割が確定したのは、授業が始まってから一週間後のことだった。

授業開始

ふつう新入生は一ヶ月くらい、長い場合は中間考査が終わるくらいまで、「ネコをかぶって」おとなしくしている。しかしこの年は一週間くらいで本性をあらわしてきた。

ナナ先生がはじめて高校に授業に行って、

「驚いてしまいましたー」と言って帰ってきた。音楽の場合、歌う時には立つものである。ところが立たせたらついでに歩き回って、収拾がつかなくなってしまったのだ。

そして休み時間になると、火災報知器の非常ベルがほとんど毎日鳴った。学年主任になった小川と霧生が相談した。

「いっぺん、ほんまに避難させたろか」

ところが待ってると逆に鳴らない。三日くらいたって、昼休みに「ジリリリリリ…」

「よっしゃ、来た！」

すかさず小川が校内放送のマイクを取り上げた。

「ただいま、火災が発生した模様です」

教室の方から、「えーっ」という声が、職員室まで聞こえてきた。

「生徒諸君はただちに第一グランドに避難してください」

どどどどどっ…と廊下を走る音。避難訓練というと、よく教頭先生とかがストップウオッチを持って、「何分何秒かかりました。遅いです」などと言うが、「本物」と思っていたせいか、むちゃくちゃ早く避難完了。集まったところで小川が言った。

「今回は、『誤報』でよかったのですが、実際の火災だったら大変です。絶対にいたずらで鳴らさないように。これからは、鳴ったらこのように毎回避難してもらいますから」

これはけっこう効《き》いたらしい。それからは、わざわざ押すやつはほとんどいなくなった。

壁は穴だらけになった。廊下の教室側の壁は耐火ボードなので、拳で殴るか足で蹴るかして穴を開けるのである。ただしちゃんと確かめてないと、裏に梁《はり》が入ってたりして自分がケガをする。ある程度までほっといて、たくさん穴があいたら校務員さんが張りかえるが、

「どうせ、また殴るんやろから」

コンパネにしてしまった。これは分厚い。きれいになったといってさっそく思いっきり殴ったやつが、逆に骨折してしまった。

いろんな表示板がなくなった。非常口など吊り下げてあるだけのはすぐに消えた。そのうち印刷室とか特別教室、普通教室も見えなくなる。少し後、ニャンブイが停学になった生徒の家

を訪問した。そうしたら、部屋にそういうのが展示してある。「男子便所」まであった。

「これは変態やで」

「これだけは返してもらうで」

「校長室」だった。


先生の周りに寄ってくるのもいる。

霧生のところに来たのはまず同じ信徒の生徒だった。その中にれーこちゃんというにぎやかなのがいた。

「先生んとこの組に、青堀太郎っておるやろ。あれも同《おんな》じ教会やねんでー」

「幼なじみやねん」

「めっちゃかしこいねんでー」

「だから、みんな、『青堀さん』て『さん』づけやねん。私が『タロー』って言うと、『あんた、そんな言い方したら、あかんやん』て言われんねん。でも、『タローはタローやもんな』って言うたら、『うん』って言ってた」（この言い方、現在なら「タメ口《ぐち》」というのだろう。入学当初は敬語の使えない生徒が多かった）

それで状況がわかってきた。まず第一グループ。この学校が「宗教」の学校ということにひかれてきた同じ宗派の生徒。川下の教会の関係といってもいいだろう。このグループはだいたいレベルが高く、出身中学の先生の引き止めるのを振りきってきた者である。次に、田中校長が県の教育界の中では定評のある人だった。県北地域の名門校の前は、西部地域のガタガタだ

った高校を建て直したという実績を持っていた。それで、あの先生が校長ならということでき
た生徒。これが第二グループ。そして公立の先生が適当に送ってきた生徒だった。

川下が、

「大学はいけるか?」

「いいのも結構いますから、いけますよ」

「(進学校として認められるまで)どのくらい、かかりそうか?」

「まず一期生が出て四年。内部一期が出て七年ですか。でも、やっぱし、十年はかかるでしょ
うねえ」

「そうか、十年、かかるか」

そして教師も同じだった。

ある日、霧生が帰ろうとしていると、太田が声をかけてきた。

「駅まで乗せてったげよか」

これがきっかけで、いろいろと教えてもらえるようになった。

「田中先生に(来てくれと)声かけられてな、来ることになっとったんやが、新聞に出る少し
前に、田中先生から、やめることになった、という電話があったんや。それで、わしの方も、
もう勤めんでもええやろ、のんびりでけるな、何しようか、なんて考えとったら、三十日やっ
たかいな、突然押川はんから電話があって、来てくれ言うことになったんや」

教員の方も、川下に呼ばれてきた霧生、小川、おやじなどと、田中先生に声をかけられた太田、

須武田など、そして大学に依頼して紹介してもらった若い先生方の三グループがあったのだ。

新クラス

しかしそういう生徒の状況であると、当然の問題が生じる。

「クラス内で力の差がありすぎて、どこに焦点を当てていいかわからない」

「このままではできる生徒がつぶれてしまう」

とうとう校長が折れた。

「特進クラスを作ります」

先生だけではなく、生徒も喜んだ。

そして連休前、英・数・国の実力テストが行われ、それに基づいてのクラス再編。特進と、それ以外は成績がフラットになるようにして男子組一クラスと混合三クラスが作られた。

この時クラス再編作業を行っていた霧生が、それまでと区別する、また中学校とまぎらわしいという名目で——本当のところは、高校でアルファベットのクラス名はあまりないからというこどだった——クラス名を123組という数字に戻してしまった。看板は貼ってあった紙をはがすだけである。生徒が、

「それで紙にABCと書いてあったんか」と、変に納得していた。

「担任は、特進クラスは小川君、男子組は霧生君。あとは相談して決めて下さい。学年主任は、小川君は特進の担任と両方というのはしんどいと思いますので、霧生君にお願いします」

そして同時に、人事の変更と新設――というより、あってしかるべきポストがまだできてなかったのだ――が行われた。そしてこれは高校の現場を知っている人でなければどうにもならないということに、校長がやっと気づいたということでもあった。

七日、入学式の打ち合わせが行われた時、校長が、

「教頭は仰木先生にお願いします」

ところが仰木は小学校と中学校の技術家庭の免許しか持っていない。当然高校の授業は持たないし、業務ももう一つおわかりになっておられない。それで仕事は朝の職員朝礼の司会だけになってしまった。

「みなさんおはようございます。本日は四月〇日、△曜日でございます、本日の予定は……」

目をつぶって、直立不動で、大声でやるのである。毒舌家の太田が、

「運動会の先生」

「なんであんな人事をやったんや?」

押川は一般の企業に長いことといた人だった。それが京都の南の高校に副校長として呼ばれた。教員経験は七年しかない。「自分の使いやすい人」を任じていたのだ。

教頭兼教務部長には須武田。数学の先生だが、三月まで公立の中からもう少し下位の高校で教頭をやっていた。手塚治虫の名作『三つ目がとおる』に出てくる博士に似ていた。生徒指導部長におやじ。やはり数学の人だが、公立を定年になってから一年間県の数学研究所の研究員をやっていた。けっこう「こわもて」なのだが生徒には人気があって、この名前も生徒がつけた。進路部長は太田。妥当なところだろう。

「火曜日の一、二限に、私とベテランの先生四人で会議をしますので、時間をあけてくださ
い」

「(会議の)名称は何でもいいです。長老会議でいいです」

それはいくらなんでも。前の学校の名称を使って、「(学校)運営委員会」にした。

担任団は、高一が小川、霧生、うーやん、トミやん、サマンサで、主任兼教務部長代行が霧生。みんなから「パパ」と呼ばれていた小川は生徒指導部の副に回った。中学は上田、森泉、久野。主任は上田だった。


これでやっと授業が軌道に乗りはじめた。ところがすぐ第一回目の試験、中間考査である。まず学校側としては、どのように評価するか、基準——成績評価に関する内規——を作っておかねばならない。

「レール敷きながら走っとる」

須武田と霧生が相談して、職員会議の承認を受けた。

「考査は一学期中間、期末、二学期中間、期末、学年末の五回とする」

「成績は百点法とする。ただし学年末は五段階法とする。各学期成績は百点中二〇点の平常点を含むものとする」

「五段階評定は百点法に基づき次の通り行う。五＝八〇点以上、四＝七〇〜七九点、三＝四〇〜六九点、二＝三〇〜三九点、一＝二九点以下。一は単位を認定しない」

つまり絶対評価であった。霧生がつけ加えた。

「絶対評価の場合、考査の平均点が三〇とか二〇点台になりますと、四とか五が出ず、評価が低くなり、高三時、大学に送る調査書の評定平均値が下がって、非常に不利になってしまいます。考査問題を作る場合には、生徒のレベルを十分に勘案して頂きまして、クラス平均が五五から六〇の間にくるようにお願いします」

やってみたら、やっぱりとんでもない差になった。国語の場合、特進は記述中心の難しい、普通組は記号解答、それも四択中心のかなり易しい問題——四択と五択では、わずか選択肢一つの差なのに、正解率が全然違うのだ——だったが、国語ＩＡ（現代文）で、普通組で一番点数の高かった男子組との差が三十点以上、さらに普通組の中でも十点以上の開きが出た。差があまり出ないはずの国Aでこの状態。数学などは大変である。

それであきらめるのが出てきた。キョウカにのされてしまった生徒である。

一度、二階から落ちた。クラス替えの後、他のクラスに移った「ツレ」のところに行くのに、窓の外の梁の上を通って、「外回り」で行くのがはやった。ところが一か所だけ柱が出ていて梁が切れている部分を、柱に抱きつくようにして渡らねばならないところがある。そしてだいたいこういうのは、はじめは大丈夫なのだが、ちょっとでも「こわい」と思うと失敗する。それで片足を骨折した。他の生徒におぶさって、

「窓から落ったー。足折れたかもしれん」

職員室にやってきた時、はじめ全員がギャグだと思った。

それで入院して二週間休んだ。

「休んだから勉強できひんかったし」

それだけではなかった。実は彼は、入試のとき全受験生の中に三人いた内申書の総評3のうちで、ただ一人入学していた者だった。そして全科目欠点だったのである。一番よかったのが、霧生の科目である国語IB（古典）の二十九。やっぱり担任には気をつかってがんばったらしい。

考査の返却が終わったころ、カメラを持ってきて、友達とか校舎とかを写しまくっていた。

「どないしてん？」

「記念、記念」

そのあと出てこなくなった。ニャンブイ、

「あの写真とってたんは、結婚して、子どもできた時、お父ちゃんもちゃんと高校行っとったんやぞ、と自慢するためやで」

それまでに出てこなくなってたものはいたのだが、正式な最初の退学者になってしまった。

彼はこののち関西電力の下請け会社で働きだし、「電柱たて」をやっていた。そして続けてがんばっていたのが認められて本社に採用された。三年ほどのち、その報告でわざわざ押川校長のところにやってきた。その時、

「オレ、この学校の退学者第一号やねん」

自慢してた。

中間以後

中間が終わって高校の方でもう一つ大きな変更が行われた。授業時間が一時間減ったのだ。理科Iだった。担当の西川先生の持ち時間は週二十時間。これは多い。その上、生徒がうるさい。授業を聞かない。とうとう直訴した。

「授業を減らして下さい」

ところが、ただでさえ非常勤がみつからなかった理科である。

「理科を一時間減らして、週三十五時間にしましょう」

この学校、進学校を目指すということで、ふつう月曜日から金曜日まで一日六時間、土曜日が四時間の合計三十四時間のところ、火曜と木曜が七時間目まであったのだ。火曜日の七限がなくなった。

「まだ他の学校よりは一時間多いから、入試説明会の時の、時間数をふやしてます、という説明には反しないか」

ただこれは、この時は誰も気づかなかったのだが、二年後、霧生があわてる原因になった。


クラブ活動も始まった。

高校でクラブといえば、まず野球部だろう。まっさきに動いたのは、自分も高校時代に甲子園を目指して投手《ピッチャー》として活躍していたトミやんだった。メンバーを集めて校長に申し出た。

「硬式はダメです。軟式にして下さい」

「どうしてですか」

第二グランド——ため池の跡地——が三方を住宅に囲まれた中にあり、危険だということと金属バットの騒音で、認めてもらえなかったのである。

しかし高校野球は甲子園。生徒も納得しない。そこで監督のトミやんと体育科主任のニャンブイ、主将《キャプテン》のジン君の三人が、グランドの周囲の一軒一軒を「どうか硬式野球をやらせて下さい」と頭を下げて、承諾書に署名を集めて回った。周囲の家の了解がとりつけられて校長がOKを出したのが六月。ところがこの時にはもうすでに高野連の登録期間は過ぎてしまっていた。対外試合はできないのだ。

「それでも野球ができる喜びの方が大きかった」当時のエース、ケイジはのちに語っている。

最初はボールが三球しかなかった。ノックなどで後逸すると帰ってくるまで中断。草むらに入ってしまうと見つかるまで全員で探さなければならない。グランドの近くに住んでいた他校の野球部の人が見かねて、自分のチームで使い古したボールをたくさんくれた。「使い古し」といっても、自分たちの使っているものからくらべたら「試合にでも使えそうな」もの。涙が出た。

しかし監督や主将が何より苦労したのは「人あつめ」だった。入部はしたもののこんな状況である。すぐ出てこなくなる。出てこないやつはほっとけばいいか、というとそうもいかない。九人そろわなくなってしまうのだ。結局一、二年目、何人はいって何人やめていったのか、今もってわからない。

学生食堂はまだなかった。ある日の昼休み、事務室に宅配のピザ屋がやってきた。

「誰か注文した？」

「でも、十二時四十分に、こちらの高校の玄関のところに、ということだったんですが」

女子が四人、二階から降りてきた。

「私たちでーす」

食堂を作る計画はあった。体育館の一階に場所は確保していたし、ガスなどの配管もされていた。しかし中高一学年しかない状態では、採算がとれないので業者が入ってくれない。食堂予定場所は武道場に使われていた。

「少なくとも全学年そろわんとだめやろ」

だから原則弁当持参。パン屋が二学期から入るが、高校というと一番よく食う時期。全然たらない。近くにコンビニはあったが、コンビニ弁当はまだそれほど普及してなかった。それで注文、だったのだ。

「あかん？」

「あかんということはないけど、学校でピザ注文したなんちゅうのは、聞いたことないで」

一時間目、一階の美術教室に行った生徒が、「うわーっ」と言って走り出してきた。

「どないしたんや？」

カーテンを開けようとしたら、レールに蛇が巻きついていたのだ。美術の先生は女性だったので（男でも普通はダメだろう）、校務員さんを呼んできて、ぞうきんでつかんで窓から外へほうり出した。

一年目、こういう爬虫類がいっぱい出てきた。もともとが池だったから、湿気がひどいのだ。トイレにムカデがいて、掃除当番が困って呼びにきたことも何回か。だいたいホウキで便器の中へ落として、そのまま流してしまった。

さらに新築である。梅雨の時期になると、壁がべちょべちょに汗をかいて床に流れた。中学生はその上をつーっとすべって遊んでいる。使っていないLL教室は、防音のために壁紙が貼ってあったのだが、夏休みが終わって久しぶりに開けてみたら、壁一面にかびが生えていた。

しかし軌道に乗ったというのは、あくまで「一部の」授業だった。

生徒はよく見ている。どの先生が実力——もちろん教える実力だ——があるか、信頼できるかということを判断し、その授業の時はおとなしく聞く。逆の場合は騒ぐ。

特に困っていたのは、やはり女性の先生と非常勤の先生だった。

筆頭は五組担任のサマンサ先生だったかもしれない。入学式一日前に来た国語の先生である。けっこう美人で、『奥様は魔女』というアメリカのテレビドラマ（もちろん「昔の」だ）の「奥様」に似ていた。新卒で、それもいきなり担任である。放課後落ち込んで、一人でぽつんと席にいることが多かった。そういう時に霧生が声をかけた。

「どうですか」

「こんなんやったら、どっか公立の非常勤でもやってた方が…」

「一年目は誰でも、まずうまくいきませんよ。またうまくいってしまうと、あとがしんどくなりますしね」

こんなことしか言いようがない。

「変なこと言ってすみませんでした」

あとであやまった。ただこのサマンサ先生、実は感情の起伏が非常に激しくて、いい時はけっこうHな話でものってくるのだが、落ち込むときはドツボまで落ち込んでしまって、何を言っても反応しなくなる人だということが、翌年クラスや授業がある程度うまくいくようになってからわかった。

そして理科の西川先生。メガネをかけたら文学史のテキストに出てくる泉鏡花そっくりになった（明治三十六年の写真だ）男子が言った。

「西川先生の話て、うちのクラスでもあんまり聞いてるやつおらへんかったっすよ。女子なんか英語の予習やってたりすっし。それが、試験の前に、自分と、イタっちと、かわもっさんと三人で職員室に質問に行ったら、感激して泣いてはりましたよ」（彼は一年の時からちゃんと敬語が使えた）

意外だったのは、「驚いてしまいました！」のナナ先生。小柄だが一番の美人で、女優の岡田奈々に似ていた。やはり新卒だったが、ソプラノ歌手で、関西オペラ協会所属。高校生には人気があって、実技授業なので、はじめはやかましくて困ってたようだったが、このころから「歌いましょう」というと、どんがらのでかいのがダミ声をはりあげて歌うようになっていた。ひょっとしたら、ヒノエウマの生まれだったので、本当はけっこう気が強かったのかもしれない。

　そして当然出てくるのがタバコである。はじめのころは自重していたようであるが、五月の連休明けからトイレで吸うやつが出てきた。

「いっぺんつかまえたろ」

トイレの前には見張りを立ててるから、逃げられる。

「逆から回ったれ」

非常階段のキーを持って外側から回った。いっぺんに五人つかまった。

　ある日、ちょっと早目に授業に行った小川がニオイに気づいた。トイレに入ってみると、「個室」の中からケムリが上がっている。

「吸うてんのまるわかりじゃ。出てこい」

出てこない。

「水かけるぞ」

まだ出てこない。掃除用のホースを引っ張ってきて、本当に上から水をかけた。

「うわーっ」

あの狭いとこから三人出てきた。

　霧生のクラスのことである。トイレでうんこしながら、自分でもくさかったために、ニオイを消そうとしてタバコを吸って、小川につかまったのがいた。両親が引き取りに来た。中三の途中までは生徒会長などをやって、非常に頑張っていたらしい。それが秋の文化祭をきっかけに突然学校に行かなくなった。このころ「燃え尽き症候群」という言葉がはやった。その一種かもしれない。母親が言った。

「どうしてこんなになったのか…。実はこの子の上にもう一人いたんですよ。水子供養はちゃんとしましたから、大丈夫のはずなんですが。もう一度してもらおうと思います」

タバコを根絶しようというのはまず不可能である。だいたい学校で吸わなければならないというようなのは、小学校から吸い始めている。学校からの帰り道、公園でランドセルからタバコを取り出してちょっと一服、というのがいるのだ。そのように習慣化しているものに「やめろ」と言っても、簡単にやめられるものではない。とうとう二学期の途中からトイレの前の「立ち番」をやるようになった。それでだいたいおさまったが、行かないと三本単位で吸い殻が落ちている。

「まだ三人おるんか」

そこで六月、学年集会のとき霧生が宣言した。

「高校教育にふさわしくないものは、去ってもらいます」

開校する前、どんな方針で行くのか、川下と霧生が話をしていた時のことである。

「特にカトリックキリスト教のレベルの高い学校は、ふさわしくない生徒がいるとどんどん退学させてゆく。『キリステ教』になっている。そういうことはしたくない。一旦引き受けた以上、最後まで面倒を見るようにしてゆきたい」

これは「理想」であった。どこまで面倒を見るのか。田中校長がやめていった原因もそこにあった。田中校長はかつて底辺校を立て直してそこそこまでもってきた人である。つまりここでもそういう生徒をある程度引き受けようと考えていたのだ。

しかし創立者の川下、理事長の田中、そして県も、目指すのは「京阪神に現役合格する進学校」である。いきなりそこまではいけなくても、大多数を助けるためにはいたしかたない。ついに伝家の宝刀――退学処分――を抜かなければならないことになったのである。

そうした中、校長のところへ一通の手紙が送られてきた。開けてみると、赤字のワープロ印刷である。

「我々は不良を見に来たのではない。勉強をしに来たのだ」

「不良は退学させればよい。学校はもっと強い態度で臨め」

ただ最後は、

「学校をよくするため、お互いに頑張ってゆきましょう」で結ばれていた。

回覧されてきたその手紙を見て、小川が、

「うちの組のやつやなあ。誰やろ」

そして一学期末。校長が二つ目の決断を下した。

「規律を保つため、制服を作ります」

これも生徒は喜んだ。特に女子。

「毎日何着て行こか、考えんでいいもん」

いろんな意見が、特に女子から寄せられた。当時有名デザイナーの制服がはやっていた。

「ああいうのはやめましょう。その時はいいけど、何年かたつと流行遅れになって、また変えなければならないとかなって、困ると思いますよ。オーソドックスなのが一番でしょう」

男子はほとんど問題なく詰め襟《えり》。ただし当時一部ではやっていた変形学生服――長ランとか短ラン――を避けるために濃紺になった。女子は宗教立の学校の多くがそうであるように、ジャンパースカートとボレロである。

どこの女子の制服がかわいいかというのは、よく話題になる。かわいい制服に変えたとたん女子の受験生がふえたと言うこともよくある。この制服は、見てる側にとっては、かわいい方だったようだ。のちに『プチセブン』と『ヤンジャン（ヤングジャンプ）』の「制コレ（制服コレクション）」にも取り上げられた。

しかし着てる側にとっては、生地がしっかりしてたために、特に夏のが重くて暑かった。五期生B組。一番前のがいつもスカートを思いっきり上までまくり上げて授業を受けてた。

「（パンツ）見えてるぞ」

「サービスやねん」

「何回、見た？」

「何色やった？」

そしてベルトをはずす（少し涼しい）。

「それやるとマタニティに見えるんや。かっこ悪いからやめてくれ」

「六ヶ月やねん」

「あっ、動いた！」

冬になっても夏服の上に上着を着てるのがいっぱいいた。

一学期が終わった。特進クラスのものがかわいそうである。

「進学補習やらにゃいかんやろ」

ところが希望をとってみると、八十人以上いる。

「何でこんなに多いねん」

「来んでもいいやつまで来とる」

「欠点あんだけ取っとって、進学補習はないやろ」

「希望してるんやし、しゃーないか」ということになった。勉強はしたくないが家にいるとうっとうしい。友達がいるから楽しいということで学校に来てるのがいっぱいいたのだ。ほっとくといつまでも家に帰らんやつ、「下校拒否」というのもいた。


一学期の末というと、教員にとってはボーナスの時期である。ところが支給日も決まってなかった。校長と事務長が相談した。

「うちの宗派の記念日（の一つ）が六月二十九日にあるから、そこでいきましょう」

まだ銀行振り込みにもなっていない。若い人が明細書を見せあっている。開校初年度なので、全員が「満額」でない。

「霧生さん、いくら出たんですか」

「ほんまに三分の二になったで」

開校前、川下が、

「給与体系は将来的には独自のものを作ろうと思いますが、最初は県と同じものを使っとかなければなりません。ただ一号は上のものを出したいと思います。それでいい先生を集めましょう」

しかしそれもできず、額はまったく同じになった。

私立の学校の給与は公立に準じてるところが多い。ところが都道府県の事情によってその「表」自体が違っている。大阪府は全国トップクラスだった。さらに八十年代、「景気」がよかったのか、「三短」「六短」――三ヶ月短縮とか六ヶ月短縮とかいって、定期昇給の期間が短くなる――がしょっちゅうあった。その上霧生のいた学校は、私学の中でも四番目の高さ。ボーナスは六・五ヶ月も出ていた。だから霧生の前年の年収は税込で七百万ほど。ところがこの県は四十七都道府県中四十七番目。須武田の年収は教頭手当てなど含めても八百五十万しかなかった。

だが大阪府では、このころ出しすぎていたツケが、その後十五、六年たって、太田知事の時代に回ってきた。財政再建団体転落一歩手前。公立高校では冬になってもストーブが入らない。生徒がコート、マフラーで、手袋をはめて授業を受けるという状態になってしまった。

二学期

そして二学期。たしかに落ち着いた。路線バスの運転士さんが、

「制服ができて、ようなりましたなあ」

こういう方が一番よくわかっておられるのだ。

落ち着いた理由はそれだけではなかった。八月末までに退学していったものが三名。ただしその中には、特進クラスのトップであり、あの「赤字の手紙」を書いたのではないかと思われてた生徒もいたが。そして二学期になっても出てこなかったのが七名。いい方では、普通組から特進へ「昇格」させたのが五名。

生徒の方も中学とは違うということを認識したのだ。キョウカが、

「中学の時にいろいろやってても、高校になったらそんなアホなことしてられん」

彼は中学の時はすごい「ワル」だったらしい。同じ中学校出身の生徒に聞くと——最初のころ、中学校から送ってくる生徒にものすごく波があって、初年度はこのキョウカの出身中学校からいい生徒がたくさん来ていた—— 一目も二目も置かれる存在だったらしい。本人は、

「そんなことないですよ」

つまりこういうことらしい。ワルをやっている連中は、どこかでやっぱり「悟る」時期が来るのだ。六月ころ、三組の生徒が万引きして捕まって、停学になったことがあった。またキョウカ、

「万引きなんか、高校生のすることとやない」

これは霧生のいた大阪とは違うところだ。大阪は何と言っても学校数が多い＝人間が多いから、いろんなとこがある。公立の下の方では、敷地全体が三メートル半くらいの塀で囲まれてたりする。

「外出《そと》すと、何しよるかわからんし」

ちょっと上になると、授業開始のチャイムが鳴ると手のあいている先生が廊下に出て、

「教室入れー」

とりあえず着席させるまで十分。それから授業が始まる。

北大阪の私立ではこんなことがあった。若い未亡人の先生が新任でやってきた。情欲の目で狙っていた生徒が、ある日ついにその先生が準備室に一人でいる時に押し入り、抵抗する先生を裸に剥いて組み伏せ、コトに及ぼうとした。このままいけばAVのよくある話。しかしこの先生も大阪の女である。男の体の下から抜け出し、一糸まとわぬ姿で仁王立ち。

「あんたなぁ、そら私かて、体さびしい時、あってぇ。さしたってもえーけどなぁ、そんかわり、あんた、ほんまに（指さして）それで、私を満足させてくれるんやろなぁ。満足させへんかったら、承知せーへんでぇ」（このセリフはやや巻き舌で言うこと）

そしてその生徒のモノを、

「大きくなーれ、大きくなーれ」とやさしく撫ではじめた。そうしたらせっかくギンギンになってたモノが、へちょへちょ…と萎えてしまい、その生徒は下半身丸出しのまま、パンツとズボンを持って逃げ出してしまった。それからは、その先生がどんな派手な格好で、すごいミニスカで出勤してきても、常に男どもが並んで、「ウオッス」と挨拶するようになった。

これは大阪とちがってこの県が「田舎」だということが一つあるだろう。数少ない私学にあえて行かそうというのは、意識がそれだけ高いということだ。そして認められてはいないが宗教立と言うことを標榜したために、地元の名家や裕福な家庭も多かったのである。

保護者会の時などにはすごい外車がずらっと並んだりする。学級日誌に、

「本日の行事。中学授業参観。ＢＭＷ、ボルボ、アウディなどがいた。ベンツの旧型と新型の血みどろの対決もあった」

ある生徒が、

「うちのお母さん、きのう学校来たとき、となりのベンツこすってしもてん」

「それって、やばない？」

「うん、でも、誰もおれへんかったし、そのまま逃げてん」

「そういえば、お前とこの車もベンツやなかった？」

「そうやねん。だから一応、ひきわけやねんけどな」

地域の校長会があった。霧生が職員室へ戻ってくると、ちょうど終わったらしく、会議室からぞろぞろと出てきた。霧生が「ご苦労様でした」と挨拶して通り過ぎようとすると、その中の一人が、「先生、お世話になってます」自分のクラスの生徒のお父さんだった。


また霧生が思った。

「全体でも、男子校のノリでいった方がよさそうや」

クラスでは、重要な連絡事項などがあると、「わかったか」「わかりました」とやっていた。それで学年集会の時も、霧生が自分で司会までやるようになった。

「休め」「気をつけ」「前にー、ならえ」「前にならえ、だよ。列、ゆがんどるぞ。二人前の頭が見えとったら、まがってるということや。早う直せ。直れ。もう一回。前にー、ならえ」

「よし、直れ」「休め」「気をつけ」「バシッと音させてみい」「休め」「気をつけ」 うまくいかないとこれが延々と続く。

男子校というのは、要するに昔の軍隊である。前の学校などは、校外学習で京都駅前集合の時に、中央郵便局の前でこれをやった。

「恥ずかしがんな！」

通りがかった人が、

「そこまでせんでもええのに」

漫画研究部の雑誌のコラムにあった、「この学校に入学できる条件」

「真夏のカンカン照りのグランドで『休め』『気をつけ』が二十回連続でできる」

おかげでこの学年は、女子も含めて、集合、整列はすごく早くできるようになった。ただ残念なことに二期生はこれをやらなかったので、次の年から全体集合の時にはできなくなってしまった。


生徒が落ち着いてくると、今度は先生のアラが見えるようになってくる。三組が全然落ち着かなかった。担任はうーやん。四十歳。年齢からすると中堅である。太田が、

「川下先生の関係できた人やろ。そこそこのキャリアかと思たら、お素人さんやが」

考査にこんな問題を出した。

「次のA～Eに続く英文として最も適当なものを…」 ふつうその後は、「後の1～5の中から選んで番号で答えなさい」だろう。それを、「線で結びなさい」 生徒が、

「小学校でこんなのあったよなあ」

ところが、これをやると線がこんがらがって採点が大変なのだ。太田のところに聞きに来たこともあった。

「先生、この答えどれでしたかなあ」

「あんた、自分で作った問題やろが」

試験監督やってる最中に、真っ青になって教室から飛び出してきた。

「どないしたんですか」

「ちょっと質問が出てなあ」

職員室に走っていった。しかたがないので霧生が廊下に出て、戸を開けっ放しにして二クラスまとめて見ていた。やっぱり隣のやつのをのぞこうとするやつがいる。

「のぞくな！」

試験終了後、

「職員室へ戻るんだったら、ちゃんと交替の監督、頼んで行くようにしてください」

「生徒には、ちょっと戻ってみてくるさかい、カンニングせんとちゃんとやるように言うといたで」

「そんな程度じゃだめです。現にのぞこうとしたやつがいたんですから」

問題は何で帰ろうとしたかということだった。

「あの先生、生徒の質問に答えられなくなって、調べに帰ったんですよ。自分で作った問題なんですよねえ」

生徒にも言われた。

採点も遅い。いつも返却が最後になる。

「先生、テスト返しは？」

「次の時な。平均は四十五くらいやろなあ」

「平均の予想なんかどうでもえーねん。どうせ違《ちご》てるんやから。それよりもはよ○つけせーよな」

仕事も当然ミスが多い。指摘されてもなぜそれがダメなのかがわからない。ニャンブイが霧生に、

「あんたとうーやんの話、横で聞いとったら漫才になっとってで」

「笑いごとやないっすよ。何回同じこと説明したらえーんか。しかし、何回説明しても『理解不可能な人』ってのは、やっぱりいるんですねえ。頭の構造の問題ですかねえ」

地域の生指部会にある生徒についての報告書を出すことになった。

「どう書いたらいいんですか」

いろんな先生に聞いて回った。

「いいことを書くんですよ。生徒に不利にならんように」

ところが、そのあと小川が部会に出ていたら、

「先日提出された報告書の中に、悪意まる出しというか、生徒をけなしているようなものがありました。こういうのは非常に問題だと思われます」

あとで、「あんたとこやで」と言われた。見ると、「生活習慣は確立されておらず、欠席、遅刻

が多い」「学習習慣もついておらず、授業中も私語が多く、集中できていない」最後に、「改善の見込みはない」とまで書いてあった。

そのわりには、自分がいかにエリートで金持ちであるかという自慢ばかりする。「俺は同志社の英文科出身や」↓生徒は、「絶対、うそやで」ある時ニャンブイが置きっぱなしになってた書類で気がついた。全然違う大学。今でこそ難しくなっているが、二十年ほど前にはまったく難しくなかったところ。それも経済学科だった。「園部の駅前に千坪の土地持っとんのや」↓園部出身であることは間違いない。園部弁丸出しだったし。しかし当時はバブルの時期。そのうえ山陰線の複線電化工事が進行中だった。完成したら園部まで普通で四十八分と十五分の短縮になる。それで土地が暴騰していた。そういう話はまったくしない。「グリーンのZに乗っとるんや」↓学校には絶対乗ってこない。「フェアレディと違うZやで」ということ自体知らない。Zなら当然「3ナンバー」のはずだが、「3ナンバー」で来た。れーこちゃんが、「ボロいカローラに乗ってたでー」一度だけ川下の教会に自動車らしい。一度定期預金を預け替えるとかで、一千万の証書を持ってきて見せびらかしていた。

そのうーやんのお笑い、二題。

書類を書くのに、たまたま紙がなかったのか、感熱紙にボールペンで書いた。そうしたら途中で大幅に間違えて修正液でべったり消した。乾くまで次が書けない。「はよ乾け〜」と言ってストーブであぶった。

「うわー、どないなっとんのや、真っ黒になってしもたで」

中学の方で休んだ先生がいて、自習監督に行った。出席をとる。「馬場」というかわいい女子がいた。

「ばば」

「先生、『ばんば』です。『ん』がつきます」

「ほたら、『んばば』か」

大爆笑。

「ギャグで言ったとは思えんかった」とそのクラスの生徒。そして彼女は、卒業するまで六年間、「んばば」と呼ばれることになってしまった。

閑話休題《うーやんのはなしはおいといて》。

高校の方が二学期からよくなったのに対して、中学がおかしくなってきた。まじめでできる生徒が多いのだが、各クラスに二、三人かき回すやつがいる。久野先生は生徒が静かにならず、何度か泣かされた。そして中学の保護者はやかましいのが多い。公立なら苦情を持ち込むのは教育委員会だが、私立なので直接川下に行く。

「何とかして下さい」

結局、中学の方も、二学期中間考査終了後から特進クラスを作った。そうすると他のクラスである。高校と違って二クラスしかない。そこで特に騒がしい授業――ナナ先生の音楽もそうだった――には、高校の男の先生が補助でつくことになった。

その騒いでいる中にキョウカの弟がいた。

「兄貴はどうやったんやろ」

「授業中やかましくしたりということは、あんまりなかったですねえ。質のちがう『大物』やったですね」

知ってるやつが言った。

体育祭

二学期の大きなイベントは体育祭である。これは本来は生徒会の主催。そのため生徒会を急いで立ち上げた。しかし二組から出た会長が学校にあまりこなくなる。つられて二人いた副会長のうち同じ二組のも出てこなくなる。中心となったのは、二学期から一組に上がってきた女子の副会長、くんちゃんである。よく働いてはくれるが、やはり一人ではどうしていいのかわからない。結局体育科が中心にならざるを得ない。

保健体育科の主任はニャンブイである。他の高校で一年間非常勤をしていた若い人。色黒、というより真っ黒で、このころ活躍していたマラソン選手に似ていた。

「何か面白い種目ありませんか」（このセリフは鼻にかけて言う。本人、「何でも鼻にかけたら私の声になると思ってるやろ」）

「棒倒しは、飛び蹴りとかしたりするやつおっさかい、危ないし、やめといてや」（県庁所在地の市は、中から南部にかけての一地域だけ言葉が非常に悪い。ニャンブイもその地域の出身である）

「棒引きは?」　これは霧生。

「どんなんですか？」

「長い竹の棒を奇数本置いといて、自陣に多く持って帰った方が勝ち」

「やってみましょか」

竹は五、六メートルの太いのを五本にした。ピストルと同時に両側から生徒がすごい勢いで突進してくる。素早いやつが一人か二人で端の方のやつを自陣に持って帰る。三本くらいが奪い合いになる。取れそうな棒に周りから加勢が来て、引くやつがいたり逆から回って押すやつがいたりでもみ合いになる。勝負がついたなと思ったところでピストルを鳴らして、体育系の先生がケンカにならんように分けに入る。

「けっこうおもろいやん」

数年後けが人が出て（竹を横から押したので折れたのだ）、学校側が「管理不十分」で訴えられるまで、これは一番の人気競技だった。

「応援合戦で、『エッサッサ』はどうでしょう」

男子が上半身裸、ランパン一丁になって行う集団演技である。そろうと非常に力強く、きれいなのだ。

「やめましょう」

やっちゃんという新卒の体育の先生が反対した。後でニャンブイが、

「あいつ、出身、日体やし、たぶん、悪い思い出があるんとちゃうか」

エッサッサというのは日本体育大学の名物演目だったのだ。

あとは定番の百メートルとか、リレーとか、綱引きになった。

そして必ずあるのが教員種目。ベテランの先生も多いので、まともに走るのはきつい。よく出てくるのはスプーンレースなどだが、持ってるものが小さいので、グランドでやると客席からは見にくく、あまりおもしろくない。

「輪ころがしにしよう」

自転車のリムを竹の棒であやつって、ころがしてゆくのだ。

「距離はトラック半周」

うけるのは、意外な運動能力を示す体育会系でない普通の教科の先生と、お笑い系――もちろんわざと笑いをとろうとするとしらけてしまう――の先生である。

やっぱりう一やんだった。まず輪がまっすぐ立ってころがらない。ころがったと思ったらコーナーで曲がれず観客席に飛び込む。慣れてスピードが上がってきたと思ったら、足がついてゆかずに本人がころがってゴールした。

栄えある第一回の優勝は四組だった。担任のトミやんが缶ジュースを買ってきて一本ずつ配った。

「優勝おめでとう。乾杯！」

「乾杯！」

ところが、ビールかけならぬジュースかけが始まってしまった。サマンサ先生が終礼やりながら、

「隣は盛り上がってるね」

トミやんはべたべたになって帰ってきた。ところがビールと違いジュースには砂糖が入ってい

る。ただ単にふき取っただけではダメなのである。次の日授業に行ったら教室中あまったるいニオイがしている。床は歩くとくっついてベリベリと音がする。黒板に字を書くと消えない。

「何とかして下さい」

その日の放課後、トミやんが一人で、必死になって教室の水ぶきをしていた。

入試

三学期になった。

私立の場合、まず大きな行事が入試である。かなり心配だった。特に高校の一、二学期の状況——二学期はよくなったといっても、一般の人から見ると最初のイメージがかなり浸透しているし、内部の状況まではわからない——で、はたして受験生が集まるのか。霧生が一尺もある招き猫を買ってきて入試部の部屋に置いた。もちろん左招きである。部屋に入ってきた川下が、

「これは、何か?」

入試説明会は、十月中旬の高校を皮切りに中高各五回。意外だったのはその中に「塾対象」があったこと。入試係は積極的に「塾回り」を行っていた。こういうことは大阪などではあまり聞いたことがなかった。もっとも大阪などで塾回りをしようと思っても、そこらじゅうにあるのでできないかもしれない。ただ高校がこの後もけっこう順調に受験生を集め続けることができたのは、こういうことによって信頼関係を構築することができ、塾が受験生を「送って」

くれたからだった。

この年の大きな変化は、「男子特進クラス」を別建てで募集することにしたことである。これは男子の比率が多いということと、一年目、特進クラスと男子組がそこそこうまくいっていたためだった。

「事前相談」も始まった。これは二学期の成績が出た段階で、中学校の先生が定期考査、実力テスト、模試の成績などを持って高校にやってきて、「こういう生徒が希望していますが、どうでしょうか」と聞くものである。それに対して入試担当者や校長、教頭などが○だとか△だとか×をつけてゆく。中学の先生はそれを持って帰って、△と×の生徒には、「別のところを受けたら」と勧める。ただ他の学校ではこれが実質的な「判定」になっていて、○がついたら絶対に落ちないというところもあるのだが、この学校の場合霧生の前任校と同じで、「確約はできません。あくまでも当日の試験の結果次第です」とは言っていた。

そうした努力の甲斐あって受験生は集まった。一年目より多い千百六十一名である。科目数も他校と同じ五つになった。

問題作成は十二月から、数学と理科を除いた三教科主任（霧生、小川、太田）と校長（理科）、教頭（数学）で入試委員会を作り、各教科へ下ろした。

当日の試験監督だけは、事務職員を入れても二十人ほどしかいないので、バイトを雇った。そういうことになると、進行をシステマティックにやらないと、あるクラスが遅れて始まって他のクラスが早く終わったなどということが起こってしまう。

「進行は放送で行います」

霧生が前の学校の進行放送台本を元に、秒単位の——最近の受験生は時報などで秒設定をしてくるので、ずれていると場合によっては苦情が出るのだ——新しいのを作った。

そして当日。

八：三〇：〇〇［チャイム］「ただいま八時三〇分です。受験生は着席してください。（三〇秒間P《ポーズ》）皆さんおはようございます。こちらは〇〇高等学校です。本日の入試進行はすべて放送で行います」

八：三五：〇〇［チャイム］「ただいまから□□年度、〇〇高等学校入学試験を開始します。先生方は今から写真照合を行ってください」

入試は一糸乱れず、整然と行われた。

ある中学の生徒に先生二人がついてきた。

「×がついたんですが、どうしても受けたい言いまして。ただ、暴れよったら困りますんで」

「ワル」らしい。本当は付き添いの先生は受験会場のフロアには入れないのだが、特例で、休み時間中ずっとその生徒の教室の前で見張っていた。

引き続き採点作業である。ここまでは順調にいった。しかし学校に「備品」のコンピューターがなかった。このころNECの98という名機はすでに普及し、98NOTEが出はじめたころだった。個人で持っている人はいたが、入試には使えない。あったのは、昨年田中校長がどこからかもらってきた、7インチのフロッピーを使う古いのが一台。

「ないよりまし、ということか」

コンピューター係はサマンサだった。まずシステムを入れて立ち上げるのが一苦労。そのうえ処理スピードが遅い。数値を入れて少したってから画面表示が出てくる。出る前に次の数字を入れても入力されない。まめに保存をしてやらないと時々固まってしまう。保存しようとすると、ブーッ、ブーッ、ブーッとディスクが回転する音がして書き込みに行く。

四科目め、社会の入力中に、急ぎすぎたサマンサが、「入力」キー——このコンピューター、キーの表示が「漢字」だった——の隣のキーをたたいてしまった。そうしたら…画面が消えた！　あわてて「取消」を押したら…枠だけ出てきた。えっ、えっ、えっ、もしかして、消えた？　いろいろの先生に聞いてやってみたが、一向に出てこない。やってるうちに画面の色が反転して、金色の地に緑の線が入った状態になる。

「うわっ、気持ちわる…。見にく…」

「もう、いいわ。全部入れなおして…」

やけになって、終了させるつもりでもう一度「入力」キーを押したら…。復旧した。

「よかった…」

とうとう泣いてしまった。

そして発表。合格者は特進が専願一、併願二十三、共学（普通）コースが専願三十四、併願五百十三だった。

続いて中学入試。こっちも昨年の二科目に社会・理科の合併科目が入って三科目になった。ところが受験生がだいぶ減って百四十一。高校の評判の悪いのがこっちに影響したか。さらに不合格二十名のうちに、カンニングをやった者と算数が「0」で足切りになってしまったものがいた。

留年

三学期になると、生徒としてはそろそろ「原級留置」――いわゆる「留年」――が気になりはじめる。

「欠点」が三つ以上あったらダメである。生徒は担任とか学年主任の霧生に聞いてくる。

「先生、俺、やばいなあ」

「二学期、赤（欠点）いくつあった?」

「六つ」

「そりゃ、ほんまにやばいで」

「どーしたらえー?」

「点数の高いやつから一コずつ対策やって、消すようにしてかなしゃーないやろ」

「どんくらい（の人数が）落ちるやろ」

「さあ、このままで行くと、一クラスくらいかなあ。とにかく、真剣にやばいことは間違いないで」

「がんばるわ」

ただこの「大量に落ちそうだ」というのは、学年末考査が迫ってくると冗談ではなくなってくる。さらに中学の方の「数人」がいる。学校としてどう対処するのか。

二月下旬、職員会議に運営委員会からの第一次原案が出てきた。

中学、特に問題生徒への対応について。留年は教育基本法上は可能であるが、現実には病気等により一年間完全に休んでしまって、かつ本人が希望した場合にしか実施しておらず不可能である。公立などへの転校勧告でいきたい。

高校について。考査終了から査定会議までの十日ほどの間に成績不振者に関しては追認考査を実施する。欠席日数が授業日数の三分の一を超過した者及び欠課時数が実際の授業時間数の三分の一を超えた者については、その超過数が僅かであれば補習によって補う。但しこの場合、「僅か」をどこまで許容するか検討の必要がある。ＬＨＲ《ロングホームルーム》の欠課時数オーバー者については、小論文等の課題提出によって単位を認める。

しかし当然の意見が出てくる。

「生徒指導上問題のある生徒まで追試、補習を受けさせるのか」

「追試があると定期考査の方で手を抜くことになるのではないか」

「追試があるということを発表しないで定期考査の後に追試をするなら、はじめからあきらめて欠試したものはどうなるのか」

やはり定期考査を重視すべきだということになった。つまり学年末考査までに欠点をとらせないようにできる限り手を打って出すぎないようにし、それでも出てしまったらやむなしということである。追試は実施しないという結論になった。

ところが留年が出ると、その中で退学してゆく者が出るから、経営サイドの問題も出てくる。運営委員会原案と職員会議の結論を校長が役員会に持っていった。学年末考査最終日、役員会からの案が示された。

中学は転校勧告とともに留年もさせる。高校は、留年し本校に残った者については、新一年とは合流させせない。査定会議終了後に追認考査、補習を行い、最終的に長欠、休学を除き二十名程度にしてほしい。ただし欠課時数は優先とし、三分の一を超える者については単位を認めない。成績は各教科で決定するが、六科目以上の場合は追認考査受験も認めず無条件で留年とする。二科目以内の欠点を持って二年に上がった者については、その科目の追認考査と補習を次の年度に行う。


成績が出はじめた。担任がやばい生徒の一覧を作る。

「かなり多いぞ」

ニャンブイが心配してた。

「おやじ、(留年に)協力してくれるんかなあ」

高校のベテラン三人の意見は大きい。太田はいつも、「高校教育にふさわしくないのは…」と言っているので、賛成だろう。須武田は教頭だから意見をまとめる方に動くに違いない。わからないのは生指部長のおやじである。

そこである日、霧生がおやじを誘った。

「先生、久々にサウナ行きませんか」

酒とサウナが大好きな人なのである。サウナから上がってマッサージをしてもらい、館内の焼肉レストランで生ビール飲みながら、

「（成績）どんな状況や」

「まともに出したら、四十くらい（留年が）出ますね」

「ほんまに（大量留年）やるか」

「やりましょう」

「よし」

これで決まった。


成績が出そろった。職員会議に現時点での成績不振者リストが出される。プレ査定会議である。留年予定者数、成績だけで約四十五名。予定通りというか、まさに一クラス分である。


運営委員会の最終案を校長が説明した。

「欠点が三科目以上の者が留年という基本線は変えません。六科目以上は無条件で留年とします。三から五科目の者については再検討してください」


欠点が三から五科目の者で平常点などで救えそうな者については、担任と教科担当者で相談して欠点を消して、二科目にしてやってほしいということだ。


対象者が十五、六人いる。一人一人について担任が聞いて回る。非常勤で出てきてない先生には電話する。

「平常点、満点やっても三十になりません」

これはどうしようもない。

「この生徒、あと一点ですよ。何とかなりませんか」

「うーん」

「授業中、邪魔したりせーへんでしょ」

「確かに、せんなあ」

「それなら何とかしたって下さい。この生徒、ほんまにできへんのやから」

よく「やればできる。やってないだけ」と言われる生徒がいる。しかしやっても「ほんまに」できないのがいるのだ。太田が言ったことがあった。

「あんだけ努力してもあかんねんな。見てるとかわいそうになってくるで」

「てっちゃん、（自分のクラス）全部助けるつもりちゃうけ」

ニャンブイが聞こえるように言った。確かに二組は数が少ない。しかし全体のことを考えると、助けるわけにはいかない場合もある。


本査定の日を迎えた。原案が提出される。資料に基づいて霧生が説明してゆく。

「以上、退学を条件に進級を認める一名を含めまして、百五十七名の進級をお認め頂きますようお願い致します」

教科担当者が欠点をつけた理由について説明する。担任がコメントする。

「もう少し助けられるのもいるのではないか」

欠点が三科目、四科目の者について一人ずつ検討する。まず三科目の者一名が助かった。もう一人の三科目の者は、対象となる科目が一つしかなくちょっと厳しいかと思われたが、人並み以下の平常点でも三十に到達することがわかって助かった。四科目の二名については、成績は大丈夫なのだが、生徒指導上の問題で校長預かりとなった（最終的にはこの二名も校長が進級を認めた）。

進級百六十一名。これが一年目の結論であった。会議が終わったあと太田が、

「今日中に学校の写真とっときや。明日になったら（壊されて）ボロボロになっとるかもしれんで」

これを各生徒に通達しなければならない。

「月曜日中に呼び出して、直接通達してください」

まず電話連絡である。ところが査定会議があるということは生徒も知っている。

「留年ですか」

「残念ですが」と言わざるを得ない。それにたまたま土曜日であった。「今から行きます」というのがでてくる。

霧生のところはあっさり終わってしまった。

「わかりました。本人もわかってたようで、試験が終わった日に教科書片付けてましたし。退学届け出させていただきます」

まさに本人は、「わかって」いるのだ。美術だけに「1」のついた生徒がいた。

「廊下でやってたんがいかんかったんやなあ」

授業中うるさくしすぎて追い出され、といってどこにも行くとこがなく、廊下で課題の彩色をしていたのだった。

ただいくら本人が納得しても、親が納得しないのがいる。面談の時、親があんまり担任にくってかかるもんだから、生徒があきれてしまったりする。

「もうええやん。そんくらいにしときーな」

「あんたは黙っとき。留年してもえーの」

「俺が勉強しーひんかったんが悪いんやし。しゃーないし」

そのうちの一人が新聞社にリークした。新聞社はこうした「学校ネタ」は喜ぶ。月曜日、四大紙はじめ各紙にでかでかと出た。

「高校で留年クラス」


それで校長がびびってしまった。緊急の職員会議が招集される。

「欠課時数超過の者以外は仮進級としたい」

「これは大事なことですから、全員の意見を聞きたいと思います。こちらの端からお願いします」

一番前の角に座っていたのはトミやんだった。

「反対です。何のために一昨日《おととい》、あれだけ時間かけて決めたのか」

これを口火として反対意見が続出した。

「反撥が出ることは最初から予想されたことだ。それを今になって変えるというのはおかしい」

「生徒はお互いに連絡を取り合って、誰が落ちたのかすでに知っている。ここでひっくり返したら通った者が反撥する。そうしたら後の学年運営に支障が出てくる」

結局、高校の方は原案通り。中学の方は一応原案通りだが、校長が考慮するということになった。

その日の夕方、今度はおやじが霧生に、

「もう一遍《もっぺん》、行こか」

サウナである。上がったあと今度はおでんコーナーに行く。

「ま、とりあえず一年終わったな。ご苦労はんでした」

「あんたとこのクラス、（言い渡しは）どやった」

「人数も少ないし、あっさり終わりました」

「そうか《ほうか》。そりゃよかった。しかし今日の会議も、一発目の〈トミやん〉の発言で方向決まったな」

「あれでなけりゃだめでしょう」

「そうや《せや》。ほかの生徒が納得しよらんで」

「新聞には驚きました」

「だいたい持ち込んだやつはわかっとっけどな」

「しかし公立でも、このくらいの数は毎年落とされてるんですからね。数としてはたいしたことないと思うんですが」

「せや。『留年クラス』っちゅうのが、センセーショナルやったんや」

「各クラスにばらしとけば、目立たんかったんですがね」

「〈スブタ〉はん、教頭やっとったんやさけ、その辺のことわかっとるはずなんやが。役員会の時、言わへんかったんかいな」


この理由は数日してからわかった。川下の意向だったのである。

霧生のところに川下から内線電話がかかってきた。行くと、

「留年組は、別カリキュラムで、夏休みなどにも登校さして補習して、一期生と同じ時に卒業させようと思ってるから、あんたもそのつもりでいて下さい」

「そんなこと可能なんですか」

「法律上、できるはずや」

やはり現実には無理だった。のちの時代に多く作られる単位制や総合科という学校ならいざ知らず、「全日制普通科」である。夏休みを全部つぶしてやったとしても四十日分しかないのだ。そんな状態で単位を認めてしまったら、文部省や県からどれだけ怒られるか。いやそれ以上に補助金のカットが怖い。結局留年した者は、普通どおり「二期生」として卒業してゆくことになる。


記事は三日くらい連続して出た。反響は大きかった。投書欄にも関連するものが目立った。賛否両論あったが、数的には六四くらいで「賛成」が多かった。わざわざ「よくやった」と学校宛に手紙を送ってきた人もいた。賛成の理由は、最近の高校生のマナー、モラル、学力の低

下を指摘するものが多かった。

学校が高校教育のあり方に一石を投じたことはともかくとして、現実に窮地に立たされているのは押川校長である。この時、校長にヒントを与えたのが、霧生の「退学を条件に進級を認める」ということだった。

この生徒、一月中旬から出てこなくなった。学年末が近くなって、霧生が母親と相談した。

「やめるつもりにしてるみたいです」

「それなら、彼の場合、欠席日数も欠課時数も三分の一を超えてませんので、先に三月末日付の退学届を出しておいてください。そうしますと、それを条件に単位を認めてもらうことができます。たとえば、何年かたって、彼がまた勉強したいと思って、定時制とか単位制とかに行こうと思った時、二年から行くことができますので、いいんじゃないかと思います」

つまり査定会議の時には、退学届は霧生の手許にあったのだ。これがこの場合の本来の形である。

ところが校長がこれを使ってしまった。ごてたやつが何人か、「一年修了」という形で退学――転学とかはもう間に合わない――していった。

結局、一年をもう一度やると言って残ったのは、休学していた者から三、長欠であった者から一、成績不振の方から十九の計二十三名であった。

この時クローズアップされたのは、人数が多くかつ新聞が「留年クラス」という名称をつけてくれた高校の方だった。しかし本当は、「法律上できる」ことをやった中学の方が、問題としては大きかったかもしれない。反撥は高校以上に大きかった。そして六名が公立の二年に移っていった。残りの一名ははじめ一年をもう一回やると言っていたのだが、始業式の日に出てこず、結局公立の二年に行った。

二年目

二年目のスタートである。

一期生、新二年のクラス編成は、特進と普通の男女混合二、男子一の計四クラス。担任団は主任の霧生とトミやんが残って、新しく二組と四組に国語の松島と世界史のカチョー（最初の「カ」のところに強いアクセントを置く。「カチョー」という感じになる）が入った。

女子が四十五名しかいなかった。

「特進は男女混合になるし、『女子組』が作れますね」

サマンサが、

「そうしたら、担任、絶対に私やないですか。いやですよ」

女同士だといらんとこまで見えてしまうからなのだろうか。

一年は男子特進と普通の混合三クラス。それに「留年組」ただ「男子特進」として募集をしたために女子のいいのが入れられず、それをかためたために準特みたいなのが一クラスできた。担任団は主任が小川パパ。同じくもう一回一年のサマンサ。新しく来た数学の落語家の林家ぺーみたいな先生と体育の川尻。そして、「この組（留年組）持つのはオレしかないやろ」と登場したニャンブイだった。

中学は二年が主任の上田パパと新しく来た国語の井原、そしてやっちゃん。一年は森泉が主任で、去年非常勤だった理科の白畑、英語の浅井である。

教員は三十八名になった。霧生が時間割を組んでいて気がついた。

「あれ、この人、前の学校にいたんちゃう？」

さらに電話がかかってきた。前の学校の校長である。

「霧生はんか。浅井はんがそっちの学校いくことになったそうなんやが、彼が抜けてしまうとうちが困るんや。かけもちでうちにも来てもらわれへんやろか」

「浅井先生、うちは専任でとりましたので、それは無理です」

四年前、霧生が前任校で高一の十二組――この年は十三組まであった――の担任をしていた時、新任の非常勤でその組に英語R《リーダー》を教えにきていた人だった。

そして森泉もやはりその年、霧生と一緒に高一で国語Bを教えていた。それがそののち一年勤めてから長崎の中学校へ専任で迎えられたのだが、なぜか一学期だけでやめて、西宮の実家に帰ってきていた。それを知った霧生が押川に紹介して、十月から設立準備室に入ったのである。それだけではない。国語の松島は、霧生がやめた後かわりに非常勤できた人だった。のちに霧生が前の学校の先生方と飲んでいる時にその話が出た。

「類は友を呼ぶ？　――あんまりいい言い方じゃないですね」

考えてみるとそれだけではない。システムも霧生が持ってきたのであるから、ほぼ同じである。

「兄弟校ってとこですかね」

二年目は順調にスタートした。ある生徒が霧生のところへ来て言った。

「一クラス落ちるって最初に聞いた時は、うそやろと思ってたんやけど、ほんまに四組になってしまいましたね」

この「大量留年」の影響は、むしろ新一年に大きく出た。中学も高校もものすごくおとなしくしているのだ。小川が言った。

「今年の一年、ええでー」

これは一年一組——ニャンブイ組——もである。このクラス、スタートは二十三名のはずだった。しかし休学から復帰した三名のうち二名がはじめから出てこなかった。そして一名が十日後、さらにもう一名が二週間後から出てこなくなる。これだけ少数精鋭だと小回りがきく。授業もそこそこ静かにできるようになる。

音楽の授業は、ナナ先生と大学で同級だった男の先生だった。

「授業、どんなことやってほしい？」

「ギターとか、ドラムとか」

ドラムはセットを持ってくるのが大変だし、持ってきたとしても一セットだけではどうにもならない。

「ギターにしよか」

大学などからかき集めてきた。指使いからの指導になる。

「〃Ｆ〃は、指を、こうやって、こうやって…。おっ、（音が）出た、出た」

けっこう喜んでやっていた。

ニャンブイ、

「英検、皆《みな》で受けよけ。俺も受けっし」

一組にまじって三級の試験を受けていた。

ただ普通の科目の授業の方は、他のクラスと同じように教科書をやると、ほぼ全員がくり返しになってしまう。ブランクがあったり、ついて来れない生徒もいる。それで教材は全部オリジナル。そうすると通常できないものができたりする。板東玉三郎の『夜叉ヶ池』が大阪で再演されていた。

「原作やってみよか」

大正はじめの作品である。ただ戯曲なので文章はまだ「口語」に近い。それも総ルビ。配役を決めて朗読劇形式でやった。最初はルビが旧仮名遣いだし、言い回しにも慣れてないのでなかなか調子が出てこなかった。しかし最後のシーン、いやな奴らが全部魚《うを》や田螺《たにし》、鰌《どぢやう》になってしまったところで、お百合さんの役をやってた女子が、

「すっとした」

手間はめちゃくちゃかかったが、内容はどの科目とも濃くなった。

ただやっぱり一学期中、人数はどんどん減っていった。

全然変わらなかったのが教員の方にいた。うーやんである。担任は当然はずされた。持ち時

間は、

「閑居してたら、いらんことをなしそうやし」

「担任もないし」

他の人が十五から十八時間のところ、二十二時間にした。だが普通の二十二時間ではない。去年時間割を作っていた時に、久野さんが、

「研修日を作りましょう」と言って、授業のない日を一日作っていたのである。つまりうーやんの場合、二十九時間中に二十二時間入っているのだ。これは忙しい。当然、土曜日は四時間連続である。しかし。

「おしっこ行くヒマもないわー」と言いながら、きっちりタバコだけは吸ってくる。ただしトイレは本当にあわてて出てくる。クラスの一番前の席にいる生徒が、

「あの先生、ようチャックが開いてたり、しみがついてたりするんですよ」

夏前に白麻の背広を着てきた。

「この背広、八万円もしたんや」

「自慢するほどの値段やないで」

ところが麻は手入れが大変だ。それをずっと着続けているものだからどうにもならない。シワだらけになった上に、ズボンのチャックの下あたりは黄色く染まってしまっている。さっきの生徒が言った。

「いくら高いもん着ても、意味のない人もいるんですね」

高二の方は、落ち着いてきたところで、やらねばならないことが出てくる。

――修学旅行である――

これは本来は一年の一学期ころに決めて、二学期から積み立てをはじめ、二年の間に行くというのが普通。しかし去年は考えられる状況ではなかった。さらに霧生自身がやりたくなかったのである。

だいたいこの行こうと思いさえすればどこにでも、たとえ北朝鮮でも戦争地帯にでも行けるという時代に、わざわざ「修学旅行」を実施する意義があるのだろうか。それに行ったら行ったで、事故が起きないか、他のお客さんに迷惑をかけないか、タバコ吸わんかとかいう心配、夜中の見回りとかで教員の負担は大変。残ってる者にとっては不参加生徒の対応。教務としては引率の先生の授業の振り替えとか、何かと大変なのだ。それで「知らぬ顔の鉄っちゃん」を決めこんでいたのだ。

ところが、一学期半ばの職員会議でのことである。議事が一通り終わって、最後に「学校長より」となる。

「修学旅行のことですが」

「うわっ、来た！」

「現中二、高二とも、積み立てに期間が必要なので、三年になってから実施します。具体的な時期については行事予定とあわせて考えてください。行く先は、中学は長崎、高校は南九州でいきます」

中学の長崎は、県内の中学校の行く先からしてまあ妥当なところだろうか。東京連れて行って都内観光とTDL（東京ディズニーランド）では、生徒は喜ぶかもしれないが、めちゃくちゃ「田舎もん」だし。しかしどっから南九州が出てきたのだろうか。校長は開校前、「修学旅行は沖縄に。戦争について考えさせたい」と言っていた。ただこの当時、県はまだ修学旅行時の航空機利用を認めていなかった。やはりこれも県と同じにしなければならなかったのだろう。

その後細かい検討に入った。高三だと入試にひっかかってくる。早くやらなければどうしようもない。四月の中旬に実施することになった。そしてそういうことになると、班編成とかの準備が間に合わないので、二年次のクラスで行くということに。

「旅行業者は、KツーリストとH観光のいずれかにしてください」

全然聞いたことがないとこだ。地元の下請け、孫請け業者だろう。どうもH観光は中田理事長、Kツーリストは校長の関係で入ったらしい。

「それは困ります。少なくとも高校は大手じゃないと。何かあったときの対応とかもできませんし。大手も何社か来てるじゃないですか。競争入札にしてください」

それで学校に早くから出入りしていたN社、N旅行、T観光に先の二社を加えた五社で入札になって、高校一期生はN社が落札した。校長、

「内容的にも金額的にもそれほど差がありませんでしたので、高校は大手三社を順番に使いましょう。中学は一期がKツーリスト、二期がH観光でいきます」

三社で回すというのは、業者との癒着も避けられるし、内容的にも競争させられるからいいだろうと思った。

ところで霧生は名前通りの「鉄っちゃん」——鉄道ファン——であった。こういう人が修学

旅行の担当になると、業者の方がいやがる——へたすると業者より詳しかったりするから、要求がやたら細かくなる——のだが、その霧生がH観光のプランを見て大笑いしていた。南九州からの帰路が、宮崎から特急「彗星」、それも「増結対応」になっていたのだ。

「なんやねん。彗星て二段寝台やから、一両の定員三十四名やで。五両も増結せなあかんやん。もともと九連のやつに五両も増結なんて、そんなんＪＲがやってくれるはずないがな。まだ二〇系六連で団臨出す方が現実的やで。（ただし、値段が高くなりすぎるからできんけど）」


野球部である。

今年はちゃんと連盟に登録した。あいかわらずメンバーは固定しなかったが、どうにか十八人集めて、ついに夏の甲子園の予選に出場することになった。

大会前にはいろんな書類を県の高野連に提出しなければならない。その中に「校歌テープ」というのがあった。勝ったら流すのはもちろんだが、シートノックの時にも流すのである。ところが校歌がまだない。

「どうしましょうか。出さないわけにはいかないんですが」

「そうですねえ。聖歌じゃだめでしょうか」

問い合わせてみると、

「まだないんだったら、それでもいいです」

自分のところの宗派の、礼拝をやる際に開式の歌としてよく使ってた「聖会」というテーマの曲をナナ先生がピアノで弾いて、それを録音したものを提出した。

そしていよいよ試合の日。この日夏季補習は中止。留守番の先生数人を残してみんな応援に行った。しかし相手は甲子園に何回か出ている名門校。抽選会のあと主将がボロカスに言われていた。

「なんであんなとこ引いたんや」

いくら「高校生のスポーツは何があるかわからん」といっても、「強いところが勝つ」のが普通。相手はエースを温存してきた。

一回表、こっちの攻撃はあっさり三者凡退。

そのウラ。ケイジ投手のストライクが入らない。連続四球でランナーをため、ストライクを取りに行って痛打される。あっという間に十二点が入った。しかしこれで落ち着いた。

「(相手の)ブルーのユニフォームがまぶしくなくなった」

二回からケイジの持ち球であるタテに大きく割れるカーブが決まりはじめた。また四点は取られたものの、一死一塁から三振併殺《ゲッツー》も成功させた。

結局、16―0の五回コールド。朝日新聞には、「聖歌はグランドには響かなかった」

これが記念すべき「甲子園への第一歩」だった。

今年の男組&トミやん

二学期に入った。

一年が急に悪くなった。だいたい最初にいい、いいと言われると、先生も安心して——手を抜くということはないのだが――あとで悪くなる場合が多い。むしろこの学年は悪いからと締めると、成績の面でもよくなったりする。

　タバコの立ち番が始まった。三階の壁にも穴があいた。

保健室に入りびたるものも出てきた。ただ入りびたるといっても、保健室登校――保健室に来ただけで出席と見なす――は認めてなかったので、ずーっといるわけではない。休み時間になると必ず来るとか、ある特定の時間、科目の時に来るのだ。昼休みに弁当を食いにくるメンバーも決まった。もと看護婦だった養護教諭の松原先生が、

「なぜか、弁当食べにくる者全員が左利きなんですよ。だから、あの狭い丸テーブルでごちゃごちゃしながら食べても、ひじが当たらないんです」

　四時間目、霧生が職員室へ戻ろうとしていると、保健室からこの学年の女子が四人ほど、ぞろぞろと出てきた。

「パン屋さんか?」

「うん」

昼休みになると混むから、先に買っておこうというのだ。

「バック、バック。今、お前らとこの担任が買《こ》うとったで」

あわてて保健室に戻った。そして、

「わー、味方やー」

この時から霧生の周りには、ややこしい女子がよく来るようになった。

　この生徒も三年になって、

「先生、あした（就職）試験やねん。面接の練習やってー」

あわてて志望動機を考えていた。（デパートだったが合格した）

二年では、今年は四組になった男子組が落ち着きがなくなった。一度サマンサが泣いて帰ってきた。カチョーがとんでいった。生徒はしーんとしている。何だか様子が変だ。

「なんやねん、女の先生泣かすなんて。男として恥ずかしくないか」

あとで生徒がやってきた。

「俺らが悪いんとちゃうと思いますよ。サマンサ先生、普通に授業してて、黒板書いてる最中に急に泣き出したんやし」

一年のサマンサのクラスの女子も言っていた。

「あの先生、調子悪い時、朝礼で入ってきて、挨拶した途端に、はあーってため息つくんやもん。そうすると、クラス中が、くら〜くなるねん」

この時は四組のせいではなかった。

しかしこの組にも二名いたのである。

一人は、一年の時はおとなしくしていた。二組にいた親分的存在の生徒がこの生徒のことを非常に嫌っていたからである。ところがこの親分が退学していったために、自分がトップになったと思って騒ぎ出したのだ。ただ野球部所属。その上どうもタバコを吸っているらしい。一組にいた遊撃手《ショート》の副主将なべさんが、主将と一緒に、秋の大会前に、

「やめさせた方がいいんと違《ちゃ》いますか」

高校野球は世間の注目度が高いだけに厳しい。そんなことが高野連にバレたら、対外試合禁止

になってしまう。

もう一人は、ただ単にうるさいだけというやつ。自分を取り巻く状況がわかっていないのだ。そしてこの組ですごかったのが落書き。男子トイレに書いてあるようなHなものや差別的なものではない。「○○参上」「オレは野球部の左のエースだ」「サマンサ大好き」と言ったようなたわいもないものや、数学の公式、英単語、日本史や世界史の年号、行事予定から時間割まで。壁をメモ帳がわりに使っている。ところが公式とか年号を書かれると、試験の時カンニングになってしまう。はじめは大掃除の時や試験前などに消させていたが、だんだん間に合わなくなってきた。入試の前には、カチョーが自分でペイントを買ってきて壁のぬりかえをしていた。


去年もそうだったが、こうした「男組」がまとまったら強い。今年の四組のメインは文化祭だった。去年の第一回は合唱コンクールだけだったが、今年から合唱とステージまたは展示の二本立てになった。

四組の出し物は、「ももたろう」これは文化祭ではけっこうよく出てくるネタである。見せどころは、どうアレンジするか。

二年四組バージョンは、桃太郎と鬼との大立ち回りのシーンで、クラスの全員が「うおーっ」と叫びながらすごい勢いでステージに駆け上がって参加、桃太郎、イヌ、サル、キジ、鬼までもボコボコに殴る。そしてホイッスル一声でどどどどっと、まさに潮が引くように一斉に自分の席に戻る。そこで越智という小さい生徒演じる鬼の大王が立ち上がり、

「ぼく、おっちー」

その瞬間、客席の方で四組の生徒全員がずっこける。

　来賓で見にきていた中田理事長が、

「男子組てなかなかええなあ。このまとまりはすごいで」

　逆にステージでだめだったのがプロの漫才師。生徒会が、まだクラス数が少なく盛り上がりがたらんから、芸能人を呼べないだろうかと学校側に相談した。学校がＰＴＡと協議して、それならということで、当時テレビなどで人気が出はじめていた若手漫才コンビを呼んだ。ところが。面白くないのである。フリートークみたいである。生徒会が怒った。

「あいつら、絶対台本とかネタとか考えて来てないぞ」

「もう絶対芸能人とか呼ばんとこ。あほらしいで」

　この漫才コンビはその後すごい売れっ子になるのだが、この学校の一、二期生の間では今でも——といっても今はもう消えてしまっているが——「あの面白《おもん》くない二人」なのである。

　このころは高校野球の秋の地方大会の時期でもある。だからタバコの件で主将や副主将が特に心配していたのだ。

　秋の大会は、県で何位かまでに入ると近畿大会、さらにそこで上位にはいると春の選抜に出場できる。二回目の公式戦となるこの大会、球場は県東部の非常に不便なグランドだった。その上九時半開始の第一試合。

　トミやんが、

「バスとか、安く借りれます?」

「よっしゃ、交渉するわ」

さっそく地元のバス会社に交渉して、観光バスの古くなったのを路線バスに改造した車――流用バスというが、元が観光バスなので路線免許がないところでも走れるのだ――を安くたのんだ。

「学校六時集合やで。遅れるなよー」

ところが問題はトミやん自身の方だった。バイク通勤なのだが、朝いつもギリギリになる。整備が悪く時々故障して遅刻する。一度朝礼にかかわりに行った霧生が、

「トミやんは?」と聞かれて、

「〈トミやん〉先生は、本日、バイクを盗まれて…」

「故障で」には慣れていた生徒も、これには大爆笑だった。

「遅れんと来るやろか」

選手の方が心配していた。

その心配が現実になった。全員そろってバスに荷物を積み込み、待っているのに来ない。校務員さんを呼んで、学校を開けてもらって電話したが、この人、学生時代の下宿――第一学翠荘といういかにもそれらしい名前――にそのまま住んでいるので、電話が「呼び出し」であり、誰も出ない。六時半になってしまった。これ以上遅くなると間に合わない。主将が運転士さんと相談した。

「向こうで待つことにしよう」

球場についてしばらく待ったら、トミやんが来た。

「ユニフォーム貸してくれ」

直接来たのでないのだ。試合に出ない一年の一番でかいやつのを着て采配を振るっていた。試合後、高野連からめちゃくちゃ怒られた。

翌日、

「いやー、昨日は驚きました。起きたら八時だったんですよ。もう、名神を百六十キロで、ぶっ飛ばして行きましたよ。事故ってもいいと思いました。だって、そうじゃないですか、寝坊なら言い訳にならんけど、事故なら言い訳になるでしょ」(静岡出身。大学の時京都にいただけなので標準語に近い)

ニャンブイが、

「こいつ、失うもの、なんもないな」

昼休み、主将と副主将が霧生のところへやってきた。

「お前ら、よく、待たんと、バス出発させるという決断、できたな」

「先生、部長やって下さい」

真剣な顔で頼んだ。

しかし豪快と言えば言えるかもしれない。たまにめちゃくちゃ早くから職員室にいたりする。

「今日、早いやん」

「昨日、飲み過ぎましてね。帰れなくなったんで、校務員さんに学校開けてもらって、保健室で寝てました」

別の時、

「また、保健室け?」

「いやー、校務員さん留守で開かなかったんですよ。それで、どっか寝るとこないかと思ったら、テニス部の部室（プレハブ）のカギがかかってなかったんで、そこで寝てました」

「あ《あ》そこ《こ》、下に敷くもんとか、何もないやろ」

「スノコ（プラスチックの、玄関の下足箱の前に置くやつ）がありましたから」

ニャンブイ、

「バイクにひかれても死なんな」

そしてあとでテニス部の生徒が、「ちゃんとカギかけるように」と怒られた。

事件FILE 1

文化祭が終わった十月中旬のことである。新聞各紙に一斉に「高校で無免許講師」「またやられた!」

内容は、「高校でアメリカ人の若者四人が英語を無免許で教えていた」というもの。

こういうことだったのだ。開校当初から英会話を教えていた、アメリカ人で日本人と結婚していた先生が、お腹が大きくなって二学期のはじめで退職した。そこでかわりを探したのだが、こんな時期である。一人でまかなうことができなくて、どこから紹介を受けたのだろうか、男性二人、女性二人を採用し、分担して教えてもらうことにした。そういう場合、学校長は「臨時免許状」を県に申請する。その申請が一ヶ月たってもまだ出ていなかったのである。

ただこれだけなら、出すのがやや遅れたということだけで、それほど大きな問題にはならなかった。もう二人いたのだ。一人は中学の方の理科の先生。大学院在学中だったが、教職の単位が足らなくてまだ免許を持っていなかった。もう一人は宗教の先生。牧師であったがやはり免許がなかった。この二人についても臨時免許の申請を四月当初に出しているはず――そして臨免というのは、「この人物は学問的にも人物的にも優れているので教師としてふさわしい」という内容なので、よっぽどのことがない限り県は受けつけるものだ――だった。この申請を書くのは校長である。ところが留年問題で疲れていた校長がそれを教頭の須武田に任せた。須武田はそれを新年度の業務にまぎれて机の中にしまい込んでしまった。そして二人ともが、そのまま忘れてしまっていたのだ。理科の非常勤講師Aは、

「出してくれているものとばかり思っていた」

牧師先生は、

「（中高で教えるのに）免許が必要だということは知らなかった」

さらに去年、押川校長は宗教の授業をもっていたが、それも臨時免許を申請しないままだった――押川校長は理科の先生である――ということまで出てきた。

どうにもならない。英語の四人についてはすぐに申請を出した。さらに英語の先生を非常勤でもう一人雇って、その先生と「アメリカ人の若者」の二人体制で授業をすることになった。理科の先生と牧師先生は交替である。中学生が泣いていた。

「どっちもいい先生やったのにー」

理科の先生は、非常勤にもかかわらず、自分がやはりかつて高校球児として活躍していたので、中学の方の野球部を見てくれていた。実験なども多く、生物の白畑先生と一緒によく準備室にいたので、ニャンブイが「理科室の愛」と言ってた。牧師先生は、やっぱり「牧師」とにかく話がうまかった。

結局、理科の方は、白畑はじめ他の先生が分担して受け持ち、宗教の方は、この牧師先生がたまたま病気で入院していてすでにかわりの先生が入っていたので、その人に引き続き教えてもらうということになった。校長先生の宗教の件は、どうなったのかわからない。消えてしまった。たぶん単位の認定は校長権限であるし、「宗教」という特殊な科目であるから、県の方もあまり言わなかったのかもしれない。

この時、電話で取材をしていた大手新聞の記者の中に、レベルの低いのがいた。記事を面白くしたいのか、英語の四人について、

「(申請を)出すつもりは、(はじめから)なかったのではないですか」と繰り返し聞くのである。あまりにしつこいので校長が怒った。

「あなたは何を聞きたいのですか。私に『そうだ』と言わせたいのですか。何度も言ってますようにそういうことはありませんので」そう言ってガチャンと電話を切った。翌日のその新聞は、

「臨時免許の申請については、今回のように緊急の場合、一ヶ月くらいなら県は待ってくれるものだ、と押川校長は声を荒げて語った」

この時、一つの、非常に大きな問題が浮かび上がってきた。

「リークしたやつは、誰だ?」

前回の留年問題の時は明らかに保護者である。しかし今回は。車の中で太田が、

「だいたい、臨免の申請が『出てない』と言うことを知っとんのは、そうおらんはずや」

「そうですね。私なんかもそういうのを知りやすい立場にはいるんですが、『出した』とばかり思ってましたし。若い人やったら、『臨免』ということ自体、知らんと思いますし」

「そうすると、けっこう上の方から出た、ということになるな」

「でなければ、本人が、『免許まだもらってない』とか言ったのを、誰かが聞いて…」

「それやったら、英語科の可能性も…」

「あんまり追及せん方がええかもしれんな。一応おさまったんやし。とんでもないもんが出てきそうな気もするで」

転校生

二年の十二月という変な時期に転校生が来た。

それまでにも転入希望はあって試験は行ったのだが、状況が状況なので、

「特進クラスに入れるような生徒じゃないと、受け入れないようにしましょう」と校長が言って、断っていたのである。

今度の生徒は、眼鏡をかけた、セミロングの髪の、おとなしそうな女子だった。

「ペーパーテストの方はどうですか」

英語三十点台。

「これはあかん」と太田。

国語三十点台。

「悪いことは悪いですが、国語の場合、致命的なものではありません」

数学だけ八十点台だった。須武田が喜んだ。

「これはよくできます。理系に行っても大丈夫でしょう」

数学のおかげで合格した。

　ただ、「特進なみの実力」といっても、特進に入れるわけにはいかない。

「なるべく世話好きのやつのいるとこ——三組か」

れーこちゃんがいたのだ。彼女が初登校した日の朝のＳＨＲ《ショートホームルーム》時には、二組と四組の男子が、廊下のドアの外に黒山のように集まった。

　しばらくたってから、彼女の前の学校から指導要録などの書類が送られてきた。商業科である。そうすると、「商業」とか「簿記」という科目があって、普通科とは科目が合わない。そういう場合、こちらにある科目に「読みかえ」をする。書類を見ていた霧生が変なことに気づいた。十一月末日転出なのに、欠席が十月末日現在、六十余日になっているのである。受験前に送ってきたコピーを見ると、やっぱり十月末で六十余日。あっていることはあっているのだが、

「十一月分は、どこ行ったんや？」

よく読んでみると、備考のとこに、「異性との無断外泊により停学三十日」、さらに「六月中旬より不登校となり…」

「これは、数字ごまかしとるぞ」

六月から不登校になって十一月だけ全出席のはずがない。年間授業日数は二百二十日くらい。三分の一は七十五日。十一月の欠席を入れてしまうとそれを超えてしまい、受け入れてくれなくなる可能性が出てくるので、わざと無視したようだ。

「もう受け入れてしもたんやし、おとなしそうな生徒やし、知らん顔しとくか」

「しかしこの停学理由、何やろ。あんなまじめそうなのが」

「たぶん、みんなでどっかに泊まりに行って、それが学校側にバレたんやな」

「自分では悪いことしたと思ってないから、それで学校行きとなくなって…」

「結局、学校と合わへんかった、ということやな」

これがみゆきだった。

二年目の三学期

冬には雪が降る。この年はじめて混乱が生じた。

この日未明からの雪で、京都南部には「大雪警報」が出された。ところがこちらは平野部ではそれほど雪がなく、「注意報」である。霧生の乗るはずのバスは、タイヤチェーンを巻いて定刻にやってきたが、十五分ほどの遅れで学校に着いた。しかしその後、通勤時間帯になって渋滞が始まった。

　まず先生がそろわない。押川校長、須武田教頭がいない。太田も、である。上の方でいたのは、家が近いので自転車通勤をあきらめて歩いてきたおやじと霧生。霧生が指示を出す。

「とりあえず点呼を取って報告してください。担任がまだ来てないところは、学年の先生で協力してお願いします」

やっぱりかなり来てない。

「これじゃ授業はムリですね。一時間目は自習にします」

「今日雪のために来れなかった生徒は公欠にしますので、出欠の記入は鉛筆書きにしといてください」

臨時休校の規定は、通常「暴風雨」「大雨洪水」によるもの。「大雪」はない。ルール通りだと「休校」できないのだ。

　そのうちぼちぼち生徒と先生が出てくる。二時間目のはじめにもう一度点呼をとる。

「まだだめか。二時間目も自習です」

中学生は外で雪合戦をやって走り回っている。高校生は教室でストーブにあたっているか、だべっているか、寝ている。

　生徒がほぼそろったのが十時すぎ。三時間目から授業になった。結局、京都の校長と、県内だが山間部の教頭は出てこられなかった。北斜面の新興住宅地に住んでいる太田は、除雪車がガレージの前に置いていった雪をはねて、ある程度道が乾いてから、チェーンを巻いてそろそろと下りてきた。音楽の男の先生があとで、

「（一、二時間目が中学の授業だったので）絶対雪合戦やってるなと思って、めちゃくちゃ行きたかったんですが、渋滞でどうにも動きが取れなくて。残念です」

この「雪で」どうにかなるというのは、このころ毎年一回は必ずあった。しかし平成九年の一月を最後になくなってしまった。こんなところにも温暖化の影響が見られるようだ。

そして第三回目の入試である。

昨年「男子特進」クラスを作ったら、女子のいいのがけっこう来た。そこで今年は特進も共学で募集ということになった。

ところが。今年は新聞にのったこと――大量留年の方は賛否両論なのでまあいいとして、無免許の方――が影響したのか、それとも「巷のウワサ」のせいか、受験者八百十一名。約三百五十の減である。そしてあいかわらず併願ばっかり。

試験―採点は、今年は特に問題なく終わった。ただこれだけ併願が多いと、「戻り率」――併願者が公立を落ちて戻ってくる率――をどのように読むかが難しくなってくる。それによってクラス数がぜんぜん違ってくるのだ。昨年度は十七％。大阪の学校などと比べるとめちゃくちゃ高い。また成績が高くなるに従って戻り率は低くなる。今年はどこで「切る」のか。

「絶対にレベルは下げたくない」

合格者は専願十三、併願四百七十四、計四百八十七名になった。下の方をだいぶ落としたのだ。ということは、戻りが二十五％ないと去年並みにはならない。

「それは絶対ムリや」

去年並みの戻りで九十名余。

「三クラスかなあ」

ところが戻り率が何と十％。二クラスである。

「今年は辛抱の年か」

「今年は」ではなかった。中学、高校の場合、一度定員を割ってしまうと、それはその学年が卒業するまで、三年間続くのである。


そして年度末。

学年末考査があって、査定会議である。二年の留年者数は、長欠、休学していた者を含めて六名。「大そうじ」が去年すんでいたのだ。一年は、やはり病気による長欠を含めて六名。こっちは、後半くずれたとはいえ、もともと優秀な生徒が多かったということだろう。今年はあっさりと終わった。

その中一年一組はというと、二学期の中間以降、男子六、女子六の計十二名になっていた。授業に行くと、その男子が廊下側、女子が窓側にかたまって、真ん中が空いている。やりにくいことこの上もない。この十二名は全員進級した。ただ十二名で一クラスを編成しておくことはできない。また少人数教育のおかげで、学力的にも他クラスに遜色ない程度まで回復してきている。それで新クラス編成の際このクラスは解体した。

四月になって、サンケイ新聞が入学式のことを取り上げた。入学式については一般的な内容だった。そしてそのあと大量留年のことに触れて、

「…十二名が二年に進級し、何かと話題をまいた『留年クラス』は一年で幕を下ろすことになった」

どう読んでも、いいものがなくなったような書き方になっていた。

三年目

入学生は高校六十二、中学百二名。全学年がそろってやっと学校らしくなった。教員は五十名。

そしてこの年、後々にまで関わってくる重要な人事があった。まず上の方で中田理事長が引退、創立者の川下が理事長になった。副校長というポストが新設され、川尻——体育の若い川尻のおじ——が就任した。一般の教員では、英語でさゆり、社会でラッキー、理科で徐などという人がきた。

このうちさゆり先生は、三月まで京都のトップ校に専任でいたのだが、家から遠くて困ると言ってたので、太田が、この人なら自分の後継者になると言って引っ張った人。いつも、「私は、今はこんなだけど、若いころは、吉永小百合と同じくらいの美人だったんよー」と言っていた。

ラッキー先生は信徒。父親が古くからの教会の重要人物。八人兄弟の上二人は宗派の教師になっている。この「一族」は宗派の中でも有名だった。去年卒業見込みで採用試験を受けたのだが、川下が、

「あなたはまだ勉強の足りないところがあるから、もう一年大学でこれこれの勉強をしてきてください。そうしたら採用しましょう」と言って入れた。ラッキー池田に似ていた。

そして理科の徐。在日韓国の人。日本名もあり、採用の時川下に、そっちでいきましょうかと言ったら、

「自分の国に誇りを持っていいでしょう」と言われ、そのままになった。ただ本来なら「ソ」と発音するのだろうが、本人は「ジョ」と言っていた。押川校長がほしがっていた地学が専門。そしてさらにこの人も、霧生が五年前高一を持っていた時、同じ学年にいた人だった。

「五人目やな。またようかたまったもんや」

今年責任の一番大きいのが、一期生・霧生学年である。どのような大学にどれだけ入るか。それで学校の評価が決まる。命運を握っているといっていい。

クラスは、理系がけっこう多かったため、一クラス別にした。そのため特進が「文系特進」になったが、人数が減って、普通クラスから成績上位者を「昇格」させた。その中にはれーこちゃんやみゆきもいた。松島が、

「(みゆきは)二学期の末に(あの状態で)転校してきて、いきなり特進かいな。前の学校の先生、何て言いよるやろ」

困ったのは理系一組の担任。四人が全員文系なのだ。国語科のくせに原子力発電所とか見学に行ってて、映画『太陽を盗んだ男』みたいに「原子爆弾の作り方」などという授業をやってた(映画と違って生徒はちゃんと聞いてた)半分理系みたいな霧生がいくのが一番妥当なのだが、

大ベテランの先生を除いて、高三を担任した経験のあるのが他にいない。そうするとメインの文系特進に回らざるを得ない。キョウカ、かわもっさん、うえっち、イタっち、パラオ（日ノ岡ホッパラ町に住んでた）などがぞろぞろと職員室にやってきた。

「文特の担任は霧生先生にしてください」

「理系は…」といってしぶっている。担任がLHRだけで、自分のクラスの授業をまったく持たないというのはできる限り避けたい。その時カチョーが、

「私が持ちましょうか。一応、一名だけど世界史選択もいますし」

須武田も困った。授業を担当するということなら同じ国語の松島でもいいようなものだが、これで助かった。実は国公立理系は全員が地理を選択するはずだったのだが、タローが「どうしても世界史がやりたい」と言って、カチョーの授業を取っていたのだった。ただ選択が複雑になりすぎた。最初のころ、机を持って、「オレはどこにいけばいいんやー」と言ってうろうろしてたのが何人もいた（教室に机がたりなくて、「机を持って移動」というのがあったのだ）。

一組理系二十九名・担任カチョー（世界史）、二組文系特進四十二名・担任霧生（国語）、三組文系四十二名・担任松島（国語）、四組文系四十一名・担任トミやん（日本史）。これが一期生三年の布陣である。

「とにかく、この学年がどうなるかによってあとが全部決まってきます。先生方には、生徒の面倒をよく見たってやってください。そして、進路を開いてやってください」と霧生。

太田は、

「去年、担任の先生方には、全体的な進路の説明会には行ってもろてたけど、今年は個別の説

明会にも積極的に行ってもらいます。やっぱり、実際に行って話聞いてこんとわからんし。今年は出張が多くなると思いますが、よろしく」

修学旅行

始業式から一週間、落ち着く間もなく一期生は修学旅行に出発である。

ある程度おとなしくはしてくれそうだった。ニャンブイが、

「うちの県のやつて、みんな田舎もんやさけ。京都に行くんでも、何着ていこか、って考えるくらいいやし、外出たら、借りてきたネコになりよっし」

その上、「あいつは絶対連れて行けんぞ」と言われていた一名は留年していた。

ただ南九州である。その上、メインは霧生が、

「疲れさしたったら、夜、寝よるやろ」と考え出した登山。

——どれだけ欠席が出るだろうか——

しかし二組の、けっこう文句言いの女子がしおりを見て、

「山登りの時の靴て、テニスシューズでいいん?」

と聞いてきたので、まあ大丈夫かなと思った。

そして当日。駅に集合させてみると、何と欠席者なし。修学旅行が全員参加だったのは後にも、この時だけだった。

「百五十三名、欠席なしで出発しました」

初日はほとんど移動だけ。夕方ホテルに着いた。

こういう旅行の場合、クラスミーティングとかレクリエーションだとかいった活動があったりする。ところがそういうのが嫌いな霧生、食事後は班長会議だけは招集したが、後はなんにもなし。生徒の方がとまどった。

「何しててもいいんですか」

「いいよ」

「温泉ずっと入っててもいいですか」

これは温泉好きキョウカ。

「消灯時間までに部屋に戻ってればいいんだから、どうぞ」

サウナに入ったりして、二時間くらいいたらしい。キョウカは教頭にも聞いていた。

「マッサージ呼んでもいいですか」

これは須武田もはじめてだったらしい。

「どうしてもしんどいというなら、いいけど」

消灯時間である。しかし寝るはずがない。だいたいテレビを見ている。

「見ててもええけど、隣に迷惑にならんように、音はちっちゃくして。電気は消しとき」

消灯後、教員は別室で「打ち合わせ」がある。これはホテルの接待である。学校によっては「飲み会」になってしまうところも多いのだが、ここは違った。ちゃんとクラスの状況報告、翌日の予定の確認が行われて、それからはじめて、

「今日一日、ご苦労様でした」

テーブルの上にはビール、日本酒、ウイスキー、コーヒーはじめソフトドリンク類、フルーツ、オードブル、おにぎりまでが山と置いてある。若い四人の先生は喜んで飲み食いしていた。しかし霧生は、「旅行の安全を願って」酒断ち中。また次の日のこともある。一時半くらいでお開きになった。大量に残った。若手が部屋に持って帰ると言ったが、それだけですむようなものではない。

「もったいないし、明日から減らしてもらうように頼みましょうか」

減らしてくれという依頼は珍しいらしい。ホテル側が驚いていた。

このあと部屋に戻ったカチョーが浴衣に着替えた。

「やっぱ、温泉だったら、浴衣でしょう」

ところが恰幅がいいのですごく似合っている。それで名前が「課長」になった。

翌日、好天に恵まれ、登山決行である。

当日になって平地の「池めぐり・生駒高原散策」に回ったのはなし。行くのはもとからドクターストップが出ていた二名のみ。これもなかなかない記録である。

登山口へ向かうバスの中。

「先生、どの山、登んの?」

「あれ」

「えーっ」

ホテルの標高が約五百メートル。登山口は千百くらいのところにあるが、遠くから見るとすごい山に見える。

登山口でちゃんと入山届をポストに入れて、登山開始。

こういうのは体が慣れてない最初が一番きつい。後ろの方で男子が、

「こんな計画しやがって。霧生のやつ、後で絶対ブッ殺したる」

一度休憩をはさんで登山口から二キロ、標高差六百メートルを登り切って韓国《からくに》岳山頂に到着したのが十一時。二時間かかった。

上はかなりの強風である。それが幸いした。北は雲があったが、南の方がよく見える。大隅半島。桜島。その先に三角形の山。

「この時期に開聞が見えるのは、珍しいですよ」

ガイドさんが言った。

救護班の松原がやってきた。

「先生、この二人、調子が悪いんですよ。先頭に出してもらえません?」

さつきちゃんとみゆきである。

さつきちゃんというのは、小柄な、おとなしい――というか、ほとんどしゃべらない――生徒。旅行などもあまり行ったことがないらしい。持ってきた荷物が重すぎて博多駅でどうにもならなくなり、いつも一緒にいるヒロコさんと二人がかりで運んでいた。

「あの子、山なんか登ったのはじめてで、着いたら、震えがきて、動けなくなったんですよ」

霧生が荷物の中から非常用に持ってきたブランデーのミニチュアボトルを出してきた。

「これは薬や。苦いかもしれんけど、一口だけ飲み。体、あったまるし」

水筒のフタに入れて飲ませた。二十分くらい待つと「効いて」くる。みゆきがやたらと元気になった。

出発するといきなりガレ場の下りである。ところが足許が悪いので、男子でもなかなか降りられない。先頭が次の獅子戸岳との中間の鞍部に到着しているのに、最後尾が斜面にいるのが見えている。

「あれが下りきるまで、待つぞ」

休憩が長くなると体が冷える。催してくるのが出てくる。男子は大丈夫。岩の上から崖下に向かって、

「爽快ー」と言ってたやつが、急に風がかわって、

「おっ、おっ、おっ、やばい…うわっ！　かかった！」

女子が数人、林の中に入っていった。なぜか後で「報告」に来るのがいる。

「先生、やっぱり同じこと考えるのがいるねんね。ティッシュいっぱい落ちてたし」

二つ目のピーク、獅子戸岳に着いたのが十二時半。予定より遅れた。

「ここで昼食にします」

映画ファンのかわもっさんが、弁当を食べ終わって、新燃岳《しんもえ》の火口の方をずーっと見ていた。

「どっかで見たことある景色やで」

007シリーズだった。日本が舞台になった〝You Only Live Twice（二度死ぬ）〟はここで撮っていたのである（ビデオの解説に阿蘇山などとあったりするが、あれはウソ）。

食事が終わると、必ず「はらいた」を起こすのがいる。最近は授業中に行くのも多い。むか

し、と言っても霧生が小学校や中学校のころは、学校で大便にでも行こうものなら、「うんこ、ちびりよったー」とか、「くっさー」などと言われた。ところが最近はそうではない。食生活が不規則になってるのだろう。ところがここも韓国の山頂と同じで灌木しかない。どうしても頭が出てしまう。男子が、

「絶対、来んな！」と言いながらしゃがんでいた。これはさすがに後で言われた。

後半は一気。新燃から中岳を経て、三十分遅れで高千穂河原に下山。池めぐりに回っていた二人が先回りをしていて、ジュースを配った。所要時間六時間半。登山ガイドさんが、

「修学旅行なんかでも、韓国岳登らすのは結構あるんですが、縦走させたというのは初めてだと思いますよ」

その夜は楽だった。帰ったらすぐに温泉に入り、それから食事。九時半に回ったら、ほとんど全部屋がもうすでに寝ていた。

一日目、教員が打ち合わせをしている間じゅう、ずっとエレーベーターホールに椅子を出してスーツ姿で見張りをしてくれていた添乗員がいた。

「あの若い人、ようやってくれてるやん」

「だけど今日はみんな寝てるし、ええでしょ」

霧生が言いに行った。

三日目は、宮崎県の飫肥と綾に別れてのサイクリングである。綾の方で事故が起こった。

このコースは、サイクリングターミナルからレンタサイクルで約一時間、照葉《てるは》大吊り橋まで

登り、そこからいろいろなところを見学しながら戻ってくるというもの。霧生が自分も自転車で生徒を吊り橋まで先導し、そののち綾城クラフトの城の手作り体験のところに先回りして待っている。ところが吊り橋まで行くのに時間がかかりすぎたのか、なかなかやってこない。二組の女子が最後にやってきて陶芸をやった。

「急いで帰らんと、間に合わんで」

後ろから追い上げてゆく。

五分遅れで到着した。ところが様子がおかしい。

「どないしたんや」

「自転車でこけた人が…」

吊り橋からの帰りの下り坂でスピードが出すぎて、こわくなって急ブレーキをかけたらしい。同じ班のれーこちゃんが、

「はしゃぎすぎたー」

松原がやってきた。

「左上腕部の骨折ですね。あと前歯二本が折れてます。とりあえずホテルに戻ってから病院連れてゆきますが、応急処置だけしかできないでしょうから、明日先に返しましょう」

飛行機に乗ったことがなかったらしい。こわい、いやや、電車がいいとか言ってたが、翌日女の先生に付き添われて、朝一番の飛行機で大阪へ戻った。

あとで二組の女子が来た。

「私たちが集合時間に遅れたの、吹っ飛んでしまいましたね。みんなで、どうしたんやろ、大

丈夫やろか、って言ってて」

「彼女のおかげやね」

そして彼女には、みんながかけている団体障害保険の上に、町がレンタサイクルにかけていた保険もあって、かなりの金額が出た。


この晩、またキョウカのグループが長風呂をしていた。ここの温泉、ジャングル風呂であり、仕切りは大きな石を積み上げた二メートル半くらいの壁である。

「あそこ登ったら、見えるんとちゃうけ」

「行け、行け」

けしかけられてうえっちが登りはじめた。ところが頭を出したとたん、

「わーっ」

セッケンとか軽石とか、いろんなもんが飛んできた。気づかれてたらしい。

「わっ、わっ」

飛び降りられない。もたもたしているうちに、ゴン！　黄色の「ケロリン」の洗面器がみごとに命中した。やっと降りてきた。

「痛《いった》ーっ」

「見えたか」

「見てるヒマなんか、ない、ない」

いや、見たかもしれない。それから「挙動不審うえっち」になった。

そして夜。こういう旅行だと必ず、男子の中に、夢を見て、しくじってしまって、こっそりトイレに行くのがいる。それだけではなかった。翌朝、

「先生、あの先生、夢精しはったらしいですよ」

「なんでわかんねん」

「自分がトイレ入ろうとしたら、入れかわりに出てきはったんですけど、（洋式トイレの）水たまるところに、アワ立ってましたから」

「若いなあ」

「誰の夢見てたんでしょうね。女子のやったら、やばいっすよね」


最終日、鹿児島市内の自主研修――班別自由行動――である。ところが目的地に着いたのに降りないでずっと寝ている女子がいる。ちえちゃんとゆうちゃんである。

「どうしたん？」

ちえちゃんがベッドがかわると寝れないのだ。そのため三日間、バスの中以外では寝てない。ゆうちゃんは、かわいそうに思って、つきあいで。でも、

「寝顔、見られた？」

そっちの方を心配していた。

バスは午後、フェリーで桜島に渡り、溶岩を見て、大隅半島を横切り国立の大学――うわっ、こんなとこにあったんや、遠《とお》ー、と言ってるのがいた。受けるつもりだった――の前を通り、志布志の先で夕食。

このレストランでは先生にサービスでアルコールがついた。大食いのトミやんが、食うだけでなくビールをがぶ飲みしていた。松島が、

「船に弱いて言うてなかったか？　大丈夫か？」

「船に酔って吐くのも、酒に酔って吐くのも、同じでしょう。それなら、飲んどかないとソンですし」

「この考え方、ついていけんわ」

そこから志布志港に戻ってフェリーに乗船である。ガイドさんの挨拶、

「皆さん、いよいよ志布志港に到着でございます。三日間でしたけれど、本当にありがとう…」

そこでほろっときてしまった。

「うわー、わたし、こういうの、苦手なんだー」

ユナがもらい泣きした。悪い学校で、男子があまりいじめるので、ガイドさんが泣いて途中で降りてしまったという話をよく聞く。ところが今回は逆だったらしい。

「男子がやさしくて…」

最後に男子と一緒に撮った写真、ガイドさんが泣き顔で写っていた。

航海は穏やかだった。トミやんもゲロを吐かないですんだ。ちえちゃんはロビーの椅子で情けない格好で寝ていた。

翌朝、大阪南港から京都までバスで帰って解散。

学校に出てきてから、女子が行かなかった先生に報告していた。

「山、四つも、登ってんでー」

かわいいから記念に、とホテルの「わらじ」（スリッパではなかった）を持って帰った女子が数人。

「絶対に忘れられん修学旅行になったやろ」


半年ほどたって突然、鹿児島県から招待状がきた。今年修学旅行に来られた学校の先生からご意見を伺い、今後の観光振興の参考にしたいというのである。

――要するに、また修学旅行に来てほしいという接待である――

修学旅行などで「いい思い出」を作ってもらうと、リピーターになる可能性は高い。実際旅館のご主人やホテルの支配人さんなどに聞くと、

「修学旅行の時に泊まって、ン十年ぶりに来ました」などというのが、けっこういるのだ。

時期は期末のあと。校長は引率でついていってないから、わからない。教頭が普通なのだが、卒業や入試関係の業務で出られない。霧生も同じ。カチョーが行くことになった。

帰ってきてから、

「すごかったですよ。来てたのは校長ばっかしで。知事とか、行った先の市長とか町長とか、全部あいさつに出てくるし。食事もすごい豪華で」

「いいですねえ」これはトミやん。

「最後に何かご意見がございましたらと、一人一言ずつあって困ったんですが、山の上で野グ

ソしていじめられ傾向なのがいますと言って、トイレの設置を要望しときました」「そうしたら、あそこは国立公園なので簡単にはできないのですが、検討してみますと言ってました」

富士山のてっぺんもそうだが、国立公園だからトイレが作れないで、そのへんでしなければならないというのも変な話だ。

そしてもう一つ、こういうことはこのころだからまだあり得たのだ。

受験一直線

あとは受験に向けて一直線である。

五月の連休が終わったら生徒対象の入試説明会。続いて土曜日の午後に保護者対象のである。二つを一緒にするわけにはいかない。もちろん話の内容も異なるのだが、保護者対象の方にはいくつかの大きな目的があった。

まず一つ目。一期生は十八歳人口ピークの一年前。「大学総難化」と言われた。関関同立・龍甲産近・二南四学院、関東なら早慶JAL・日東駒専・大東亜帝国などという言葉が登場したのもこのころである（この言い方は予備校や地域によって少しずつ違う）。つまり、お父さんお母さんの「あんなしょーもない大学」「誰でも入れる大学」が、とんでもないことになっているのである。その意識を変えてもらうこと。

二つ目が、そういう状況をできる限り「お父さんに」知ってもらうこと。これはこの県が田舎だからなのか（またこの話が出てきた。これで三回目だ）、生徒が相談するのはお母さんでも、最終的な決断を下すのはお父さんというところが多いのだ。

そして三つ目が、「金《かね》」このころ、私立だけでゆく場合、公募制推薦で五つ、一般で六つくらい受験するのが平均だった。受験料は二万五千から三万くらい。十校とすると三十万だが、それだけではすまない。公募制推薦で合格した場合、近畿では「併願可」のところが多い——関東はほとんどが「専願」合格したら絶対に入学しなければならない——ので、当然そこを足がかりにして、もっと上のランクの大学をねらう。しかし推薦で通ったところには「確保料」——入学金と前期授業料を合わせたもの——を納めなければならない。そして他のところに通ると、だいたい授業料は返してくれるが、入学金は取られてしまう（公募制推薦のある大学で一番レベルの高いところは、ぜんぜん返してくれなかった。学部にもよったが、文系で七十五万くらいだった）。それに交通費などもバカにならない。東京などに行ったらとんでもないことになる。そして入試の時にケチったら、絶対失敗する。金をためといてほしいということなのだ。


同じころから各予備校の全体の動向に関する説明会、そして大学・短大の説明会である。大学・短大の方は、主として「公募制推薦入試」の説明。

推薦には、「指定校推薦」というものもある。これは、これくらいの（成績の）生徒を送ってください。そうしたらとりますよ、と大学側が依頼してくるもの。だが過去その大学にどれだけ生徒を送ってくれたか、という実績によって決定されるのが本来の形。だからこの学校にはないはずなのだが、一応一部がこちらに移転してきて「お隣りさん」になった大学が、地元と言うことでくれた一名と、国分寺の大学がやっていた「新設校指定校推薦」の一名だけ。あとは全部公募制推薦からになる。

昭和五十年くらいまでは、推薦というと、あんまり勉強のできないのが先に楽してたいしたことのないところへ行く、というイメージが強かった。霧生と同じ中学校のやつが、のちに霧生が就職する男子校に進学し、推薦で現役合格が決まった時、

「あいつが？　あそこの大学？　推薦？　やっぱしあほやったんや」と言われた。

ところが五十五年をすぎて、入試が急に難しくなった。↓受験生が受験校をふやす↓倍率が高くなって「戻り率」が読めなくなる↓真面目で優秀な生徒を早くから確保しておきたい↓制度が拡充され、推薦の定員が増加する。そうすると受験生の方も、一つでもひっかかって安心しておきたいということで、この時代、公募制推薦はもはや受験機会の一つになっていた。

だからこの説明会はすごく重要なのだ。大学側にとっても同じである。けっこう気合いが入って、「おみやげ付」はあたりまえ。「本学教職員を囲んでの懇談」とか、「粗餐をご用意しております」は、立食かもしれないがパーティーがある。コンパニオンがついた短大もあった(さすがに自分とこの学生ではなかった。そっちの方が本音が聞けて面白いかもしれないのだが、本当にやったら問題になるかもしれない)。

聞きにいく大学は、なるべく生徒が希望してるところの方がいい。しかし「先輩」がいないので、生徒はどのへんを受ければいいのかよくわからない。先生の方もどこに「挨拶」に行けばいいかわからない。だいたいこのあたりだろうと見当をつけて、特色を聞いてきて、説明し

てやらなければならない。そうすると週一回のLHRも、一、二年のころは「今週、何しょーか」「レクリエーションでええか」とか、けっこう余裕があったのが、進路の話ばっかりでぜんぜん時間が足らなくなる。さらに大学だけではない。専門学校や就職もある。

くんちゃんの第一志望の名古屋の女子大。去年まで公募制推薦がなかった。

「一般（試験）で受けるしか、しかたないですねえ」

とにかく傾向だけでも聞いてこようか、と行ったら、

「公募、今年からやるて。どうする？」

「受けます！」

名古屋で、大学名から「工業」をはずして総合大学に変わったところがあった。

「工学部に、『女子特別推薦』がある」

これは使えそうだ。だが理系の女子二人は生物系。文特で、理系に寄ってて、数学とかコンピューターとか好きそうな…みゆきだ。

「名古屋やけど、どうや？」

「コンピューターはいいけど、四大は…。かわいい、いい、らしく短大にします」

「ほな、尼崎の、工業技術系の短大か。あこなら家からも通えるし」

土曜日の放課後に、そういう推薦の過去問を使って、英・国で推薦模試が始まる。京都産業大学対策、「名作の冒頭文」プリントが登場する（ここの推薦では、この後平成六年度まで、必ず文学作品の冒頭文が五つほど並んで、その作者名と作品名、解説を選べという問題が出題されていた）。

「しかし、それにしても、知らん（読んでない）な」

だんだん危機感が出てきた。一、二組を中心に、いろんなのが、放課後残って勉強するようになる。つられて残ったり、部活を引退して余裕ができたのなどが合流して人数がふえてくる。

「どっか、ほかに使える部屋、ありませんか」

「勉強やったら、どこでも使い」

何も入ってないＬＬ教室に机を入れて、二、三人で勉強していた。

教室の後ろの黒板の上に健康ドリンクの空きビンがずらっと並んだ。残ってる連中が気合いを入れるために飲んでるらしい。この当時「二十四時間戦えますか」『リゲイン』がはやっていた。違うのもある。

「あの空きビン、捨《ほか》てるなよ。おもろそうやし」

一学期の期末が近づいてくる。推薦入試にはここまでの成績が関係する。職員会議で霧生が、

「評定平均値を上げなければならないのですから、期末考査の問題は、各教科とも易しくして頂きますようにお願いします」


そして調査書を作成するのだが、一番大変なのは、「指導上参考となる諸事項」の「所見」――人物評価の欄である。

霧生が前の学校で初めて高三の担任になった時、先輩の先生などは、

「こんなもん、どうせ読まへんのやから、三つくらいパターン作っとけばええんや」

実際その先生のを見たら、

「明朗な性格で努力家である」「温厚寡黙でクラスの仕事にしっかりと取り組んだ」そんな短いのが、本当に三種類しかなかった。おそらく公立も同じようなもんだろう。そしてのちには指導要録が本人の請求があれば開示されることになったため、もっと簡単な、定型化したのになったらしい。これはやりたくなかった。

文部省が出している「指導要録の記入について」——調査書は指導要録に基づいて書くので、「書き方」は同じでいいのだ——をコピーして、記入例と一緒に配る。

「一人一人、特徴をとらえて、端的にほめて下さい。ただ端的にと言いましても、一行とか短いのはやめてください。また以前にありましたように、悪いことを書くというのはもってのほかですので、よろしくお願いします」

資格・特技という欄もある。アンケートを回さなければしかたがない。

性格は、二年続けて持っていたりするとだいたいはわかるが、時々意外なのがあったりする。「おとなしい、無口な」と思ってた生徒が、「明るいです」途中から持った生徒については、前の年の指導要録が参考になることもあるが、やっぱり変なのがある。十三期生のいづみちゃん。

「おとなしく、目立たない存在で」

本人の書いたもの。一言、

「明るい」

確かにめちゃめちゃ明るいと思う。友人のあーさん（アクセントなし。あえて言うなら最後をち

ょっとあげる）が、

「歩くワイドショー」

「前の担任、何見てたんやろ」

しかたがないので、

「一見するとおとなしいように見えるが、実は明朗な性格であって」

逆に書きやすかったりする。


調査書を作っていた霧生が、またまたえらいことに気づいた。理科Ⅰの単位である。一年の時、理科Ⅰは途中から週三時間に変わった。指導要録の単位数はあとの方の時間にあわせて「3」になっていた。ところが文部省が定めている単位数は「4」

——一単位、足らん！——


「とにかく途中までは四単位でやってたんやし」

すぐに、「指導要録の理科Ⅰの単位数を『4』に訂正してください。合計単位数も1増やしてください。調査書に記入する際も『4』でお願いします」という指示を出した。

硬派一期生

ところでこういう学園モノというと、恋愛の話が出てこないといけないのだが、この一期生にはそういう話がほとんどない。みんな硬派だったのだ。

卒業時まで続いていたのは二組だけかもしれない。

バスケ部の男子と女子。純情カップルだった。三年の時、女の子の母親が亡くなった。お通夜の時、男の方が、担任の松島のところへ来て、

「オレ、どうしたらいいですか」

「こういう時こそ、そばについとったらないかんのやないけ」

「あいつ、ほんまに、隣に行って、黙《だま》ーって座っとんねん。ほたら、弟の友達やろな、小学生が、『あれ、お姉ちゃんの彼氏やねんで』って、こそこそ言うとんねん。なんや、面白《おもろ》うて。笑うわけにもいかんし、困ったで」

もう一組は、三年になってから転校してきた女子と同じクラスの男子。すぐにつき合いはじめて、卒業後二年たって結婚した。これもある意味で「純情」であろうか。

「超」がついたのがちえちゃん。一年の時は五組。太田が、

「ハキダメに鶴やな」

二年から特進に上がった。美人である。男が寄ってくる。ところが話しかけられると、すぐ真っ赤になって返事ができない。保健の授業の時、性教育の話になると聞けない。「いや」と言って、耳を押さえてうつむいてしまう。試験の時もその部分だけ白紙。保健を担当していたニャンブイが、男とべたべたしていた二期生の女子と比較して、

「何にも知らんちえちゃん」

後の話になる。ちえちゃんは北海道の国立大学を志望、センター試験では八十%を超える得点率もあげたが、いずれも二次で失敗、京都の私立の女子大に行った。そののちやっと合格し

たからといって、霧生が呼び出して、京都の料亭でお祝いをやった。

「女子大やったら、男と話す機会とか、あんまりないやろ。そんなんで、結婚どないすんねん」

「お父さんの決めた人と結婚する」

ただちえちゃんはこの後、神戸の国立の大学院に進学し、それも博士課程まで行ってしまったため、まだ結婚してない。

　男子の方では。

　この年から体育では、六月から九月まで、体操服は夏用が義務づけられた。その六月一日、たまたま雨で、体育館を二つに仕切って男女一緒に使っていた。

「休め。気をつけ」

「先生、気をつけ、できません」

「なんでや」

「今日、女子、ブルマやから、テント張ってます」

そういえば一人だけサッカーのフリーキックの時の「壁」のスタイルになっている。他のやつが、

「トイレ行って、してこいや」

よけい意識してしまった。これは純情なのか、Hなのか、ただの変態なのか、よくわからない。

「山の上でうんこしたやつ」だった。

これに対して二期生は軟派が多かった。その年によって違うのだ。キョウカが職員室に来た。

「いまお茶飲みに行ったら、湯沸室の中で、一年のメガネかけた女とでっかい男子がセックスしてましたよ」

「見えるとこでセックスはないやろ。抱き合ってただけやろけど、一年の方には言うとくわ」


一期生と二期生の組み合わせができると、ややこしいことになったりする。

三年に上がる時に留年した一期生。ちゃんと三年に上がった時、同じ学年（一つ年下）の女ができた。一学期間はアツアツでつきあっていた。ところが二学期になって、男があっさり捨てられた。別に男ができたらしい。ところが男の方があきらめられなかった。復縁を迫って、女をぶん殴って停学になった。その後出てこなくなって、とうとう三年の二学期半ばで退学してしまった。おやじが、

「あの女と二年の時に付き合《お》うとったやつも、ダメになっとる（退学してる）んやろ。魔性の女、と言《ちゅ》うやっちゃな」

ケイジ投手と二期生の女子。女子の方が、

「（ファースト）キスした時、お前、むっちゃたばこくさ、って言われたー」

九月

二学期が始まってすぐ、その二年が修学旅行に行った。つまりこの年は修学旅行が二回出た

のだ。

北海道だった。ただし列車ではない。県立は北海道が多かった。しかし行きは新幹線を乗り継いで、盛岡から特急「はつかり」、夜八時すぎに函館に入る——うまく列車がとれないと夕食も弁当になった——帰りは、札幌を夜行急行「はまなす」の座席車で出て、青森六時十一分の特急「白鳥」で十二時間という、とんでもなくしんどいパターンだった。旅行会社の人が、

「とにかく白鳥に乗せたら終わり、と思って、ほっとした」

しかし修学旅行などは、公立を気にすることはないということがわかってきたのだ。

メインは、一期生の「登山」に影響されて計画した大雪山、旭岳のトレッキング。ところが下見に行ったのがニャンブイだった。足が早い。それで計画を立てたものだから、せっかくのトレッキングが一周回りきれず、途中で引き返さざるを得なくなってしまった。

その上、道東を回ることにしたものだから、連泊は層雲峡の二泊だけ。あとの三泊は全部移動。あとで霧生のところへよく来るようになった女子が、

「バスで走ってばっかりやってん」

ついていった小川は、

「静かにしとったで」

さっきの女子、

「みんなずっと寝てたし」

そして、だんだん時期が早くなってきた文化祭と体育祭が続く。

文化祭は三年が「自由参加」にならなかった。

「クラスが少ないから、しゃーないか」

「なるべく、手ー抜け」

「とにかく準備に時間のかからんやつ」と考え出したのが、健康ドリンクの空きビン。百本以上になっていた。

「あれ、もう少し種類ふやして、テーマ別にして、分析しよか。それやったら、勉強の役にも立つし」

予算を渡して、

「班ごとにテーマ決めて、一人三種類以上飲んでまとめよ」

漢方系、勉強に効く系、メジャーvsマイナー、美容系などのテーマが並んだ。

ところが、めったに飲まんのが飲んだりするから、いろいろ起こってくる。さおりちゃんが薬局――ドラッグストアというのはまだあまりなかった――で、ドリンク剤を三本持ってレジに行ったら、

「疲れたの?」

「めっちゃ恥ずかしかったでー」

別の女子、

「麦の味がした」

これが一番うけた。男子では一日に三本飲んだのがいた。

「夜中、大変なことになってしまいましたー」

そりゃそうだ。たぶん一晩中おさまらなかっただろう。

結論。——値段の高いのが効くとは限らない。漢方のは苦い（まずい）。効きそうだがすぐには効かない。美容には…？（すぐには効果が出ない）——

ステージは去年、芸能人で失敗した。

「サマンサ先生、生徒、有名な作品ぜんぜん知らへんし、名場面集とか、やらへん？」

「何するんですか？」

「やっぱり、『金色夜叉』からでしょ」

「私がけっとばされるんでしょ。いやですよ」

「じゃ、『湯島の白梅』は？」

「？」

先生も知らなかった。結局つぶれた。


続いて体育祭。

大騒ぎしたのはちえちゃんだった。霧生が朝のＳＨＲに行こうとして職員室を出たら、ゆうちゃんと一緒に走ってきた。

「先生、ブルマ忘れた！　どうしよ。出られへん」

開会式は全員が出るから、借りるわけにもいかない。

「サマンサ先生、持ってないかなあ」

「先生が履くわけないと思うけど…聞いてみ」

また二人で走っていった。その後、霧生が生徒を教室から追い出してカギを閉めようとしてたら、戻ってきた。

「どうなった?」

「事務室で買ってきました」

第二グランドへ行く途中、そのサマンサが前を歩いていた。男子が、

「お尻、でっかいっすね」

「安産タイプやな」

女子は見るところが違うらしい。着替えたちえちゃんとゆうちゃんが追いついてきた。

「ヒップアップパンツ、履いてはりますね」

下着のラインがトレパンの上にはっきり出てしまっている。

「それって、お尻を上に持ち上げるやつか?」

「うん。あの真ん中の方に、もう二本、線があるでしょ」

こんなことを言ってると、だいたい気づかれる。サマンサが振り向いた。

「サマンサ先生ー」

ちえちゃんとゆうちゃんが走っていって、ごまかした。

そしてついに応援合戦でエッサッサが登場した。やったのは三組。男子が野球部、サッカー部、バスケ部…と、体育会系だったのである。担任の松島が三月末、クラス編成表を見た瞬間、

「これは、体育祭、優勝やで」

自分もバスケ部顧問。四月一日、辞令をもらった直後に練習を指導し、「うわっ、熱血先生

や！」と言われたくらいである。そして前に勤めていたとこの体育祭でエッサッサを知っている。どこからかビデオを借りてきて、ケイジを中心にやった。ものすごくきれいに決まった。

――しかしこれも一年で終わってしまった。伝統にはならなかった――

ただ今年は競技を盛りだくさんにしすぎた。終わったのがなんと五時半。写真屋さんが、「体育祭でストロボたいて撮影したなんてのは、初めてですよ」

小説

このころ、小説家の花村萬月が講演に来た。サンケイ新聞が文化事業で派遣してくれたのだ。花村萬月といえば、今では押しも押されもしないハードボイルドの第一人者だが、当時はまだそれほど「メジャー」にはなってなかった。

花村は、写真などを見てもわかるが、けっこう押し出しがいい。それが壇上に上がって、校長からの紹介の後、会場を見まわして、

「お前ら、絶対に高校やめんなよ」

この出だしには生徒も驚いた。

内容は、自分の作品についてとか、そこから発展した文学論とかをするのかな――ハードボイルド作家だから面白いかも――と思っていたら、自分の学生時代の話が中心。青春論とか友情論。ごく一般的な、高校生向けの話だった。

静かには聞いていた。しかし、

「あの人、オレらがそんなレベル低いと思てるんやろか」

出だしの一言がやたら印象に残ったらしい。司会してた体育のダサマ先生があとで言った。

「批判するのはかまへん。ただちゃんと話を聞いた上でのことや。そういう意味では、今回の態度はよかった」


小説というと、現代文——昔の言い方だと現代国語——の教科書にも、だいたい学期に一回の割で小説が出てくる。

定番と言われるのは一年で『羅生門』、二年で『山月記』と『こころ』、三年で『舞姫』くらいか。新しいところでは井上ひさしくらいまでは出てくる。さすが花村とかは見たことがない。評論家の方にはけっこう最近の人もいるのだが。三年の教科書販売の後、シンがやってきた。

「『富嶽百景』載ってますね。絶対やってくださいよ」

これも定番教材だろう。高校で太宰にはまる生徒は多い。シンもそうだった。

三年くらいになると、生徒がけっこう「わかる」ようになってきている。一組には、国語に強くなるために小説を読もうといって、入試に一番よく出る夏目漱石を読みはじめ、小説の方をほとんど読んでしまって、小論文を書かせると文体が漱石調になってしまうアッシというのもいた。だからどんな作品でも、「トラ」——指導書——をもとにやったりしたら、面白くも何ともない。むしろ「作品論」をやった方がいい。一、二期生に大ウケしたのが、その「富嶽百景と太宰」だった。

教科書に出てくる小説は、たいてい一部がカットされている。「富嶽——」だったら、能因法師、妹背山女庭訓《いもせやまおんなていきん》と正写朝顔話《しょううつしあさがおばなし》——この話、ヒロインが「みゆき」なので、二組では受けた——遊女、花嫁の欠伸《あくび》、これらの話のうちのいくつか、または全部が抜けている。そうなると入試問題と一緒。「文学の一部」であって、「文学」ではなくなる。そこでまず全集から全文をもってきた。

自分は滅びる階級である。滅ぼされる運命にあると思い、家に反抗する——このあたりまでは、一般的な高校の授業でもまだ出てくる——が、実は家が大好き。女にすぐ、死にたい、殺してくれと言う「稀代の死にたがり屋」玉川上水から引き上げられた時は、「やっと死ねた」という安らかな顔だった。

結論。——だめなやつ、ふつうの人びとはみんな、自分のことをそう思っているわけですよ。それでもみんなは、少しでもマシな人間になりたいとねがいながら苦しんでいるわけです、のたうちまわっているわけですよ。人間らしさがすこしでも残っているかぎり、だれもがのたをうっているわけですよ。

そこで、自分のだめさ加減を率直に語ってくれる人が貴重になるわけですよ。みんな、だめなのはおれ一人じゃないと慰められますからね。さらに、そのだめさ加減と朝昼晩どんなつらい戦さをしているか、それを包み隠さず報告してくれる人がもっと貴重になるわけですよ。みんな、この人は苦しみながらもがんばっている、よし、それならおれもひとつ…、とこうはげまされますからね。

（『晩年』の表紙を叩いて）ですからこの小説家はなにも死ぬことはないわけですよ。自分ののたをうつさまを、ふつうの人々にわかる言葉で文学的に、

（修治　アウフヘーベンだな？）

そうすればいいわけですよ――

（井上ひさし『人間合格』東京・集英社　九〇・三による）

ネタは井上ひさしの戯曲と上演時のプロ。これはその芝居の中のセリフだった。題名は『人間合格』

推薦

十月になった。まず大学入試センター試験の出願である。説明会をやって出させてみると、五十人ほど。太田、

「三分の一か。数的にはまあまあやけど、どんだけ使いもんになるのがいるやろか」

そして十一月。それまでにも専門学校や就職の試験はあったが、大学の推薦入試はここからが本番。

「くんちゃんが本日より名古屋に出発します。みんなで合格をお祈りしてあげましょう」

クラスの連絡事項の中にこんなのが入ってくる。男子が、

「あんなん言われたら、恥ずかしいっすよ」

「ええやん。言魂《ことだま》思想やねん。言葉には魂があるから、言うてたら実現すんねん。というか実現してもらわな困るし」

神だのみのやつも出てくる。他のクラスでは、代ゼミにいってるのが、「合格祈願」と書い

てあるトイレットペーパーを持ってきて、黒板の上に飾った。

「トイレットペーパーて、やっぱウンがつくというシャレか？　ありふれてっけど」

霧生が「合格者一覧表——合格者名をご記入下さい」という一枚二十行の表を、大学、短大、専門学校、就職と四枚組にして、職員室の内と外に貼った。

「第一号は誰になるやろ」

太田、

「これ（大学の部）一枚、一杯になるやろか」


第一号はやはり試験日の早い地元の指定校推薦だった。太田がまた、

「これで終わりとちがうか」

そんなことはない。自信はあった。ところがもう一つの指定校、東京の方に希望者が出ない。

「もったいない。誰か行けや」

「家から通えるとこなんて言うてる場合やないと思うねんけど」

けっこう地元志向が強いようだ。結局、

「今年は出ませんでした。来年よろしく」というおわびの手紙を出した。


みゆきがやってきた。

「名古屋の女子特、受けます」

「よっしゃ」

とは言ったものの、こっちは面接がある。間違いなく問題になるのが、二年次の欠席日数六十余日。本人と母親を呼びだした。

「この欠席日数は本校のものではありません。本校に来てから休んだのは、修学旅行明けの入院した五日だけですから、本校としては推薦します。ただ、この二年の時の六十日あまりの欠席の理由を、正直に言ってしまったら絶対に通りません。だいたいこういうのは、病気じゃないとダメなので、いろいろ考えたんですが、（体が）細いし、理由は、『急性膵炎で入院』ということでいきたいと思います。これなら原因もはっきり分かりませんし、後に影響が残るということもありませんから、まず（大学には）わからないでしょう」

その後どういう症状が出るか、ということまで説明する。母親に来てもらったのは、何かの拍子にそっちのルートからバレたら困るから。要するに口裏合わせ。

そして本番。前の晩、ホテルに母親と一緒に泊まってて、

「落ちるー」

ずっと泣いていた。


公募制推薦の合格第一号はくんちゃんだった。事務室から郵便物が回ってくる。「合否結果在中」などと書いてあるのですぐわかる。校長が回してくれた。

「よっしゃ、合格や！」

いい知らせは早い方がいい。休み時間に合格通知書を持って走った。

「くんちゃんは？」

「三組行った。次、選択やし」

「くんちゃん」

「はい?」

「(合格通知書を見せて)合格!」

「!」声にならない。周りの生徒が拍手した。こういうのはあとでじーんとくる。次の時間カチョーが、

「くんちゃんの泣き顔、見てしまったー」と言って帰ってきた。

続いてさつきちゃん合格。同じ大学に合格したもう一人の女子はトップだったらしい。四月、入学式の時に、新入生代表として宣誓をやらされた。

「そんな高校で終わりやと思ってたから、びっくりしました」

みゆきも前に受けていた尼崎の短大と共に合格した。

「欠席日数は聞かれたよ。でも、『急性膵炎で』って言ったら、ああそうですかって、それでおわったよ」(京都弁のアクセントで言う)

これも後日譚《たん》がある。中学の先生対象の入試説明会の時である。担任団との懇談の席にみゆきの出身中学の先生が来た。

「どうしてますでしょうか」

「がんばってますよ。すごくいい生徒ですし。大学も、名古屋の方の工学部の電子工学科に、女子特別推薦で決まりました」

「そうですか。中学の時はすっ飛んでましたし、前の高校にもご迷惑をかけたんで、こちらで

もまた何かやらかしてないかと心配だったんですが」

同じ中学校出身の男子も同じようなことを言っていた。しかしどうみても、そんな「悪かった」ようには思えない。やっぱり「悟った」のか、それともよっぽどこっちの水があったのか。

女子は順調。


「うーん、男子がしんどいなあ」

シン。小論のテーマが「アイドルについて述べよ」だった。このテーマだと、スターとか歌手、宮沢りえとかB'zあたりで書くのが普通。ところが、

「太宰の『道化の華』について書いてきました」

「それはインパクト強いぞ」

かなり期待していた。

――でもだめだった――

「なんでなんや」

英語がダメだったらしい。

結局推薦は、大学・短大あわせて二十六名の合格だった。

卒業式へ

二学期後半、教務は卒業式計画に着手しなければならない。しかしそれ以上に大きな問題が

あった。

――三学期はどうするんだ？――

年間行事計画がなかった、というか状況がわからなかったので作れなかったのだ。須武田と霧生が相談する。

授業はどうするか？　↓公立は一月中は授業。↓本校は一月末に高校入試もある。早く終わらせて受験に集中させよう。↓始業式のあと一週間だけ授業。その後学年末。

卒業式の実施時期は？　↓公立は三月一日。国公立のA―前期日程とB―後期日程の間。↓それならA―前期の前にして、ゆっくり試験を受けさせてやろう。↓（入試の）移動のことを考えると前日にはできないから、二十三日に実施する。↓ちょうど土曜日になる。保護者も出やすい。

日程が通ったら、次は「式計画」である。これはどこでも同じはず――だった。校長が二つ要望を出した。

「証書は一人一人に手渡してやりたい」

原案はクラスの代表一名に渡す形だった。校長にとってもやはり一期生は思い入れがあるだろう。気持ちはわかる。しかし――長くなるぞ。

「証書を渡す前に話をしたい」

「学校長式辞」は、通常は「卒業証書授与」のあと。証書が渡された時点で「卒業」なのだから、先にやると「ご卒業おめでとう」とは言えなくなってしまう。しかし校長がそれでいいというなら、

「まあいいか」(これは三期生、山口副校長の時にもとに戻った)

「服装は、担任団は略礼でお願いいたします」

「そんなもん、ないで」

買いに行った人がいた。

「〈トミやん〉先生、だいじょうぶですか」

「だいじょうぶですよ。ありますから」

実はだいじょうぶじゃなかった。

「校長先生はモーニングですので」

「持ってないですね。略礼じゃだめですかね」

「担任が略礼ですから、モーニングじゃないと格好つかないと思いますが。レンタルでもいいですからお願いします」

会議が終わってから太田が、

「日の丸の話が出てこんかったな」

「うちの体育館、真ん中に宗派のシンボルマークがありますでしょ。飾りようがないんですよ。」

通常は国旗と(略式)校旗を並べて、壁に貼るかバトンにぶら下げる。

「まあ、外(のメインポール)にはあげてますから、それでいいということで」

「『君が代』もそうやけど、やるとかやらんとか、不毛な議論で長々時間を使わんということはええことやで」

計画がかたまった。あとは全員が欠点をとらないで無事卒業してくれることと、進路、特に大学にたくさん入ってくれることを祈るだけである。

ところが二学期の中間が終わったあと、突然三組の男子一名が出てこなくなった。松島が連絡をとると、

「やめます」

「あと一ヶ月とちょっとやないか。なんでや」

本人は、やめます、しか言わない。父親を呼びだした。折り合いが悪かったらしい。高校はずっと以前からやめたかったのだが、父親に絶対やめるなと言われて、しぶしぶ行っていた。それがこの前、大ゲンカになって、

「それなら、(高校)やめてまえ!」と言ったのに、本人が「しめた」と飛びついたらしい。本人の意志は固い。どうしようもない。とうとう十一月一日付で退学していった。

後の話である。本人はとにかく父親と一緒にいたくなかったようだ。すぐに家を出て遠洋漁業の漁船に乗り組み、卒業式のころには南太平洋でマグロを追っていた。

一期生最後の三学期を迎えた。高三は始業式のあと三日間授業をやって、センター試験。よく月曜日が自己採点。この当時だいたいの国公立は八百点満点。タローがひとつの目安とされる六百四十を超え、六百七十。しかし二番手がいない。ちえちゃんが六百ほど。

国公立の合格可能性の判定は、これ以前の一時期いろいろ批判されたが、もう予備校に任せないとしかたがない。四社に送った。四日ほどたって返ってくる。カチョーがタローの保護者を呼び出した。いよいよ出願のツメである。ところが霧生の方は呼び出しようがない。ちえち

ゃんは志望校を変更すればいけるところはあるのだが。

「二次でかなりとらんときついな」

あとは作戦どころの点数ではない。

「勝負は二月一日からや」


そして学年末。本来この「一週間」というのは、一応一通り授業が回るからということなのだが、実際はセンターとか十五日の成人の日とかで抜けている。たとえ二学期の期末考査後の特別時間割期間中――この県は大阪などのように、期末が終わったら試験休みということはなかった。短くても四限で授業をやっていたのだ――の分を入れたとしても、範囲が非常に狭い。平均点がすごく高くなった。そしてそのおかげで、

――欠点者が、全部消えた！――

遅刻、欠席などでLHRの欠課が多い者については課題を出させる。ただし三年は「推薦」ということがあるので、それほど人数は多くない。

テーマは、「三年間に学んだことについて論じよ。原稿用紙十枚以上」だった。

このテーマ、二通りに解釈できる。一つは人間的に学んだこととととるもの。こっちの代表は一組の男子だった。学校に関する新聞報道と実際の内部の様子を比較して、マスコミ報道の問題点について論じた。担当した小川、

「これは校長に読んでほしいなあ」

もう一つは勉強で学んだこととととるもの。こっちの代表はシン。当然太宰について論じたの

だが、なんと七十枚。霧生が読むのに苦労した。

最初は各小説家、評論家の太宰論の紹介。そして彼自身の結論が十枚。

——言うことが人によってみんなちがう。うそだかほんとだかわからない。調べれば調べるほどわからなくなる。しかしもしかしたら全部が本当なのではないのか。彼の小説と実生活をまるごと享受して、彼が理想としていた愛や友情や正義について考えてゆかなければならないのではないか——

完全に卒業論文だった。

「なんか評価したらないかんなあ」

二人とも現代文の得点に生点《なま》で二十点を加えた。

高校入試をはさんで二月はじめの査定会議。以前あれだけ時間がかかった第一期生、百五十三名の卒業は、十分くらいで簡単に認められた。


その間にも二月一日の関大、甲南を皮切りに、一般試験が行われている。しかしここまで来るともう担任は手の打ちようがない。せめて遠隔地に受けに行って宿泊先を教えてくれた者に、「どうやー?　風邪ひいてないかー?　あしたがんばってこいよー」と電話してやるくらいしかできない。

並行して発表が始まる。大学から合否一覧表も来るが、一般の場合、全学部、全方式まとめてくるので、本人からの報告の方が早い。高三の担任宛に電話がかかってくると、手のあいている高三、進路の先生が集まってくる。

「よっしゃ、おめでとう！」なら、周りで拍手。

「そうかー。残念…」なら、何も言わずに自分の席に帰る。

事務室に頼んで、大阪新聞を二月と三月だけとってもらうことにした。大阪新聞は、個人情報の保護といったことがやかましく言われるようになってからは、「同志社大学ベスト一〇〇」などという高校ランキングしかのせないようになったが、六期生の時までは合格者名ものせていたのだ（さらに一万円払うとそれをプレートにしてくれた）。もっと詳しくのせてくれるのもあった。中日新聞の地方版。こっちもとることにした。そしてのると、コピーして合格者一覧の横に貼った。本人にも渡したが、これはみんな喜んだ。やっぱり「新聞にのる」というのは大きい。

この時、一つ気になる学校があった。

「なんやよう名前が出てくるな」

京都の一番最後に出てくるので、よく目立つのだ。さらにほとんど毎回。合格者も多い。

「新しいとこやな。すごい伸びとるやないか」

この学校より二年前に女子商業から男女共学に転換し、「進学校」へと急成長してきたところだった。

うえっち合格。パラオ合格。

さつきちゃん。推薦を足がかりに四私大の英文科狙いだったのだが、一大学、それもA方式だけの一発勝負。

「他の大学とか、せめて他の日程、受けといたら？」

「相談してきます」とは言ってたが、結局そのまま。

——そして合格した——

「おっちー、通った！」とトミやん。

「どこや、どこや」

「これ、どこですか。紋別市？」

「伊達の紋別？」

「いや、ただの紋別です」

「うわっ、オホーツク紋別か。北海道の、網走と稚内のまん中へんやで。あそこ、もう、鉄道（廃止になって）、走ってへんのと違ったっけ？」

「しかし、よう、そんなとこ、見つけてきよったな」これは松島。

「でも、通ったんですから、とにかくえらいですよ」

卒業式

ついに卒業式を迎えた。

天候は快晴。しかし放射冷却でめちゃめちゃ冷えこんでいる。

「第一回」である。さらに「高校教育のあり方を問うた」学年。そしてこの二月二十三日という日程。県内で一番早かった。四大紙はじめ地元紙、地元ＴＶ局と、報道陣がつめかけた。

校長先生は結局、略礼服だった。

「なんやその格好。変やで」と言われたのがトミやん。この人、絶対にネクタイをしない主義。自分の高校時代の恩師にそういう人がいて、その考えに共感したらしい。しかし今回だけはしてくるだろうと思っていた。ところがダブルの略礼に白のとっくりのセーター。保護者だけでなく生徒からも言われた。

「ただいまから平成□年度、○○高等学校第一回卒業式を挙行いたします。一同、起立!」

こっちのメインは、何と言っても「卒業証書授与」生徒が、ギャグとか何か――暴れることはないと思うが――するとしたら、まずここである。前日の予行の時、霧生が、

「こういう節目の大事な時に、いらんギャグとかしたりすると、一生言われることになるから、絶対やめとけよ」

一期生は何もなかった。あったとしたら、校長先生と握手したあと抱きついた男子が一名。壇上に上がる時、本当に階段をふみはずして、ガクッとなって、「あいつらしい」と周りをほのぼのとさせてくれた男子が一名。高所恐怖症でステージの下を見ることができず、奥の方を遠回りして校長の前に進んだ女子が一名。そんなもんだった。ただし二期生以降は、証書をもらう前に紙吹雪をまいたり、もらったあとにバック宙、というパフォーマンスをするのが三年ほど続いた。

こういう時にカメラマンが狙うのは、男子なら「高校生らしい」生徒、女子なら「美人」――またまたちえちゃんだった――

ちえちゃんが証書をもらった時には、ストロボがバシャバシャバシャバシャ…。

「その後ぞろぞろと、みんな壇上から降りてったやろ。次のやつ怒ってたんとちゃうけ」

ニャンブイが言った。

「卒業生、退場。みなさま、拍手をもってお送り下さい」

式そのものは二時間をやや超えて終わった。こういう式、特に公立などは、難しいところが多い。

「なかなか厳粛な雰囲気でよかった」

「落ち着いてできていた」

評判はよかった。


三組が退場してホールに出たところで、先頭にいた松島のところにジンが走って来て証書の束を奪い取った。他の男子も集まってくる。

「何や⁉　殴られるんやろか」

一瞬、思った。

――胴上げだった――

二組はちがった。教室に着くなり、

「トイレ、トイレ」走ってった女子が三人ほど。あとでユナが、

「寒くて、寒くて、泣いてるヒマなんかなかったし」

在校生代表がいるから、こういうのは伝わる。次の年には、パンストの上にブルマを履くという、「重装備」で来たのがいた。

そののち証書を改めて担任から渡して、アルバムなどを配る。紅白まんじゅうがあった。

「?」

包み紙が「瓢琴堂」である。くんちゃんが気づいた。

「これ、ニャンブイ先生のとこのですか?」

「そうや」

一時期バイトをしてたのだ（バイトは許可制だったが、さすがこの店だけは一発で許可が出た。そのかわり時給は安かった）。

「おじさんが面白いから、ひょうきん堂やねん」

「どうせ注文するなら、あそこにしてあげた方がいいし」

ニャンブイが、

「注文してくれるのはええんやけど、あんこつめとか手伝わされっし、けっこうえらいんやで」

そして担任が、最後のありがたいお話をして解散である。

この時のネタは、“Dreaming”。単なる「夢」ではない。劇団四季のオリジナルミュージカル（昭和六十年初演。初演時のチルチルは畠山昌久／堀米聡のダブル、ミチルは野村玲子／青山弥生／和田麻里のトリプルキャストだった）がひっかけてあったのだ。原作はメーテルリンクの『青い鳥』

――人は生まれた日から　否応なしの旅が始まる
ノー！　と云えない旅だから
扉をあけ　自分の足で出てゆく
とにかく　青い鳥を探そう
どこにいるのか　本当にいるのか
青い鳥は　幸せのことなのか
それも　わからない
だが　夢を持たねば人生は歩けない――
――努力をしたけれど　青い鳥はいなかった
扉をあければ　家の中は昔のまま
鳥籠の鳩だけが　いつのまにか
青い翼の鳥に　変っていた
こんな近いところに　いたのに
遠くまで探しにいった　青い鳥
この喜びを誰かに分けて
空の棲処へ　返してやろう
一つの夢を　かなえても
人は又　新しい夢に向って旅に出る
生きているのだから　青い鳥は本当にいるのだから――

（劇団四季“Dreaming”初演時のプログラムによる）


しかし受験は続く。二日後A―前期日程の試験。三月に入ってB―後期。その翌日、カチョーが出勤してきて、職員室へ入るなり、

「タロー、国立、通りました！」

うおーっというどよめき。拍手。

「昨日の晩、家の方に、電話が入りまして」

最初の卒業生で、目標にしてきた国立大学一名。これは文句ない。大成果である。県や市との約束も果たせたというものだ。カチョーが合格者一覧に名前を書き込む。太田、

「何とか一杯まできたな」

「まだ二次がありますし、二枚目、行きますよ」

その通りになった。一組からアッシが農学部へ。二組からも行った。しかしなぜか二人とも、大学は違うが名古屋だった。

「なんで今年は、こんなに名古屋が人気なんやろ」

数日後、ヒロコさんの母親から電話がかかってきた。

「まただめでして。『もういやや、受けへん』って言って、泣いてるんです」

さつきちゃんに電話した。

「まだ二次募集もあるんやし、励ましたって」

二日ほどたって、また母親から電話があった。

「昨日、さつきちゃんから電話がありまして、一日どっかに行ってましたけど、また受ける気になったようです。調査書をお願いします」

最後の最後で姫路の短大に合格した。

また後の話である。ヒロコさんは二時間半かけて通うのが大変で、寮――一戸建ての家を大学側が借り上げ、それに何人かで住むという形――にはいったが、まじめにすごく頑張ったらしい。十月ころ短大から、「いい生徒を送っていただきましてありがとうございます。指定校ではないのですが、送っていただいたらとりますので」という電話がきた。


結局、四年制大学二十二、短期大学二十二。紙はどちらも二枚目までいった。

「あのズタズタの状況から、ようここまでもってきたで。一年目四大二十二は上々やろ」

太田が言った。

そして第一期は終了する。

次の一年

四年目。内部生が高校に上がってきた。このとき問題になるのは、いい生徒が県立や京都、たまに兵庫のトップ校へ「逃げて」しまうことである。これで困っていたのが、県南西部にあるべつの宗派の名門校。中学はすごくいいのだが、それがなかなか高校に上がってこないのだ。この学校がそれを防止するためにとったのが、「外（の学校）を受けて（落ちて）戻ってきた場合は、内部一貫クラスには入れません」ということだった。それでもけっこう受けてしまった。

校長が霧生に、

「次（来年度）は、高一で内部生が戻ってきたクラスを持ってもらいます」

止めるのを振り切って外を受けたんだから、保護者にもうるさいのがいるのかもしれない。

「そういうのをおさえつつ、国立に入れろということか」

公式には内部組をIII類といった。ということは、III′（ダッシュ）。III類の特進と普通、II類＝外部特進、I類＝外部普通があるから、五クラス編成になる予定だった。ところが、あけてみたらIII′クラスが十二名ほどしかいない。

「これで一クラス作るのか」

効率が悪すぎる。結局II類と合併させて四クラスになった。

そのため霧生があまった。旧二年主任のニャンブイが校長に頼みにいった。

「霧生さんを、うちの学年に回してください」

二期生の担任団にも高三経験者がいない。それで男子特進の担任になった。

教員人事では、やはり一区切りついたということで、大幅な変化があった。まず大ベテランのうち仰木が勇退。須武田、太田、おやじが要職から退いた。教頭は副校長の川尻が兼任、教務部長は小川パパ、進路部長は上田パパ。生指部長は松島。若手に切りかえである。そしてうーやんは、教える方からはずされた。事務職員――になるのだが、事務室にはいない。職員室にいる。教務事務である。印刷しといてくださいと頼まれたら、間に合うようにやっておくというような役割だが、知っている人は頼まない。それでタバコ部屋に入りびたりになる。霧生がカマをかけてみた。

「授業ないし、面白くないでしょ?」

「いや、わしは、こういう、宗教の学校で仕事してるのが、好きやねん」

全然わかってない。四年B組の、劇作家で評論家の山崎正和にやたらと詳しい生徒が、

「飼い殺しですか」

太田が、

「きついこと言うなあ。実際、そやけど」

高校のクラスの呼び方が変わった。

「六年一貫を強調するために、高一、高二ではなく、四年、五年、六年という言い方にし、クラス名も中学に合わせてABCにします。この四年、五年…という言い方は、他の学校でもやっていますし」

しかし数の多い外部生が混乱した。また外に出ていった時に四年、五年ではわからない。結局この言い方は、一年ほどは続いたが、自然消滅した。

時間割編成はコンピューターになった。というか実は予算が取れなかったので、霧生が前に関係のあった東京のソフト会社に頼み込んで、まともに買ったら十万以上するものの「デモ版」を一万円で個人的に譲ってもらって使っていたのだ。大分早くなった。

「来年はちゃんと予算請求して…」

ところが五月中ごろ、校長が今年、霧生にかわって時間割係になったペー先生に、

「これを使って下さい」と別の会社の時間割編成ソフトを渡したのである。

「えーっ、なんや、それ。今までやってくれてた会社、どうすんねん」

あやまりに行かねばしかたがなかった。


二学期になって、四年C組、さゆり先生のクラスで事件が起こった。外部からきた生徒がクラスの生徒から恐喝《カツアゲ》をやっていたのだ。

被害者（複数）の保護者が校長に訴えた。

「やめさせてください」

まず校長が呼び出して、

「もうしません」と約束させた。金は保護者が弁済した。ところがその直後、

「チクったやろ」とまたクラスの生徒を殴った。今度は停学になった。

いつまでも停学のままでほっておくわけにはいかない。二週間ほどたって校長が本人と保護者を呼びだして、誓約させて、

「明日から戻します」と会議の席上で発表した。それを聞いた被害者の保護者——特に内部生の——が猛反撥した。

「校長先生は、よく人権、人権と言われますが、被害者の人権はどうなるのですか。加害者の人権の方が大事なんですか」

「あの生徒がやめないんだったら、うちの生徒をやめさせます」

「警察に入ってもらいます」

内部生の保護者のつながりは非常に強い。女子の保護者も含め大多数が同調した。

翌日、

「保護者の皆さんからのご意見により、C組のあの生徒については、昨日の決定を見直し、退学とすることにしました」

これは当然だろう。

「このような混乱を引き起こした責任をとり、私は辞任します」

次の日から出てこなくなった。

「別に辞任せんでもええのに。（退学は）当然の処置でしょう」

「混乱もしとらんしなあ」と太田。

「やっぱり、なんやかやで、以前からやめようと思ってられたんですかねえ」

「タイミングということやな」

「そんなお年でもないから、あと二年、内部一期生を出して、花道を飾ってほしかったんですが」

「そうやなあ」

その後中心にならねばならないのは副校長である。この人は宗派の教師をしていたが還俗して結婚。その後別れて、仕事がなく困っていたのを川下が引っ張った。ところが昼過ぎになるとしばしばいなくなる。昼食をアパートまで食べに帰っているらしい。そして「シエスタ」してくるようだ。そういう時の業務は小川パパが須武田などと相談して行っていた。

翌年のことである。山口副校長が休みを取っている時に、急に大島教頭も休んでしまったということがあった。それを知った副校長が午後から出てきた。副校長も教頭もいないのでは困

るだろうということだった。しかし小川パパがちゃんと代行してやっている。山口、

「この学校は、管理職がいないのに慣れとるからなー」

話を戻す。川尻副校長である。ある時、会議の最後、「副校長より」の項目で、

「来年度の構想としては、中学部の定員を一クラス増、高校の方を一クラス減の、各四クラスの申請をします。そして、高校から入学するのは若干名にとどめ、完全な一貫校にします」

こうしたことが川下の耳に入ったらしい。霧生が呼ばれた。

「川尻副校長先生は、どうですか」

事実は報告しなければならない。

「そうですか。次の校長にと考えている人は、京都の私立だけど、いい人がいるんですけどねえ。すぐにはムリなんですよ」

「じゃあ、数年間つないでくれる人がいる、ということですか」

「心当たりはあるんだけどねえ。公立の人で現職だし。きてくれるやろか、どうやろか」

「そういう現職の方だったら、いいんじゃないでしょうか。ただ、公立の方がいきなり来られたら、はじめはちょっととまどわれるかもしれませんねえ」

「そうやろか」


そして二期生百四十名が卒業。その中には、元一年一組、ニャンブイ組の十名もいた。

昭和64年度　高等学校入学試験・国語

一、次の文章は夏目漱石の小説『猫の墓』の全文です。よく読んで後の問いに答えなさい。

早稲田へ移ってから、猫がだんだんやせて来た。一向《いっこう》に子供と遊ぶ気色《けしき》がない。日が当たると a縁側に寝ている。前足をそろえた上に、四角な顎《あご》をのせて、じっと庭の植込みを①ナガめたまま、いつまでも動く様子が見えない。子供がいくらその傍《そば》で騒いでも、知らぬ顔をしている。子供の方でも、初めから相手にしなくなった。この猫はとても遊び仲間にできないと言わんばかりに、旧友を他人②アツカいにしている。子供のみでない、下女はただ三度の食を、台所の隅《すみ》においてやるだけでそのほかには、ほとんど構《かま》いつけなかった。しかもその食はたいてい近所にいる大きな三毛猫が来て食ってしまった。猫は別に怒る様子もなかった。喧嘩《けんか》をする所を見た試《ため》しもない。Aただ、じっとして寝ていた。しかしその寝方にどことなく余裕がない。のんびり楽々と身を横に、日光を領しているのと違って、動くべき（注1）せきがないために――これでは、まだ形容したりない。ものうさの度をある所まで通り越して、動かなければ淋《さび》しいが、動くとなお淋しいので、b我慢して、じっと c辛抱しているように見えた。その目付きは、いつでも庭の植込みを見ているが、彼は恐らく木の葉も、幹の形も意識していなかったのだろう。青味がかった黄色い瞳《ひとみ》を、ぼんやり一と所に落ち着けているのみである。彼が家の子供から存在を認められぬように、自分でも、世の中の存在をはっきりと認めていなかったらしい。

それでも時々は用があるとみえて、外へ出て行くことがある。するといつでも近所の三毛猫から追っかけられる。そうして、怖いものだから、縁側を飛び上って、立て切ってある障子《しょうじ》を突き破って、いろりの傍《そば》まで逃げ込んで来る。家のものが、彼の存在に気が着くのはこの時だけである。彼もこの時に限って、自分が生きている事実を、満足に自覚するのだろう。

これがたび重なるにつれて、猫の長い尻尾《しっぽ》の毛がだんだん抜けてきた。始めは所々がぽくぽく穴のように落ち込んで見えたが、後には赤肌に脱《ぬ》け広がって、見るも気の毒なほどにだらりとたれていた。彼は万事に疲れ果てた体をおしまげて、しきりに痛い局部をなめ出した。

おい猫がどうかしたようだなと言うと、そうですね、やっぱり年をとったせいでしょうと、妻はしごく冷淡である。B自分もそのままにして放っておいた。すると、しばらくしてから、今度は三度のものを時々吐くようになった。のどの所に大きな波を打たして、くしゃみとも、しゃっくりともつかない苦しそうな音をさせる。苦しそうだけれども、やむをえないから、気が付くと表へ追い出す。でなければ、畳《たたみ》の上でも、布団《ふとん》の上でもd容赦なく汚す。来客の用意にこしらえた（注2）八反の座布団は、おおかた彼のために汚されてしまった。

「どうもしようがないな。胃腸が悪いんだろう、（注3）宝丹でも水に溶《と》いて飲ましてやれ。」

妻は何んとも言わなかった。二、三日してから、宝丹を飲ましたかと聞いたら、飲ましてもだめです、口を開きませんという答えをした後で、魚の骨を食べさせると吐くんですと説明するから、じゃ食わせんがいいじゃないかと、少し（注4）慳貪《けんどん》にしかりながら書見をしていた。

猫は吐気がなくなりさえすれば、③イゼンとして、大人しく寝ている。この頃では、じっと身をすくめるようにして、自分の身を支える縁側だけがたよりであるというふうに、いかにも切りつめたうずくまり方をする。目付きも少し変ってきた。始めは近い視線に、遠くのものが映《うつ》るがごとく、悄然《しょうぜん》たるうちに、どこか落着きがあったが、それが次第に怪《あや》しく動いてきた。けれども目の色はだんだん沈んでゆく。C日が落ちてかすかな稲妻《いなずま》があらわれるような気がした。けれども放っておいた。妻も気にかけなかったらしい。子供はむろん猫のいることさえ忘れている。

ある晩、彼は子供の寝る夜具のすそに腹ばいになっていたが、やがて、自分の捕った魚を取り上げられるときに出すようなうなり声をあげた。この時変だなと気が付いたのは自分だけである。子供はよく寝ている。妻は針仕事に余念《よねん》がなかった。しばらくすると猫がまたうなった。妻はようやく針の手を止めた。自分は、どうしたんだ、夜中に子供の頭でもかじられちゃ大変だと言った。まさかと妻はまた（注5）襦袢《じゅばん》の袖を④ヌいだした。

明くる日はいろりの縁に乗ったなり、一日うなっていた。茶を注いだり、やかんを取ったりするのが気味が悪いようであった。が、夜になると猫のことは自分も妻もまるで忘れてしまった。猫の死んだのは実にその晩である。朝になって、下女が裏の物置に薪《まき》を出しに行ったときは、もう硬くなって、古い（注6）竈《へっつい》の上に倒れていた。

妻はわざわざその死にざまを見に行った。それから今までの冷淡にひきかえて急に騒ぎ出した。出入りの（注7）車夫《しゃふ》を頼んで、四角な墓標を買ってきて、何か書いてやって下さいと言う。自分は表に「猫の墓」と書いて、裏に「D」とした。車夫はこのまま、埋めてもいいんですかと聞いている。まさかe火葬にもできないじゃないかと下女がひやかした。

子供も急に猫をかわいがりだした。墓標の左右にガラスのびんを二ついけて、萩《はぎ》の花をたくさんさした。茶碗《ちゃわん》に水をくんで、墓の前に置いた。花も水も毎日とりかえられた。E三日目の夕方に四つになる女の子が——自分はこの時⑤ショサイの窓から見ていた——たった一人墓の前へ来て、しばらく白木の棒を見ていたが、やがて手に持った、おもちゃの杓子《しゃくし》をおろして、猫に供えた茶碗の水をしゃくって飲んだ。それも一度ではない。萩の花の落ちこぼれた水のしたたりは、静かな夕暮れの中に、いくたびか愛子の小さいのどをうるおした。

猫の命日には、妻がきっと一切れの鮭と、鰹節をかけた一杯の飯を墓の前に供える。今でも忘れたことがない。ただこの頃では、庭まで持って出ずに、たいていは茶の間のたんすの上へのせておくようである。

注（1）せき……元気、意欲（2）八反《はったん》……縦横に褐色《かっしょく》、黄色のしま模様のある絹布（3）宝丹《ほうたん》……胃腸薬の名称（4）慳貪《けんどん》……意地悪（5）襦袢《じゅばん》……肌着、下着（6）竈《へっつい》……かまど（7）車夫《しゃふ》……人力車を引く男

問一　傍線部①～⑤のカタカナの語句を漢字で書きなさい。

問二　傍線部a～eの語句の読み方をひらがなで書きなさい。

問三　傍線部A「じっとして寝てい」る猫の状態を「自分」はどのようにとらえていますか。最も適当なものを次の1～4の中から選んで番号で答えなさい。

1　この世において自分が生きているのか生きていないのかさえつかめない状態。

2　この世において自分が生きていても無価値であるとなかばあきらめている状態。

3　病気をなおすには黙って寝ているしかないとじっと耐えている状態。

4　早く元気になって子供たちの相手をしたいと先のことを考えている状態。

問四　傍線部B「自分もそのままにして放っておいた」のはなぜですか。その理由として最も適当なものを次の1～4の中から選んで番号で答えなさい。

1　妻の言う通りだと思ったが、今はまだ手を施《ほどこ》す必要がないと思ったから。

2　妻の言う通り猫が年をとったせいだと考えたから。

3　妻の言うことは違うと思ったが、他に手の施《ほどこ》しようが考えられなかったから。
4　妻の言うのとは違い、猫は病気であるとわかっていたが、今はそれを言うべきではないと思ったから。

問五　傍線部C「日が落ちてかすかな稲妻《いなずま》があらわれるような気」とは、具体的にどのような「気」であると考えられますか。最も適当なものを次の1〜4の中から選んで番号で答えなさい。
1　奇跡がおこって猫が助かるという予感。
2　目付きの変化からすると、猫はきっと助かるという強い予感。
3　たぶんだいじょうぶだろうが、もしかすると猫は死ぬかもしれない、というばくぜんとした予感。
4　猫がついに死ぬという強い予感。

問六　D には死んだ猫に対する漱石の追悼《ついとう》句が入るが、最も適当な俳句を次の1〜4の中から選んで番号で答えなさい。
1　骸骨《がいこつ》やこれも美人のなれのはて　　2　この下に稲妻《いなずま》起こる宵《よい》あらん
3　あるほどの菊投げ入れよ棺《かん》の中　　4　恋猫の眼《め》ばかりに痩《や》せにけり

問七　傍線部Eの女の子の行為は、この女の子のどういう気持ちをあらわしていると思いますか。20字以内でわかりやすく説明しなさい。句読点も字数に含みます。なお、文中の「四つになる女の子」と「愛子」は同一人物です。

問八　「妻」（漱石夫人）はどのような人物として描かれていますか。猫に対するかかわり方をよく考えて、40字以内でわかりやすく説明しなさい。句読点も字数に含みます。

問九　次の解説文の イ 〜 ニ に当てはまる最も適当な語句を、それぞれ後の1〜4の中から選んで番号で答えなさい。

この『猫の墓』は、猫の病気と死、およびそれに対する漱石とその家族の反応について書かれた文章です。衰弱し、病気になった猫について、漱石はその外見や行動を［イ］的に描く一方で、猫の［ロ］や［ハ］については比喩を用いたり想像を働かせたりして、猫に自分の感情を移入していることが目立つ。そして、その感情とは、死を予感したような［ニ］です。

イ［1　象徴　2　写実　3　浪漫　4　観念］

ロ［1　寝方　2　歩き方　3　死にざま　4　うなり方］

ハ［1　目付き　2　吐き気　3　尻尾の毛　4　くしゃみ・しゃっくり］

ニ［1　恐怖　2　寂しさ　3　悲しさ　4　苦しさ］

問十　次の1〜8の小説のうちで夏目漱石の作品でないものはどれですか。二つ選んで番号で答えなさい。

1　三四郎　2　破戒　3　門　4　こころ　5　明暗　6　草枕　7　舞姫

8　坊っちゃん

（解答は319ページ）

PARTⅡ

五期生

五期生の入学である。この年はじめて定員を超えた。内部生七十九を含めて二百四十名である。

受験生も前年に比べて二百五十名あまり増えて、二期生以来の千の大台を回復、千七十となっていた。だがそれだけではなかった。京都にこの県からよく行く私立が二校あった。そこここちらと両方合格したものが、ほとんど流れてきたのである。入試担当の下村が、

「鉄ちゃん、今年はええでー。京都とこの特進合格したのも、かなり来てるし。周りの中学も、かなり注目してるで」

そうなった理由は明らかである。一期生の、国立一を含めた四大二十二の成果であった。周りの小・中は初年度のドタバタを知っている。それがあの数字になったのだ。

「なかなかやるやないか」

そして期待通り、卒業生および保護者の口コミ。

「ウワサとはちがうらしい…けっこうええらしいで」

二百四十人だから、六クラスである。うちⅢ類、内部の特進と普通が各一クラス。これは簡単に組める。

外部がややこしくなった。去年に引き続きⅡ類特進が少なすぎ。外部を受けて戻ってきた二名を入れても十名しかいない。しかたがないので、Ⅰ類普通コースの合格者から成績上位者を回した。そのとき基準にしたのは、入試成績だけでなく、中学から送られてきた内申書の美術・音楽・技術家庭といういわゆる「副教科」これらの評価が高いということはまじめだということ。やはり「まじめ」な方が成績は伸びる。で、Ⅱ類は三十三名になった。さらにその時にとばされた生徒とその次の上位者もかためた。準特ができた。

担任団である。管理職と学年が相談して決めるのが一番いいのだろうが、今年はどうしようもない。四月一日の学年会議。新四年主任は中学からそのまま持ち上がってきた浅井である。

「どうしましょうか」

浅井の腹案では、A（Ⅲ類特進）に霧生、B（Ⅲ類普通）を自分が持つつもりだった。ところが下村から入試の状況を聞いていた霧生、

「今年の外部特進は大事だそうですから、Ⅱ類は私が持ちます」

「じゃあⅡ類は霧生先生にお願いすることにして、Ⅲ類は…」

「内部生は、中学から上がってこられて、生徒の状況がわかっておられる方のほうがいいと思

いますので、浅井先生と徐先生でいいんじゃないでしょうか」

「それなら、Aは英語の先生の方がいいと思いますので、僕はBに行きます」と徐。

次に教室配置である。一期生がいる間は、二階から三階、四階と積んでいった。一期生が卒業したあと、六年は職員室に近い方がいいといって、二期生を二階に下ろして、四年をやはり四階に持っていった。ところが四階は一番端に音楽室があるので、高校棟の並びに教室が五つしかない。一クラスはみ出してしまう。そうなってもかまわないクラスというとII類だろう。

「うちのクラスが三階へ行きますから、『看板』をFにして頂きましょうか。そうすれば並び方もきれいに行きますし、なんかの事情で逆順になった時なんかも、いいかもしれません」

結局、C（準特）が新任の英語の人、D・やはり新しく来た国語のジャッキー、E・やっちゃん、というメンバーになった。


人事はトップから大幅に変わった。

押川校長が退任したのは当然だが、川尻副校長も退陣した。おやじが、

「（クラス数ふやすとかへらすとか）ああいう学校の根幹に関わること、理事長でもないのに簡単に言うたらあかんで。逆鱗に触れたんやな」

ところがこの人、こののち九州に行って、また宗派の教師に戻った。事務室の梨田という古〜い（年齢的にではなく、考え方的に）信徒が、

「戻ろうとする方も戻ろうとする方やけど、受け入れる方も受け入れる方や」とめちゃくちゃ怒っていた。

そしてサマンサが寿退職した。

学校長は川下が兼任した。そして「公立の現職の人」――中学校の校長だった――山口は副校長になった。やはり一年間様子を見てくださいということだろう。そして教頭には、京都の市立の校長だった大鳥が就任した。

その大鳥が、

「まだ若い学校やから、研修とシステム作りをせにゃ」

研修部ができた。宗教部――これはない方がおかしかったのだが、今までは校長、副校長が一人でやってた――もできた。

「修学旅行とか校外学習を企画するところも」

旅行行事委員会である。

ところが、

――人がたりなくなった――

「霧生君、しんどいと思うが、頼みます」

全部回ってきた。この上に教科主任である。一学期ころは週ごとに別の委員会や部会を開いていた。ところが二学期の後半に入って、答申を出したり来年度の行事計画を立てたり、さらに入試問題の作成となってくると、それでは間に合わない。職員会議のある水曜日を除いて毎日、放課後に何かの会議をやってることになる。木曜日は七限のあと十七時から会議である。さすがに困った。

「来年度は、へらして下さい」

教頭に頼みにいった。のちになって人が多くなってくると、「一人一分掌」で、こういうことはなくなる。これだけ持ったのは、あとには——一人だけである。

入学式を迎えた。F組には副校長がやってきて、回し合格を行ったということを説明した。

翌日のオリエンテーション。

——きのう、入学式で、みんな「おめでとう」と言ってましたが、私が一度も「おめでとう」と言わなかったことに、気づいた人がいたかもしれません（たぶん誰も気づいてない）。本校の場合、大多数の人が併願です。本校が第一志望だったという人は、ほとんどいないはずです（三十三名中専願は一名だった）。みんな、十五の春で泣いて来てるんですね。しかし重要なのは、高校ではありません。最後がどこだったか、なんです。本校を足がかりにして、進路を開いてくれることです。だから、私が諸君に「おめでとう」を言うのは、三年後、大学に合格したときです——

これはインパクトがあったらしい。次の日、入試部が実施したアンケートで、「本校へ入学した理由」の回答は、全員が「上級の学校へ進学したいから」だった。

卒業してから何年かたって、けーことりっちゃん（第二音節の「ち」のところにアクセントがある）と、『細雪』の花見（小説と同じように、嵯峨から平安神宮へ行って紅枝垂桜を見る）をやった時、その後の料亭（瓢亭さんはとれなかったので、石田三成の謀臣、島左近の屋敷跡だったというところ）で、けーこが、

「あれはびっくりした」

「(合格者招集の際に)生徒手帳の写真とった時、目、真っ赤やってん」(その日の午前中に公立の合格発表があったのだ)
「行きたない、思てたもん。でも、あれでちょっと楽になってん」
とにかく、「公立落ちた」ということを引きずってしまうと、絶対伸びないのだ。

結婚ラッシュ

開校して五年である。新卒に近い状態で入ってきた先生が、サマンサと同様そろそろ、の時期になってきた。そして「ラッシュ」がはじまった。

五月、ラッキーさん、音楽の若い人(男性)、松島。三週続いた。六月、やっちゃんとサマンサ。

「お祝いどうすんねん。やっぱ二倍け?」

「その必要はないやろ。前の二回も同じこと言っとって、結局(一人の時と)同じだけしか出さへんかったし。それに、こんだけ続くと、(出費で)痛いのは、向こうもわかっとるやろ」

教職員同士の結婚というのはそれまでに二組あったのだ。二年目に国語の森泉と英語の久野さん。久野さんは一年勤めただけであっさり結婚。そして四年目にカチョーと国語の井原さん。やっちゃん—サマンサは三組目になった。太田、

「なんや、みんな手近なとこですましとんのんかいな」

結局、職場結婚は、こののち十二期生が卒業した直後まで、八組できることになる。

二学期には、うーやんが、

「結婚することになったんや」

「えーっ」（さすがに「ウソやー」と言った人は、先生ではいなかった）

「ダイヤの指輪、買《こ》うてやったんや」

「結婚したら、白いグランドピアノ買うてくれ、言われたから、よっしゃ、買うたる、言うてん。今も普通のはあんねんけどな、白いのがええらしいねん」

のろけていた。ニャンブイ、

「絶対、財産目当てやで」

うーやんの金の話を、半分以下――いや、十％以下か――にしか聞いてなかった霧生、

「そんなら、（結婚）ほんまにできるんやろか？」

日取りが決まり、信徒なので、当然川下の教会で、川下に司式してもらうことにして、披露宴のホテルを予約し、案内状ができあがってくる。

ところが結婚三日前、突然「取り消し」になった（今なら「ドタキャン」と言うだろう）。女の両親の方が、話がおかしいと思ったらしい。興信所に調べてもらったのだ。

――やっぱし――

よくあるパターンは、男の先生と教え子の女子の結婚――そういえばこれの逆もあるはずなのだが、あまり聞いたことがない。最初の一組ではないかと言われたのが、静岡に帰ったトミ

やん。三年ほどたってから、二期生B組の女子と結婚したというウワサが流れてきた。

——あり得るな——

だがちがった。その後、静岡の方で知り合った女性と結婚した。

実は一組しかない。五期生F組のトキヨさん。ブラスバンド部で、クラリネットを吹いてて、ブラバンの副顧問で、生徒会会計をつとめた。そのF組に「基礎解析」を教えにきていて、二年から三年にかけて生徒会担当だった先生と、大学を卒業するとすぐに結婚した。先生の方は五年いて、京都の公立に移っていった。のちにその先生が学校に遊びに来た時、ニャンブイ、

「おまえ、制服の時に、手、出したんとちゃうやろな」

「違いますよ」

事件FILE 2

九月である。昼休みに、まあちゃん、Pょん、うえこの三人が職員室にやってきた。

「〈英語の〉先生、やめさせてください」（これを言ったのはまあちゃん）

声が真剣である。これは簡単なことではなさそうだ。

「ちょっと待て。別室、行こ」

会議室に連れて行った。

「一学期の最初、座席はふつう出席番号順である。そうすると女子が窓際にかたまる。男子が、

「あの先生、授業中、女子の方ばっかり行くねんで」

本人は、

「明るい方に行くクセがあるから、そう見えるんでしょう」

「先生、あのこと言うた？　授業中に、何か一生懸命言い訳してはったで」

ところが夏休み中の勉強合宿の時から、F組の女子に急になれなれしくし始めた。まあちゃんはひざまくらをさせられた。うえこは、これは学校に戻ってからだが、ほっぺたをふにゅっとひっぱられた。放課後個人指導といって呼び出した。確かに勉強は見てくれるのだが、

「僕の秘密を教えてあげよう。これ、他の人に言ったらクビになるから、言わないどいてね」

うえこ、

「実は○○の塾に勤めてるねん」（他のところに勤める場合は理事長の許可がいった）

「そんなん、教えていらんし」

だんだんそれがエスカレートしてきた（この当時、「セクハラ」という言葉はまだ一般的ではなかった）。

他は、何にも思わないのと、仲良くつきあっていたもの。

とうとうこの三人は英語の時間には出てこなくなった。さらにその仲良くしているものに対する反撥。話もしない。

まだあった。英語が得意だったかおり。

「あの先生、超常現象とか心霊体験とかの話、よくしてたんですよ。はじめは、それで一時間つぶれたーとか言って、喜んでたんですけど」

ところがそのために、授業進度がI類の他のクラスより遅くなってしまった。一学期末の保護

者会で苦情が続出した。

「二学期からちゃんと追いつくように、すごいプログラム組んでますから」

一回に三十頁とかいう、すごい宿題を出した。

「そんなん、急に出されても…」

みんな困った。こっちの方も二学期になってひどくなった。

「あの先生、最近何か変やねんけど」

休みが多くなった。職員室でも、空き時間に、自分の席とかさゆり先生の前でも――相談していたのだろう――泣いていたことがあった。その後で、

「だいじょうぶですかねえ」

「さあ…だいぶ悩みがあるみたいやけどねえ」

とうとう副校長に相談に行った。

「先生、〈英語の〉先生のこと、何か聞いておられます?」

「病気のことか?」

「いえ、そうではなくて…」

「わかった。まずその三人、明日、放課後、呼んで下さい。事情を聞きましょう」

翌日、三人は「事実」を紙にまとめてやってきた。

「もう一人の女子と、特に親しくしてるというのは、どうしてる」

「特に、何も、訴えはありません」

「後のことは、こっちでやるから」

――そして霧生は米国研修に出発した――

ひと月たって帰ってきてみると、〈英語の〉先生は「病気のため退職」クラスはガタガタになっていた。当然であろう。ちょうど文化祭があった上にこの事件である。担任代行の新任の女の先生にはきつすぎる。もとの状態に戻すまでまた一ヶ月かかった。

帰国して数日たってから、副校長が、

「あの一番仲良くしてた女子は、どんな状態や？」

「特に変わったというところはありません」

「ふーん。ということは、〈英語の〉先生が一方的に熱あげていただけやったんやな」

もしかしたら「利用」されていたのかもしれない。

さゆり先生、

「あの一番仲良かった女子って、どんな生徒？」

「クラスん中で一番美人ですよ」

「英語は？」

「普通ですね」

「そういう気配は、一学期からあったねえ。実力採点してる時に、あの生徒こんな基本的な間違いしてますよって言ったら、あの先生、顔色かえて（F組の教室に）とんでったからねえ」

かわりの先生は非常勤で頼むしかない。空白期間ができる。進度は遅れたまま。これはII類としては困る。三学期、霧生が英語科に申し入れた。

「来年度は、〈さゆり〉先生を回してください」

本来なら太田に来てほしいところである。しかしこの年度いっぱいで定年。非常勤ならいくらでも続けられるのだが、

「(県の教員)名簿見て、年齢が六十超えてるのを見ると、嫌になってくるで。まあ、しゃーないから、六十五までやったけど、老残の身はさらしとないし、絶対やめるで」

確かに、ドラマでも映画でも「死に場所」(または退場の時期)を失った(間違えた)主人公ほどみじめなものはない。人気が出たからといってPART2とか3を作ると、だいたい失敗する。太田は、浅井についても、

「あの人は力あるで。英語科の柱になる人やで」

しかしⅢ類がある。結局、二年F組の英語Ⅱ(リーダー)は、さゆり先生になった。

「あれで助かったんですよ」とかおり。

F組の英語は復活した。

しかし三年になった時、さゆり先生は四期生が一年の時のC組以来の高二Ⅱ類の担任になって、F組の担当からはずれた。

「あの後、かおりさんと廊下ですれ違ったら、すごい目でにらんでいったんよ」

そのかおり、

「私らのこと、見捨てた、思ったもん。でも、三年の時のサチコ先生もいい先生やったし、よかった。非常勤やのに、いっつも遅くまでいてくれたし」

この先生も「あたり」だった。翌年すぐ専任に昇格、ずっとⅡⅢ類の特進や内部一貫クラスばかり持つことになる。

四期生が高一の時、非常勤で国語Aを持っていたジゲン先生。あごひげのある風貌。『ルパン三世』の次元大介に似ていた。この名前、本人も気に入ってたようで、それから帽子もかぶってくるようになった。一度、映画のプロの「次元」の解説のところを印刷して、生徒に配布してた。

非常勤は一年契約である。この人、生徒の間では、「(一年だけで)やめないでほしい」という意見が出ていた。授業にも特に問題はなかった。さらに五期生のクラスがふえたので、もう一年、そのまま高二の国語Aを持った。

ところが二年目に入って勤務状態がおかしくなった。授業は出てくる日すべて二時間目から入っていた。ところがしょっちゅう遅刻する。遅いときは三時間目直前に来る。

「バスが遅れました」

確かに学校の前を走っているバスは、めちゃくちゃ不便である。データイムは四十分に一本。それも系統が長いので遅れるし、時々いきなりぬける。しかしジゲン先生のバスは、定刻通り走ったとしても、二時間目の十分前にしか着かない。

「もう一本前のに乗ってください」

霧生や大島教頭が言っても変わらない。

「これは、今年度限りにしてもらわなしかたないな」

二学期の末に、学校から、

「ありがとうございました。来年度は契約しません」という連絡を送付した。そうしたらいきなり十二月末日付の退職届が送られてきた。そして本人と連絡がとれなくなった。

それで正月の三日、アルコール漬けになっていた霧生のところに電話が入った。翌日、休日出勤して事務局の教職員課長と相談するが、今から新たに人を頼むことなどできない。

「とにかく、中で何とかしないと。始業式の日に教科会議やりますけど、高三があと一週間で終わりますから、高三持ってる私と、松島先生と、あと一人、誰かでかぶります」

あとでD組の男子、

「あの、いっつもといっしょで（遅刻して）、あ、来た、来た、言うとったら、窓の外で手ェ振ってたの、あれが最後になったんやー」

英語はすごくできたが、国語がぜんぜんダメで、高三の時に一年間霧生に特別指導を受けたナヽエさん、

「一年のころはいいと思ってたんですけど、あとになってほかの先生と比較したら…。なんか、見方が偏《かたよ》ってたと思います」（すごく優しくてていねいな言い方）

同じ時、常勤講師（これも一年契約）で来ていた若い宗教の先生も、引き続き契約はしないと学校側から通告された。

理事長は、宗教の授業ではやはり自分の宗教の概略や経典について教えてほしい、という意思を持っていた。ところがこの先生が教えたのは、主として宗教倫理。妊娠中絶がいいのか悪いのか、とか。特に中学校の保護者から苦情が相次いだ。それが最大の原因だった。ところがこの先生、それを「不当解雇」であるとして裁判所へ訴えた。校内ではそれを支援するために、

「労働組合」ができた。

これだけだったら、まだ「おおごと」にはならなかったのかもしれない。二年後、やはり常勤の六人が契約の継続を断られた。組合が乗り出した。その対策のために学校側が人を雇う。

五期生が卒業した三学期は、世間では地震と地下鉄サリン事件、校内では学校側とストをかまえた組合側が対立。それで石橋事務局長（この人も信徒）が過労で倒れて入院。ジャッキーを中心に非組合員の穏健派が事態の収拾に動くがどうしようもなく、四月になって、そのうちの三人と、その後解雇された組合の委員長が、やっぱり「不当解雇」で提訴した。

この二つの裁判はいずれも最高裁までいって、学校側が敗訴する。しかし今度はなかなか学校側が教壇に「復帰」させない。のちに有名になったJRの「日勤教育」のようなことをさせる。それに対してまた彼らが裁判を起こすという形で泥沼化した。一度、東京に行っていた霧生が夏休みで帰ってきて、理事長、おやじ、中津と一緒に飲んだ時、

「裁判の方、一応、和解になったんですし、あの組合対策で雇ってる人、もういらないんじゃないですか？　よけいややこしくなりそうですし、経費もかなりかかってるんでしょ？」

「いや、まだ、いる」

結局あんまりいらんかった。

この件は、最初の裁判が起こされてから八年後、元共産党の京都府議でそういう労働問題専門の先生が顧問になって担当し、やっと完全解決することになる。

ジャッキー

来た時、ニャンブイが、

「ジャッキー・チェンに似てっし、ダスティン・ホフマンにも似てっし」

ジャッキー・ホフマンになったが、長いのでジャッキー。

経歴がすごかった。北海道の高校を卒業して「トラック野郎」大型トラックで全国を走り回った。その後、京都に来て「タクシードライバー」だから運転免許は普通一種から大型二種、けん引まで。「種類」の欄が十二個とも全部「1」になっていた。

ところが四十目前にして、急に「大学へ行こう」と決意した。一年間猛勉強して合格。しかし「苦学」になった。勉強や研究に関してではない。普通の学部である。年齢的な問題だった。話をする相手がいない。大学へ行って帰ってくるまで一言もしゃべらないという日が続く。何度もやめようかと思った。一年近くたって、やっと一人話のできる人ができた。それで何とかやめないですんだ。一度ペースをつかんでしまうとこういう人は強い。とうとう大学院博士課程前期まで修了してしまった。そしてその六年間、生活は奥さんがずっと支え続けた。よしのが言った。

「奥さんもめっちゃすごいねんでー」

そしてこの学校に採用されて来たのである。

だいたい初めての担任の時には、慣れていないということもあるが、なぜか必ずといっていいほどややこしい生徒がいて、クラスがガタガタになってしまう（逆に初担任が特進とかで楽をしてしまうと、後がきつい）。

五期生は、内部も外部も、基本的に非常にまじめでおとなしかった。これはD組も例外ではない。しかしやっぱりこのクラスに「大物」がいた。この年、理事長が頼まれて断り切れず、ムリヤリ入れたのが五名いた。そのうちの一人、「県会議員の息子」がこのクラスにいたのだ。「大物」といっても、一、二期生のころからいえば大したことはない。まず成績が悪い。ついてこられないのである。当然わからんから、授業中にうるさい。欠席、遅刻、欠課が多くなる。

「これは、間違いなく留年なるで《なん》」

親は簡単に納得させられるだろう。だいたい親も「あかん」かったらしい。ニャンブイ、「あこのおっさん、この間《こないだ》、酔っぱらって、（秋祭りの準備のために置いてあった）神輿《みこし》の上登りよって、みんなに引きずり下ろされて、ボコボコにされとったで」

問題は理事長である。ジャッキー先生は直接言いには行けないだろう。そこで霧生が、二学期の中間が終わったころから、成績を持って、行くようになった。

「こんな成績で、全部欠点でした」

「そんなに、ダメか」

「残念ですが」

「そう（留年に）ならんように、指導してください」

「成績だけなら、まだ何とかなるかもしれないんですが、それだけじゃないんで…」

「一番こわいのは、担任の先生が、週に二回くらい、夜、家庭訪問してはるんですよ。（過労で）倒れるんじゃないか、と思いまして。あの先生はいい先生やし、将来、本校の中心にもなるような方ですからねえ」

「そうや、あの先生はいい先生や」

結局、この五人は一年の終わりまでにすべて退学してしまった。そののち理事長はこう言うようになった。

「前に一度失敗したから、頼まれてもダメです。入試で点数をとってもらわないとなりません」

それでD組は何も問題がなくなり、全員の進路も確保された。

そして五期生を送りだした後、同和教育部長に就任した。ただこのポストにつくと、出張など外の仕事も増えるため、持ち時間が「週九時間以下」に制限される。担任も持てない。

さらに二年後、入試部長になった。もっと忙しくなって、また授業時間がへった。

この時の活躍が圧巻だった。まず最初にやったのが、県内の中学校を一校一校全部訪ねて回ること。山間部の分校まで回った。続いて、学校近くおよび高校・中学に生徒を送ってくれている塾と小学校を、またすべて回った。特に塾である。前々からあった結びつきがさらに強くなった。入試説明会の出欠の返事に、

「うちのような小さなところにまでお声をかけていただいて、ありがとうございます」

入学後のオリエンテーションの時のアンケートには、「どこを併願しましたか」という質問

──これが最も聞きたい質問だ──の他に、「通っていた塾の名称を書いて下さい」そしてデータを返してゆく。塾の方も喜ぶ。どういう教え方をしているかわかるし、生徒に勧めやすくなるのだ。

だからこのころ、午後からはほとんど出張。用事があってもなかなかつかまらない。夜は夜でそういう先生方と連日飲みに行っている。もちろんこんなのが「公費」「接待費」で出るわけがない。全部、自腹。こうした地道な人脈づくりが、次の大発展の一つの要因となったのである。

「こんなすごい実績作ってしもて。あと、誰が継ぐんねん？ 誰もでけへんどー」

これでは完全な「営業」

そのころ文部科学省の教員派遣が、霧生の行った時から（県内の私学を）一周回ってきて、今度は中津がヨーロッパへ行くことになった。担任代行になったのはジャッキーだった。一ヶ月ほどたって帰ってきた時、

「もう、担任、そのままでいいでしょ？」

十三期生が高三の時には、とうとう授業が二時間だけになってしまった。十四期の、帽子をかぶったら藤子不二夫Ⓐの「ドーン」『笑ゥせぇるすまん』そっくりになる学年主任が、

「あの先生にとったら、教師として『最後の砦』なんだろうけどなあ。あれだったら、入試の方に専念してもらった方がいいんじゃない？」（関東の人なので標準語）（高三は三学期がないので、ジャッキーが授業を持つとしたら高三しかないのだ）

それで、ついに「0」になった。

次の年、「入試担当教頭」に就任した。

三期生、卒業

二月。三期生六十四名の卒業である。

卒業式の日の朝、二期生で、一年の時からずっとニャンブイ組だった男子が、突然花束を持って学校にやって来た。

「どないしてん?」

彼はこの学校に来る前、一度他のところを退学していた。そして卒業生の中にも、一度入った学校でうまくいかず、翌年病気になってさらに一年遅れてこちらに入学、西宮から通い続けてついに卒業を迎えた女子がいたのだ。

「二十《はたち》で卒業するやつなんて、もう二度とおらへんやろし」

花束は彼女へのプレゼントだったのだ。

六年目へ

六年目になった。入学生は中学百十四、高校百八十四。中高ともほぼ定員を満たした。病気で一年目の途中でおやめになった津島事務長の後を受けた石橋事務局長が、

「これで単年度黒字になりますね。借金が返していけますよ」

この年もまた人事で大きな動きがあった。

開校以来の須武田、太田、おやじが定年で勇退したのである（おやじだけは年齢がひとつ上だったので、非常勤にはなっていたが。しかし地元であり、開校の時に尽力してくれてたので、初代の後援会長に就任した）。さらに中学の方で森泉が実家のある西宮の私立に移った。そしてうーやんが退職。

そのうーやんである。川下がかわいそうに思って、教育関係、それも英語のところを紹介した。だがやっぱり使いものにならなかった。そして――消息が途絶えた。

一年半ほどたったころのことである。ニャンブイが、

「きのう、なんやわからんけど、夢に、うーやん出てきよっしよ」

「それが、なんや、道路工事の現場で、（交通整理の）旗振っとんねん」

「むっちゃありそうやし」

ところが、それから一ヶ月もしないうちである。兵庫県にあった銀行が経営破綻した。民放のニュースが、銀行の前につめかけた預金客の姿を写していた。

「絶対、返してもらうからなー！」と、こぶしを振り上げて叫んでいる人物がアップになった。

「うーやんや！」

「鉄っちゃんに電話しよ、思たんやけど、すぐに消えてしもたし」

「あの夢、予知夢やったんや」

宗派の世界というのはけっこう狭い。教会に行くと変なところで知り合いに会ったりする。

三期生が高三の時、英語のリーディングを教えていて、翌年やめて箱根の児童養護施設に移っ

ていったはずの先生に、三年半後に赤羽で会ったこともあった。ところがうーやんだけは、こののちまったく消息がつかめないようになってしまった。

五期生の担任団は、霧生がA組に回るのではないかと言われていたが、結局そのまま。C組にはこの年からきた数学のうっしー先生が入った。

修学旅行・沖縄バージョン

この学年の修学旅行は沖縄だった。担当は当然霧生。エージェントは、一回まわってからは入札になっていたので、T観光になった。カチョー、

「あの担当の若い方の人、むかし霧島いっしょに登った人と違いますか?」

会社が違うし、まさかとは思ったが、聞いてみたら——そうだった。

そして提出されたプランをもとに詳細の検討に入る。沖縄の修学旅行というと、押川校長も言ってたように、だいたい「戦争」が大きなテーマになる。しかしそうした場合、ほとんどが「悲惨さ」を強調しすぎるものになっているのではないか。確かに戦争は「悲惨」である。しかし沖縄はそれだけではないはずだ。

ちょうど本隊が行くのは「国際先住民年」 NHKの大河ドラマでは陳舜臣『琉球の風』が放送されることになっていた。前年には琉球大学が移転し、首里城の正殿が復元されていた。やはり「文化」であろう。

初日=戦争、二日目以降=自然と文化というテーマにした。

沖縄は三期生から始まっている。比較ができる。そしてこういうのは普段から旅行によく行って「遊んで」ないと、いい計画はできない。担当が霧生と言うことで、生徒が、

「またボロいバスで、安いホテルですかー？」

一年の校外学習の時に流用バスを使ったのだ。生徒が驚いた。

「一応クーラーはついてるけど…」

出発した直後、「とまります」のボタンを「チン」と鳴らして、「次は、片原～」と言ったのがいた。


そして二年の四月、本番。駅前に迎えに来たバスを見て、

「おっ、ええバスやん」

それだけで喜んでいた。

那覇に着くと、まず南部戦跡めぐりである。ところがこの日、天皇陛下が糸満市の米須で植樹祭を行っておられた。その後である。警備とか交通規制はどうなっているであろうか？　はじめは那覇市内で宗派の教会を借りて、平和祈念礼拝を一時間ほどする予定だった。しかし教会の前までバスが入らない。補助席を出さないと座りきれない。

「これは、時間、たらんで」

摩文仁でのお祈りと献花に切りかえた。あとはひめゆりの塔だけ。ホテル到着後にやってた一フィートフィルムの上映などをすべて先に学校でやっておいて、時間を節約した。

一泊目のホテルは、去年までは那覇のビジネスに毛の生えたようなところで、夕食はテーブ

ルマナー講習会だった（これにすると値段が安くなる）。しかし、高校生。おかわりが出て意味をなしてない。

「遅くなるかもしれんけど、しかたないか」

恩納村のホテルへ向かうことにした。しかし規制は解除されていた。観光客も、植樹祭を見越していたのか、むしろ少な目。各スポットの掃除などの手入れも行き届いている。

「これは逆によかったかな？」

非常に順調にホテルに入った。到着前、

「うわっ、でかいホテル。まさかあこやないやろ」といってたやつが、

「さすが、私学や」（私学だからだったのではない。このホテル、もとから安いのだ）

時間に余裕ができた。

「食事までプール利用してよろしい」

これは意外だったらしい。

「冗談で聞いたのに」

もちろんホテル側の許可は、下見の時に取ってあった。男子中心にけっこう泳ぎに行った。

「ホテル内でジャージ（学校の体操服）着るな」

普通は「着なければならない」実際この学校でも、四期生まではそうだった。ところがこれも下見の時、愛知県の高校が来ていた。それを見た霧生、

「うわっ、リゾートホテルの一般客がいる中で、ジャージの集団てのは、やっぱ、異様やで。これは、やめよ」

「部屋の冷蔵庫も利用してよろしい」

これは前の年、冷蔵庫のカギを壊してジュースを飲んだやつがいたから。冷蔵庫はコンピューター管理である。

「それなら、はじめからカギをかけないで、飲んだ分をあとで請求しよう」

「それの方が勉強にもなるから、いいでしょう」

案の定、高いので、利用したのは数人だった。


二日目、三日目は、三クラスが班別にタクシーを使っての自主研修、三クラスがマリンスポーツ。

自主研の一つの目玉が、数年前から運行されていて人気が出ていた、観光潜水艦「もぐりん」これは全員乗船。

最初、計画段階で、

「グラスボートなんかよりずっと面白そうやで」

「最近マンガでも潜水艦はやってるし」（かわぐちかいじの『沈黙の艦隊』である）

乗船料が一万近くした。

「学生団体で二百四十人もいるんやから、引いてもらえんかなあ。二割以上」

交渉してもらった。六千円台になった。

「それならいきましょう」

ところが定員が四十名。一般客も入るかもしれないので、貸切ができない。しかたがないので、九時から一時間毎に出る便を、全部三十人分ずつおさえた。そして学校で受付をした。やはり九時の一便が最も希望が多く、二日とも昼休みの十二時五十分からの受付にしていたのだが、四時間目が終わった直後、いつもなら売店のパン屋にダッシュするやつが、受付の会議室にダッシュして並んでいた。

本隊の時である。潜水艦には、ビーチ（港）から母船まで高速艇で行って乗り込む。艦は海面下すぐ、十、二十、三十メートルと、スポットを移動しながら潜航してゆく。浅いところではサンゴの群落と色とりどりの魚の群れ、深くなるとそういうものはぐっと減って大型魚、という変化が楽しめる。ところが初日、天気はよかったのだが海がやや荒れていた。潜ってしまうと波の影響はないのだが、高速艇。母船に行くまでに酔ってしまったものが大量に出た。二日目は穏やか。一日目に乗ったものと二日目に乗ったものの評価が別れた。

「これはもうどうしようもないで。初日の組は不運だったと思って、あきらめな」

タクシー自主研修は、京都などほかの都市でもやっているが、きっちり計画できてないと、回りきれなくなったり、定刻に帰ってこられなくなったりする。それで事前に全部霧生が目を通して、一覧表を作っていた。よっこの班、

「ナゴパラダイスから、海洋博記念公園に寄って…」

「そんなん、むりやで。もぐりんの時間に間に合わへんぞ。考え直し」

さし戻したのが十班くらい。だから余裕は十分。時間が余って、運転手さんと相談して、「ほかのとこも回れたー」と喜んでたのもいた。

おもしろい計画を作ってくるのが、やっぱり内部生とF組。A組、しのちゃん、

「シーサー、買いたいんですけど」

「それやったら、普通のみやげ物屋とかだったら高いだけやし、壺屋焼の窯元、行き」

窯元なら、修学旅行で高校生がわざわざ来たということになると、絶対にまけてくれるだろう。思った通り、一尺以上あるでかいのを買ったのだが、三千円まけてもらってた。


三泊目は那覇のホテルである。これも「おたくの系列ホテル、とれない？」とエージェントに言って、本来修学旅行団体は受け入れてないのに、むりやり頼んだところ。

「そのかわりマナーをちゃんとさせぇ」

ただこういう高級なところを使うと、必ずドジをふむやつがいる。隣の階にいる友達のところへ行こうとした男子が、階段が見つからなかったため、非常階段で行こうとして戻れなくなり（いったん出てしまうと中には入れない）、うろうろしていて、警備員さんに「救出」された。

文化で忘れてはならないのが「食事」である。しかしホテルの団体食は、食べられない人がいたら困るので、通常の和洋折衷メニュー。修学旅行で変わったものが食べられるとしたら、自主研の時の昼食だけ。そうすると米国産牛のステーキ（税金の関係で安い）かソーキそば、ひめゆりパークのサボテンのステーキ程度だろう。そこで那覇のホテルの夕食をキャンセルして、琉球舞踊を見ながら沖縄料理を食べるというオプショナルツアーを作った（修学旅行でオプショナルをやったというのは全国初！　これ以降けっこうはやるようになった）。二十六名の申し込みがあった。ちゃんと食えるのだろうかと思っていたが、原材料とかを聞いて、「うわー」とか、「しゃべん（話しかける）な。今、来てんねん」とか言いながらも、みんな食べていた。

そして終わってから（下見の時は、ご遠慮下さいと言われていたのだが）、舞台に上がって、踊り手の女性と一緒に記念撮影。山口校長（二年目で「副」がとれていた）も嬉しそうに写っていたが、男子が、

「めっちゃ白塗りやったでー」

その晩。最後の夜である。女子は寝ないで話をしてたりする。

A組のある部屋。話が受験のことになった。あかねちゃんが、

「どうにかなるやん」

みィちゃん、

「あかねちゃんはいいよなぁ」

それであかねちゃんが泣き出した。つられてあとの二人も泣き出す。かずよちゃんがやって来た。みんなあわてて涙拭いて、

「かずよちゃーん」

手を振った。部屋に戻ったかずよちゃん、

「どうしたんやろ？　どうしたんやろ？　みんな、泣いてたよ」

どれだけ泣いてたのか。部屋とバスルームにあったティッシュの箱を二つとも空にしてしまった。ゴミ箱はティッシュの山。トイレに行ったみィちゃんが、鏡を見て、

「うわっ、目、真っ赤。外、出られへんよ」

今度はフェイスタオルを濡らして、目の上にのせて寝ていた。

一と月ほどたって、恩納村のホテルからビデオが送られてきた。本隊出発直前に、ホテルのPR用にビデオを撮影させてください、と申し出があった。もちろん「協力」という形で学校名が出てこっちの宣伝にもなるので、断るテはない。校長のインタビューも入った。さっそく各クラスに回した。

「うわっ、何か、むっちゃかっこえーねんけど」

エンドロールにかぶって写った、ジェットスキーをやってたD組の女子が、

「長いこと写ったー」

「リゾートホテルをリゾートホテルとして利用したからですよ」

四期生、活躍す

この年はじめて、「いい方」でなまえが全国的に売れた。高三の内部一期生、A組の生徒三人が「全国高校生クイズ選手権」に出たのである。

こういうのは、最初の地方予選などは、ほとんど「運」うまく全国大会に行ってTVに映るようになっても、一回戦の○×クイズは数が多いので、「出場してるかどうか」さえもわからない。ボウリング場で行われた一回戦。

――ここでさっそく間違えた――

だから本来は、ほとんど画面に登場することもなく消えてしまうはずだった。ところが、「ゲストのプロボウラーの方に一投だけ投げていただいて、ストライクだったら敗者復活戦を

実施します」

女子プロボウラーが投げた。

――ストライクじゃなかった――

NG。投げなおし。今度はストライクだった。

「みごとストライクです！　敗者復活戦は実施されることになりました！」

アナウンサーが絶叫した。

敗者復活戦は、当然ボウリング対決。三人ともストライクであれば勝ちである。各チームが次々と投げてゆく。四期生チーム。二人目までストライクが入った。三人目が、あまりボウリングをやったことがなかったのか、ボールを両手でかかえて、レーンの真ん中からゆっくり転がした。ところがボールのスピードが遅いと、コースさえうまくゆけば、ピンにボールがはじかれて、ボールが勝手に動き回ってピンを倒してくれるのだ。ピンがバタバタバタッとゆっくり倒れていった。

――それで勝ち上がりになった――

一回戦の○×を突破して二回戦であっさり負けるより、絶対によかった。このあと一回戦負けのチームから、「我らの代表」として千羽鶴をもらうし、「敗者復活」のタスキはかけさられるわ、紹介では「敗者復活を勝ち上がった」という修飾語がつくし。おもいっきり目立っていた。そしてなんと三位に食い込んだのである。

放送のあとしばらくして霧生が電車に乗っていると、大学生らしい二人連れが学校の屋上の看板を見て、

「あの学校、この間、クイズ選手権に出てたとこやない?」

「あ、そうや。あんまりでかいとこやなさそうやけど――かしこいんやろな」

――よしよし――


その四期生の卒業である。内部生がいる。六年間担任がずっと同じだったというのも数人いた。ニャンブイ、

「あいつら、六年間ずっと上田パパやろ。もう空気みたいな存在になっとるんちゃうけ? 大学行って、あれ、なんで上田先生おらへんのやろ、って思うとか」

しかし最も注目されていたのは、「六年一貫」の成果がどう出るかである。特に前年は卒業生が少なく、浪人生のおかげでやっと数字を出したような状態だったのだ。期待は大きかった。ところが。いい生徒が多すぎた。内部特進などはほとんどが国公立と四私大狙い。そうなってくるとなかなか通るものではない。

一年間国語の問題集をやり続けた(おかげで霧生は青本(「赤」ではない。別の出版社のだ)の解説を一冊分書いてしまった)ナヽエさんは、本番の時には、得意だったはずの英語よりも国語の方が点が高いという結果を出した。そして合格。英語を中心とした総合的知識を求めて、総合大学の英文科に行った。

結局、数字としては、中堅クラスは大幅増になったが、四私大以上は微増にとどまった。そして一年後、次の浅井学年がものすごい得をすることになる。しかし一・八五倍の「大幅増」というのは、インパクトは強い(浅井学年の時は国公立は四・二五倍、京都大学を含め初の二ケタ

になったが、全体では一・七七倍だった）。翌年の入試には受験生がついに二千名を突破した。

野球部

野球部はあいかわらず勝てなかった。

このころの目標は、当然「夏の大会で一勝」であるが、もう一つ、「スコアボードに名前がのりたい」小さい球場だとスコアボードに名前を表示するところがなかったのだ。夏の大会の場合は大きな球場を使うのでそんなことはないが、いちいち書くのが面倒なので、準決くらいにならないと出してくれない。一期生のころである。

「大阪やったら一回戦でも出してくれるんやけどなあ」

「いいですねえ」

「プロが使ってる球場なんかやと、同姓の人がいたらそのボード使うから、一人だけきれいな表示やったりすんねん」

ナベさん、

「それやったら、俺なんか、西武に同じ名前がいるから、得ですよね」

「だけど、西武のは同じチームにもう一人いるから、下に「久《ひさ》」とかついてるかもしれんで」

「そうかあ」

五期生の時。創部六年目である。Ｆ組にいたのは二年の時から背番号「1」をつけていたテライケ。身長は百八十五ほどあったが、速球派ではなく、大小二つのカーブを使い分ける軟投派。そしてマネージャーのまあちゃんとうえこ。

この年、初戦の二回戦（一回戦は不戦勝だった）は、またしても平日。一年目から日曜を引いたことがない。平日だとこの時期必ず補習をやっている。応援に行けないのだ。ただこの県、地方大会で使用する球場は二つである。メインの方は地元TV局が必ず生中継してくれる。今年はそっちの方だった。

試合は、先制した相手が中盤に点を重ね、四―一のまま最終回を迎えた。「今年もダメか」というあきらめムードがただよう中、安打と四球で二死一、二塁となり、打順は四番のヒロトに回った。

「せめて一点くらい返せよなー」

その初球、高めから入ってきたスライダーをヒロトが強振した。

「行った！」

次の瞬間、カメラは左中間スタンドへ向かって高々と上がった打球をとらえた。

「えっ、なんや!?」

球は芝生席の上をはるかに越え、向こうの林の中に飛び込んだ。

「やったー！」

職員室では、空き時間でテレビを見に来ていたよっこたちが大喜び。ところが近くにいた化学の先生、

「やかまし！　出てけ！」

追い出された。

「新しく来た先生やし（といっても二年目だった）、『愛校精神』ないんや。しゃーないなあ」

かわいそうに思ったGO先生が追っかけてきた。

「生物実験室、テレビあるから、こっちで見とき」

カギを貸してくれた。

「流れとしては、これはいけそうやで」

試合はそのまま延長に入った。十一回表、一死からヒットで出たランナーをバントで送った。次打者は追い込まれたものの、しぶとくセカンドの左を抜いた。打球が早くなかったので前進守備のセンターのバックホームも間に合わない。

「やった！」

補習中にこっそりラジオで聴いていたやつが、思わず叫んでしまってバレた。だが普通の先生はやっぱり気になる。

「みんなで、聞こか」

そしてその裏をテライケが抑えて、ついに念願の「一勝」その瞬間、校内のあちこちで、「うおーっ」という歓声があがった。

校歌斉唱。この時が一番実感がわくらしい。「歌お、歌お」といっていたよっこが、泣いてしまって歌えない。TVカメラがスタンドを写した。うえこの泣いているのがアップで写った。

後でビデオで見たトミやんが、

「さすがのうえこも泣いてましたねー」

その後のインタビュー。

「なぜ一死一塁から送らせたんでしょうか」

「次のバッターは勝負強いので、何とかしてくれるだろうと思ってました」

その本人。泣きながら答えていた。

「…打ててよかったです…」

何を言ってるのか、はっきり聞き取れない。

「次は優勝候補の一角ですが、どうでしょうか」

「そうですねえ、こういうテライケ投手のような、変化球でかわしてゆくピッチングというのは、あの強力打線に対してはおもしろいんじゃないでしょうか」と解説者。

しかしシード校はやはり強かった。八—〇で、七回コールド。しかしテライケ、

「相手はあまり強いとは思いませんでした」

「もう一回やったら、たぶん勝てると思います」

チームメイトが大笑いしていた。

「あいつ、強気なんかアホなんか、ようわからん」


トミやんはこの「一勝」を花道に、実家のある静岡県に帰って公立の定時制高校に勤めた。そしてそこでも野球部を作り、今度は「もう一つの甲子園」を目指すことになる。

こちらの野球部の方は、監督がなかなか「長期政権」にならず、選手の方も、「ザトペック投法」で六期生がたまたま新聞に取り上げられたりする程度。またぜんぜん勝てないようにな

ってしまった。

あきサン

笑顔が非常に印象的。クラス写真などでは、いつも「最高の笑顔」で写っていた。それが三年になって、突然手がふるえて字が書けなくなった。年度はじめの個人面談で霧生がそれを知った。家では受験に対するプレッシャーだろうと言って、

「気合いで乗り切りなさい」

しかしそんな簡単なものだろうか。

迫っていた中間考査を、解答用紙を拡大してもらうということですませた。保護者に連絡する。

「とにかく、このままで受験になってしまったらどうしようもないんで、まず、知り合いのカイロプラクティックのドクターのところへ連れて行ってみます。なんか動いてみんと、始まらんでしょうし」

教頭の許可を取って吹田まで連れて行った。

疑ったのは頸椎のずれ。神経が圧迫されると、こういうことが起こる可能性がある。電話で状況を説明しておいたので、すぐに治療に入ってくれた。ところが、

「こういうのは、劇的に治るんだけど…」

「一度X線を撮って、ちゃんと見てみましょうか」

翌週、大阪市内までカイロ用のX線写真を撮りに行かせた。できあがってきた写真を見せてもらって驚いた。素人目にもはっきりとわかる。頸椎にカーブがなく、完全に一直線になってしまっている。

「ただ、この程度で、あそこまできつい症状が出るか…。とにかく、このずれを治す方向でやってみましょう」

しかしよくならない。

「これは、ひょっとすると、もっと重大な病気の可能性もあるかもしれないですね。こういうケイレン専門のところを紹介しましょう」

筋萎縮性側索硬化症（のちにALSと言われるようになる）の名前が出た時には、さすがにギョッとした。

大阪市内の病院に通うようになった。

——そしてなおった——

二学期にはまた普通に字が書けるようになった。

原因はわからずじまいだった。そして受験も無事に終了。希望どおり短大の幼児教育科に入学。

そののち霧生が家に電話した時、出てきたおばあさんが、

「いまどき、こんな先生がおられるんですねえ」

もちろん本人のためである。しかしそれだけでない。私学はそうでなければならないのだ。こういう地道な活動が評判につながってくる。レベルはいざ知らず、何もしないでも定員だけ生

徒が来るという公立とは違うのだ。

　卒業してから三年ほどたったころのことである。新聞に載った小さな記事に霧生が気づいた。四、五、六期生（特に五期生）が子供の時に接種したポリオのワクチンがなぜか効かなくて、保健所が再接種を呼びかけているというのだ。

——ひょっとしたら、これだったのではなかろうか？——


　ところであきサンには高校の時からつきあっていた人がいた。短大を卒業してから一年半、家族は、「まだ早いんじゃない？」と言ったが、純愛を貫いて、Ｆ組第一号として結婚。すごくきれいだった。列席したりっちゃんとかが、思いっきりもらい泣きしていた。そして専業主婦になった。

まあちゃん

　どこにおいてもそうだが、特に女子はグループにまとまる。最初は席の近いものから始まって組み合わせがかわり、確定するのは一学期の末から二学期のころ。Ｆ組で一番はっきりしていたのは、出席番号順にうえこ、おたＰ《ぴ》ょん、まあちゃんのところ。

　なぜかお互いに「ヘンや、ヘンや」と言ってた。クラスの日直、このころは二人一組で回していた。うえこ、Ｐょんの後にまあちゃんとトキコさんの組がくる。日誌に、

「へんたいコンビは、きのう」

「こんなん、書くなや」

「だって、ヘン子やもん」

　高三の校外学習の時のバスの中。まあちゃん、

「きのう、買い物行ったら、うえこに似たお菓子、あってん」

「何《なに》よ、うえこに似たお菓子て」

「何《なん》やったっけ…（思い出せない）。おたＰょん、じゃなくて、（ここから声が大きくなる）みかー」

「なにー」（抑揚のない声）

「（お菓子の袋を見せて）これと同《おんな》じお菓子で、ちがう会社の、何て言ったっけー？」

「？……ポテコかぁー？」

「そうや、ポテコや、ポテコや。うえこに似てるやん」

翌日、

「お前の名前、ポテコになったんか？」

「まあちゃんの方が、ヘン」

トミやん、

「うちの女子って、みんな変なのか？　まともなの、おらんのかー？」

　まずはまあちゃん。

野球好き。ヤクルトスワローズのファン。特に「ギャオス」が好きで、いすにマジックで「24内藤」と書いて、入試の前に消えなくなって困った。で、野球部のマネージャーになった。

では活発なのかというと、ちがう。とにかくのんびりしている。

「お前、主婦的イメージあるぞ」と霧生。

「家で、おこた入って、せんべいぼりぼりかじりながら、テレビドラマ見てて、ピンポーン『ただいまー』ってだんなが帰ってきても、『お帰りー』って言っただけで、そのままテレビ見てる、っていう感じな」

「こんなこと言われてん」

トミやんに言いにいった。

「うまいこと言うなあ」

うえこ、

「ちがうって言ってほしかったらしいねんけどな」

高一の秋の校外学習は大阪城だった。行きはバスで行ったが、帰りは大阪城ホールの前で解散。

「あんまり寄り道せんと帰りや」

翌日。まあちゃん、

「十時に、家、着いてん」

解散したのは三時。

「どないしとったんや?」

遊び回ってたのではないらしい。

「駅、どこにあるか、わからんようなっててん」

——目の前にあったはずなのだが——

「歩いてたら、駅あったし、ホームに出たら、オレンジ色の電車来てん。これや思て、乗って話《はなし》してたら、大阪着けへんで、なんとか新田《しんでん》とか、すみみち？　とかいう駅、出てきてん。なんか、ヘン。間違《まちご》た？　戻ろ、言うて、次の駅で降りて、戻っててん」

——どうも、誰かに、オレンジ色の電車に乗れと教えられたらしい。ところが片町線もオレンジ色なのだ——

「それで、終点まで行って、乗り換えようとしたら、電車がなかってん」

「また京橋？　に戻って、乗り換えたら、大阪に着くまで三十分くらいかかってん」

それでラッシュにぶつかた。その上、大阪駅はホームが多すぎて、どこに行っていいのかわからない。

「駅の人に聞けや」

「恥ずかしいもん」

うろうろした上に、「京都」行と書いてあった、青いのに乗った。

「そりゃ、十時になるはずや」

こんなであるのに、野球部は最後まで続いた。三年の夏の大会では記録員としてベンチ入り。

「一勝」の思い出を作った。そういえば昔、「浅間山荘事件」で人質になっていた管理人さんの奥さんが、最後の最後で無事救出された時、管理人さんが、

「のんびりした性格だから耐えられたんだと思います」

ひょっとして、意外に強いのかもしれない。

いよいよ進路の最終決定をしなければならない時期になった。希望は英語英米文。

「指定校がいいです」

「尼崎のにします」

「お前の実力でここはもったいないで。名古屋の方にしな」

「いいです」

下宿するのがこわかったらしい。トミやんが、

「お前の偏差値が体重くらいあったら、同志社の英文でも簡単に入れるのになあ」

うえこ、

「まあちゃん、あんなん言われて、よく笑ってられるよなぁ。私やったら、絶対怒ってるし」

(今なら「キレる」と言うところだろう。当時この言い方はまだ存在してなかった)

そして尼崎に行った。一方、名古屋の英文科の指定校は、行く人がなくなってしまった。おわびの手紙を出したものの、取り消された。

しかし結果的にはよかったのである。大学でもやっぱり野球部のマネージャーになったのだが、そこで中心選手として活躍していた人と運命の出会いをする。

そして卒業して二年ほどたって結婚。式は人前式。新婦側の証人はうえこ。Pょんは少しお腹が大きくなりかけで出席。司会者、

「初対面のご印象は?」

まあちゃん、

「かっこいい人やなーと思いました」

だんな、

「栄養のゆきとどいた人やなーと思いました」

またまたいやがられたのが、わざわざ静岡から呼んであげたトミやん。

――スピーチがぜんぶ「体形ネタ」だったのだ――

「こんなとこでまで言わんでも」

親戚のおばさんが怒っていた。そして専業主婦になって、幸せにしている。

Pょん

お嬢さま。はじめはおたPょん。

「その呼び方、やめてー」と言ってたが、やっぱり定着してしまった。そして短くなってPょん。

Pょんの場合、在学中にはあまりエピソードがない。霧生がある日プリントに「うへこ」と書いて渡したら、

「先生、『うえこ』やし」

「きのう、日誌に、『うへーこ、うへーこ』って書いてあったで」

「もうー、おたPょんなんやからー」

現代文の評論で演劇史が出てきたので、試験で、「この劇団は現在のどの劇団につながるものか」選択肢に、「毛利菊江、うえこなどが所属する劇団くるみ座」

「うえこ、やられたな」

そんな程度。まあちゃんとうえこに隠れていた。


卒業してからの方が話題が多い。

母親がもと幼稚園の先生だったので、短大の幼児教育科に行った。

幼稚園も教育実習がある。中高の場合は原則「出身校」しかし幼稚園の場合は自分で探してこなければばならない。そして決めるのもだいたい一年前。そうなると短大は忙しい。卒業してからまだ三ヶ月しかたってないのに、学校にやって来た。

「教育実習、お願いできませんか」

川下が園長をしている宗派の幼稚園。

「よっしゃ、頼んだるわ」

川下のところに連れて行った。顔はおぼえてもらっている。すぐにOKになった。

そして翌年、実習。指導教官でついたのは一期生のさおりちゃんだった。

幼稚園は、実習で頑張ってると、そのまま採用になるケースがけっこうある。特にここは園長代理兼事務長も四期生A組の女子のお母さんで、もともとこっちの事務室にいた人。当然、受けてみませんか、になった。

試験科目は国語、数学、面接、ピアノ実技。受験生は十人ほど。ピアノは、五期生が高三の

時から、川下が、

「宗派の行事に親しみを持ってもらいましょう」と言ってはじめた、毎土曜日午後からの礼拝に、霧生に連れられて、まあちゃんやうえこなどと一緒に参加し、初見で聖歌の伴奏ができるくらいだから、楽勝。国語はさおりちゃんの入った年からずっと霧生が作っていた。試験が終わってから、

「なにー、あの問題（変なの）」

あとで、Pょん、

「私、こんな問題、三年間ずっと受けてきてんでーって、ものすごく言いたかったんやけど……」

「解答用紙にサインしといたけど、わかった?」

名前の下にⓅ。

しかしポイントになったのは、面接の時にやった「エプロン劇場」めちゃくちゃうけた。

これで決まった。


そして四月から年中組の担任になった。一週間後にいきなり、

「あさってから三者懇やねん。どうしよー」

そう言ってたわりに、

「いきなりお母さん泣かしてしまったー」

仲間はずれにされてるか、いじめられてるのではないか、と相談されたのだ。

「まだはじまって一週間ですから、子どもたちの方もようすがわかってないんだと思います。これからいろいろ変わってくると思いますので、もう少し見てみましょう」

「そうしたら、ありがとうございますって、急に泣き出しはってん」

「そのあと、こっちは満面の笑みで教室から送り出したから、次の人、どうしたんやろ、って顔で見てはった」

最初からけっこう堂々とやっていた。


四年間勤めて寿退職しようとしたら、次の人を指導してくれと頼まれて、半年ほど残っていた。

お相手は、「（五期生）Ｅ組の人ですにひ」（最初に報告してきた手紙）高校時代にはつきあってなかった。専業主婦になった。

うえこ

二年の三者懇談の時である。

「将来、どういう方面に行きたい？」

「オペラやりたいです」

中学の時、演劇部にいたのだ。

「オペラなら音大の声楽科になるけど、ああいうとこは、その大学の先生について、個人レッスンとか受けとかないと通らんし、今からやったら間にあわんのやないかな。普通の新劇の方やったらどうや？　それでも、どっかでやっとかないと、きついとは思うけど」

だいたいどこの芸大でも、へたに演劇のレッスンなど受けてくると変な癖がつくから、何もしてこなくていいと言う。しかし例えば日大の芸術学部演劇専攻などというと、受験生がセミプロみたいなのばっかりである。その中で何もしてないで目立とうとしたら、よっぽどの天賦の才がなければダメだし、またあったとしても、試験官が見抜けるかどうか。

三学期になって、

「ここに行こうと思います」

『毛利菊江演劇研究所』

「これは古いところやな。ここならええやろ」

年齢制限は十七歳。ギリギリでＯＫ。定員は十名。書類選考で決めるという。

「通るかなあ」

「学校の名前で、プレッシャーかけてみよか」

「お願いします」

電話して応募状況を聞いてみた。現在三名。

「演劇をやりたいと言ってるんですが、本校には演劇部がありませんし…」

「どうぞよろしくお願いします」

四月に四十九期生として入学したのは、うえこと愛ちゃん（この人は大学卒）の二人だった。この当時、毛利菊江はさすがに引退していた。中心となっていたのは北村英三。うえこは北村の最後のころの弟子ということになる。

「やっぱし、いい芝居見て、勉強しとかんといかんやろ」

この県は文化レベルが低い。演劇でいうと、井上ひさし主催の「こまつ座」の公演など、演劇に関しては観客のレベルがあまり高いとはいえない大阪でさえ満席になるのを、千百席の市民ホールで上演すると、客は中央部付近にひとかたまりいるだけ。五百人も入っていない。

「やってる人に申し訳ないなあ」

こののち県もこれではいかんと思ったのか、三年後、県庁所在地の市の百周年で豪華なオペラ専用ホールを建設した。しかしレベルは上がらず。オペラは一応外国の引っ越し公演など、大きいのが年に二、三本は来るのだが、客の大部分は県外の人である。

当然情報も入りにくいので、霧生が紹介してやる。つかこうへいの『熱海殺人事件―モンテカルロ・イリュージョン』(主演・阿部寛)、劇団四季の『夢から醒めた夢』(主演・保坂知寿)などなど。

『熱海―』は、学校の帰りに一緒に連れていった。こんなのをこの県でやるのは珍しいのだが、キャストの一人がこの市の出身だったらしい。市役所の隣の四百席のホールだった(それでも空席があった)。この作品、『熱海―』シリーズの中では出色の出来だった。

ところが終わってから、

「どやった?」

「べつにー」

「おい、俺でも、最後の（木村伝兵衛部長が、夢の中のオリンピックで、棒高跳び六メートル八八、の大記録をうち立て、「鳥になった」直後に死刑になる）とこで泣いとったのに」

『夢から―』の時も、

「これも、四季のオリジナルとしてはいい作品やねんで。最後の『みんな、光になったのね―』で、感動せんかった?」

「べつに―」

つけた名前が「不感症うえこ　Nothing Ueko 」

「先生、うえこと関係したんですか?」とトミやん。これはよっぽどミュージカルに詳しくないとわからない。四季も何回か上演している'A Chorus Line（コーラスライン）'のディアナのあだ名だったのだ。このディアナ、演劇学校で、「今あなたは○○をしています。感じますか」と言われても、いつも〝feel nothing〟それで、名前が〝Nothing（Morales）〟（「モラレス」は彼女の本名）。このみごとな日本語訳だったのである（しかしディアナはコーラスラインのオーディションには合格する）。ただうえこの場合、そう言っていた方が楽だからという説もあった。


　ところが二学期になってくると、かなりきつくなってきたようだ。担任の霧生の現代文と古典（両方もっていたのだ）の授業の間、ほとんど寝ている。せっかく演劇の話をしてやっても、

「聞かないかんやつが、また寝とる」

かおりが、のちに、

「あの言い方、何か秘密めいてて、いややった」

うえこはどうも自分が演劇の勉強をしているということを、あまり言ってなかったらしい。

他の授業でも寝てるようだ。このころまだ教室にエアコンがついてなかった。ところがF組、前がエレベーターホールなので、戸を開けとくとけっこう風がぬける。一番前の列の端にいたうえこ、戸に机をくっつけて、廊下にかたっぽだけ足を出して寝ている。B組で授業をしていた霧生が気づいた。


「股を開くな！」

「私、違うよ」

「いや、ソックスの模様が、そうやった」

「へへー」


だがステージとなると、がぜん元気になる。この年の文化祭、高三は自由参加だった。

「ダンス、やろ」

有志のステージで、いつものまあちゃん、Pょんに、れーか、かよ、かおりなどを加え、銀ラメの衣裳を着て、「UFO」「ペッパー警部」など、ピンクレディーのナンバーを踊りまくった。ステージだけではたらず、カセットデッキを持ってきて、職員室前ホールとか玄関前でも踊っていた。


そして受験に突入した。

当然、演劇科が第一志望。しかし私立でそういう学科を持っているのは、南河内と東大阪、東京の町田と練馬にある大学しかない。それだけではどうしようもない。結局推薦は南河内を中心に五つ受けて、和歌山の短大の英文科に合格した。

これでオワリ、と言うことにはならない。三学期。高校の方は一週間半だが、劇団の方は卒業公演である。出しものが決まり、台本が決定し、稽古が始まる中、

「どうせやったら人のやらんことやる方がいいし」「中国語は使ってる人間が多いし」「すべり止めやし、短大でいいし。留学もあるし」↓諫早の短大。

「アラビア語はインドネシアからアフリカまで使ってるし。中東はこれから重要やし」↓羽曳野の大学のアラビア語学科。

はじめは金沢郊外の大学のドイツ語学科も受けるつもりだった。ところが試験が諫早の前日。

「金沢の試験、昼で終わるし、夕方飛行機で行けば、間に合うでしょ」

「おい、小松↓長崎なんて路線、ないぞ」

「えーっ、大阪戻ってたら間に合わへんし。夜行きついし、どうしょ」

入試要項と時刻表、並べて考えていた霧生、

「那覇で地方試験があるぞ。十六時すぎに小松から那覇行きの便あるし。これやったらいけるぞ」

「それでいきます」

「那覇の試験会場は…。あ、あの修学旅行の時とまったホテルの窓から見えとった、緑色というかウグイス色というか、よう目立つ色のホテルあったやろ」

「あった、あった」

「あそこや。わかりやすくてええやん」

「うん。じゃあ、あの修学旅行でとまったホテル、とって下さい」

「ホテルも喜ぶやろ。リピーターやし」

しかし結局、金沢は受験するのをやめたので、諫早も本学試験になった。

そしていよいよ本番。

まず諫早で二学科。中国語学科が受験者一名だった。英・国のペーパーテストのあと面接。志望動機などを聞かれたあとで、

「演劇をやっておられるんですね。そちらの方を専門にされるということになりますと、うちの大学には来て頂けないのではないかと思うんですが」

「いいえ、演劇だけで食べてゆく、っていうのは大変なので、やはり何か『他にできること』を作っておかないとなりませんから」

「おもしろい方ですねえ」

「担任の先生は女の方ですか？　…こんな調査書ははじめて見ました」

それはそうだろう。「特別活動の記録」と「その他参考となる諸事項」の書く内容が多すぎる。それぞれ二十五ミリの幅しかないのを、一行三ミリに区切って、細か～い字でぎゅうぎゅう詰めにして書いてあったのだ。たぶんこれだけ長い調査書の人物評価は、空前にして絶後であろう（「絶後」だというのは、このの後調査書がコンピュータ化されてしまって、字数が制限されるようになったからだ）。面接官もヒマだったらしい。そんなことを三十分以上も話していた。

そしてその日のうちにも帰ることはできたのだが、「しんどいから」長崎に移動して三泊目。翌日ホテルの前のグラバー園に行った。

「三浦さんの像にお参りしてきたし」

三浦環《たまき》のことだ。日本最初の国際的オペラ歌手。'Madama Butterfly（蝶々夫人）' の主役として有名だ。ここには二幕二場、自決する直前、子供を遊びに出してやる場面の像がある。もともとオペラをやりたいと言ってたんだから、やはり行ってこなければならないだろう。午後の飛行機で帰ってきた。

次の日、天王寺のホテルに移動して、羽曳野と南河内の大学を二回、三日連続（このとき滝谷不動の旅館は次の移動との関係で使えなかった）。さらにその日の夕方、新幹線で新横浜に行って、翌日推薦のなかった町田の大学。

これで終わりである（練馬は日程がかぶっていて受けられなかった）。夕方、霧生が会員の都内のホテルに行った。

最後でハプニングが起こった。チェックインしようとすると、部屋がない。ホテルがダブルブッキングをしてしまったようだ。

「和室ではダメでしょうか」

「和室ですか〜」

くねくねしてたら、

「そうですね、お若い方でしたら、やはりベッドの方がよろしいでしょうね」

「ホテルの人が勝手に納得してたし」

「そしたら、なんか、廊下の一番つきあたりの部屋で、ベッドルームとリビングと、おっきな部屋が二つもあったし」

「えーっ、つきあたりっていうと、それ、コーナースイートやないか。一泊十万以上するとこやで（十一万二千円だった）」

「うわっ、すごかったんやー。それで、もったいなかったし、一回、外、出たら、方向がわからんようなって、もどれんようなったし（メインロビーは五階だし、エレベーターが向かいあわせに四台あって、降りたら廊下が三方向にのびているので、よく迷う）、それから朝もルームサービス取って、チェックアウトの時間までずっと部屋にとじこもって、いろいろ使いまくってたし」

あとで卒業公演のプロの「稽古の裏話」のところに、

「うえこ、受験ツアーと称して旅に出てゆく。ほどなくしてうえこ帰ってくる」

一般で合格したのは諫早の英語科と中国語科、羽曳野のアラビア語学科の三つ。羽曳野に行くことになった。

ところで諫早の方は遠くからうえこが受けに来てくれたのがよっぽどうれしかったらしい。翌年から各学科一名の指定校をくれるようになった。それは何年かたって四大になった後も続いている。ところがさすがに遠いもんだから、誰も受けてない。めちゃくちゃ申し訳ない。

そして卒業式。一ヶ月後、卒業公演。ストリンドベリの『母の愛』だった。

日程は通常の公演と同じ木から日の四日間、土曜だけ昼夜の五回公演。だいたいこういう場合、二日目に行けといわれる。初日↓慣れてない。うまくいかないところが出てきて手直しする場合がある。二回公演の日↓昼は後があるからと手を抜く可能性がある。夜は疲れている。

楽日→混む。だからうえこには、二日目な、と言っていた。

当日、新年度の分掌発表、職員室の移動や何やでごった返す中、三時半ころに学校に電話がかかってきた。

「先生、今日、来るんでしょ。ちょっと早目に来て、受付、手伝ってもらえません？」

卒公というものは、衣裳、道具からプロの作成、製作（広告集め）まで、全部自分たちでやらなければならない。受付も友達に頼んでいたのだが、急にダメになったらしい。

「わかった。ただし十七時までは出られんから、開場ギリギリになるかもしれんで」

きっちりに飛び出して、タクシーで劇団へ。開場二十分前に着いた。

「受付、先生にやらせたっていうのは初めてやて。また『伝説』作ったし」

しかし霧生の方も校内のゴタゴタからのがれられて、非常に助かったのだ。

芝居は五十分の一幕もの。ただ、内容が…難しい。初日に家庭科の先生とB、C組の男子が二名。このあと土曜のソワレにPょん、けーこ、その他E組の男子など十名ほど来てたが…。わかっただろうか。特にヘレーネに救いはあるのか？　公演が終わってからC組の男子が聞いた。

「題名の『母の愛』って、どういう意味やねん？」

うえこも困った。

「まちがった『愛』やねん」

すごい説明だ。しかし、はずれているとも言えない。聞いた本人も一応は納得したらしい…。

しかし作者のせいだけでなく、「くるみ座」の芝居はけっこう内容的に難しいのが多いということが、あとでわかった。

卒業後である。

一年目は、さすがに遠いので、大学の近くに下宿した。二年目は、両親が偉くなって忙しくなったため、「メシ炊き」を命じられて、実家から二時間半かけて通っていた。

その年の秋、大阪のアマチュア・オペラサークルが、何年かぶりに、ヴェルディの『椿姫 La Traviata』を原語上演することになった。サークルの代表者が趣味でやってるクラシック専門のスナックで、

「まだ、何か役ありますか」と聞いたら、ジェルモンと牛（着ぐるみを着るのではない）、コーラスが残っているという。さっそくうえこを連れてきた。念願のオペラ出演。コーラスだが、声楽を専門としているのではないから、最初はこんなところでいいだろう。

もう一つ、ジェルモンはバリトンである。そういえば同僚の国語の先生に、オペラ・ファンで、大学の時はグリークラブにいた、おもしろい先生がいた。髪型は絶対に『ドラゴンボール』のベジータなんだが、太っているから「父親」の貫禄はありすぎるほどある。出てくれんだろうか。翌日、聞いてみた。

「絶対、出ません」

あれだけいい声してて、「ブラボー屋（カーテンコールの時、「ブラボー」と叫ぶサクラ）」までやったことがあるという。どうして自分で歌わないのだろうか。よくわからない。

公演そのものは大成功。特にジェルモンの役をやっていた東邦薬品の人が、ヴィオレッタ

（ママ・元宝塚）、アルフレード（マスター・この人は本職）と拮抗するほどいい声だったので、カーテンコールですごい拍手を浴びた。

うえこはやはり演技ができるということで、パーティーの場面、後ろの方で、他のコーラスの人とは別の動きをしていた。ママ、

「もう少し積極的に動いてもらって、よかったんですけど…」

「一番若いんやし、そんなことできへんし」

見にきてたのは、いつものPょんとまあちゃん、あと男子が四人。やっぱし大阪は「遠い」のだ。

結局、大学は二年で中退。演劇に集中することになった。そして尼崎にある兵庫県立のピッコロシアターの演劇学校に入学した。

ここの学校、といっても舞台技術学校の方に、前の年、六期生B組の女子が音響で入学していた。ところが最初のころの授業が理論ばかり。その上それがけっこう難しく、アシスタントとかである程度やってなければわからん、というものだった。それで前期だけでやめてしまった。だからちょっと心配していた。

しかし演技の方ははじめから実技があった。その上うえこはすでに基礎ができている。柔軟であざだらけにはなったが、大丈夫だった。

この時またまた『コーラスライン』ネタである。稽古の時レオタードになったら、

「あなた、（胸に）シリコン入れた？」

83・57・82なのだ。もちろん入れてなんかいない。ワコールの調査によると、このころC以上というのは十%ちょっとだった。みんなにうらやましがられた。この話を聞いた霧生、「ヴァルより上やな（整形と豊胸“tits and ass”の手術をして一躍売れっ子になる。そしてオーディションに合格する）」

さらにこの年は「好調」だった。劇団「狂現舎」に呼ばれて、ちょうどその年アメリカで起こったカルト教団の集団自殺に題材をとった、三枝希望作『真夏の箱舟』に出演（この時、霧生は東京にいたため見ることができず、「花カゴ」を送った）。また、単発だったが、滋賀県が制作した人権啓発用のドラマにも主演。ヘアーモデルもやって、「髪を売って」いた（ミュージカルの『レ・ミゼラブル』のファンテーヌ（コゼットの母。初演時は岩崎宏美だった）みたいやし、と言ってた）。

ヴィダル・サスーンのモデルにもなった。ところがこれをやると、CMでよく出てくるような本当のサラサラのフワフワになってしまって、恥ずかしくて道を歩けない。夏に霧生が帰ってきて、Pょんとまあちゃんと一緒に会った時には、その直後だったが、

「街、歩けるように、なおしてきたし」

卒公はスペインのフェデリーコ・ガルシア・ロルカの『イェルマ』うえこは老女占い師のドローレスの役だった。目指したのが「笑える悲劇」だから出演者のほぼ全員が「明るく・おおらかに」しかしみんなと同じテンションでやったのではこの役のおいしさは生かせない。一緒に練習に参加すると役のコンセプトがくずれてしまう。みんなが稽古場を使えるだけ使って稽古をしている隅で、邪魔にならんように自分の台詞を入れつつダメ書きしたり、プランをひ

たすら練ったり精神統一をしたりと、アップをしに稽古に行っている状態が続いた。そしていよいよやばいなぁと察知したら、稽古には行かないで自主練に切り替えたり。バランスをとるのに必死になっていた。集団で一つの舞台を作ってゆく。ほぼ全員がよく似た役の中で一人だけ違う。その難しさである。

この公演は霧生がたまたま大阪に戻っていたので、お花も贈ったけれど、見に行くこともできた。見に来ていたのは、いつもの二人が二人とも彼氏つき＋れーか、E組の男子。その男子、「ふだんのうえこのイメージと一緒やった」

「どういう意味なんよ?」

しかし卒業したからといって、芝居の仕事がすぐに入ってくるわけではない。この年は名古屋のキャンギャルの会社に勤めながら京都で東映の仕事。角川書店やNTT-DoCoMoのCMにも出ていた。舞台の方は、京都演劇フェスティバルに参加した劇団黒ヒ手組の羽左間幸雄作『ブルーズ1980』に客演。けっこう忙しく、朝イチの新幹線で名古屋へ向かうという生活をしていた。

このころ朝日新聞の「ひと」欄にのった、うえこのインタビュー、「見た人が明日から頑張ろうと思える役者になりたい」「映画、朗読にも挑戦してゆきたい」

こうした生活が二年ほど続いた後、とうとう東京へ移り、スカパー(スカイ・パーフェクTV!)と契約、ドラマやCMなどで活躍することになるのである。

五期生の入試

そして入試の時期を迎えた。

まず指定校である。一期生の時は二名。二期生の時に、川下が兵庫県にあった同じ宗派の大学の学長と友人であったので、頼んで一名もらい、三名になった。しかしこれだけではどうにもならない。指定校に入れてくれる条件は、同じ学部に何年か連続して入学すること。それはまだムリである。

「とにかく、どうにかして増やさな。中で頑張ってるからということで、なんとかならんかな」

二期生が卒業していった直後の四月である。ちえちゃんのお父さんから、霧生の自宅に電話がかかってきた。

「今度うちの大学に国際関係学部ができるんですが、指定校になれそうですから、いっぺん来てください」

これは副校長に行ってもらわなければ、どうしようもない。

「君のところに電話があったのだから、元担任として一緒に来てください」

川下、

「どうせ挨拶に行くなら、兵庫の方も回ってきてください。梨田君も連れて行くといいでしょう」

まずちえちゃんのお父さんの大学へ。お父さんに会って、その後、一緒に入試センター長などに挨拶した。好感触。

「これで、一名ふえたかな」

これはちえちゃんにお礼しなければならないだろう。二ヶ月ほど後、まだ浪人していたちえちゃんを、びわこの外輪船「ミシガン」のショーボートに招待した——もちろんクラスは「ロイヤル」フルコースの食事付である——そして、「今年はなんとかしてや」と頼んだ（激励した）。

午後から兵庫に。川下の友人の学長に、指定校ありがとうございます、これからもよろしく、と挨拶する。その後、

「今年からそちらの学校に、うち出身の若い宗教の先生が行ったと思いますが、ちゃんとやっていますか？」

「？　だいじょうぶだと思いますが。しっかりやって頂いてるようです」

「いや、それならいいんです。実は前の学校で、ちょっと問題起こしましたんでね」

三期生の時には東京の大学の新設指定校推薦が廃止になったが、すでに一名くれていた地元の大学が別の学部で一名くれた。

四期生からはくんちゃんの大学の国文科が一名くれた。きっかけはくんちゃんがA型肝炎で入院してしまったことだった。地元の病院だったので見舞いに行ってみると、一ヶ月以上かかるという。これを機会に大学のぞいてくるかと思った。休みを取って名古屋に行って、学生部長に会った。病気のことを説明した後で、

「一期生ですから非常に気になってるんですけど、頑張ってますでしょうか」

成績を出してきて見せてくれた。

「Aがけっこう多いですね」

「なかなか優秀で…」

成績が悪いと、指定校の話はかっこ悪くて出せない。

「ところで、先輩が行きますと、必ず後に続きたいというのが出てくるんですが、指定校推薦などというものは、どのようにしたら頂けるんでしょうか」

「普通は実績なんですが、特に希望があれば、別に考えております」

しめた、これはいけるかもしれない。帰ってきて、副校長に、

「指定校取れそうですから、一度行って、頼んできてください」

学長に会ってもらった。

「いけそうやで」

さらにこの大学は、五期生の時から英文科も一名くれるようになる。だから五期生の時には、指定校は文系五、理系一、短大一になっていた。

　こちらは校内選考さえ通ればほぼ決まる。そしてそれも、「あいつが出すんやったら俺の方が負けるから、出すのやめよか」などと自分たちの方で調整してくるから、希望者が殺到して収拾がつかなくなるなどということはない。F組からは三名が希望し、三名とも合格。

　問題は公募制推薦である。ここである程度通ってもらっとかないときつい。前の男子校では、

クラスの四十%の行く先を決めないと、怒られはしないが、「（担任が）あかんでー」と言われた。この学校では女子（短大）が入るから五十%以上だろう。

受験するところの決め方は二通りある。一つは担任主導で、偏差値で「輪切り」にしてしまい、「受かるところ」を受けさせるもの。もう一つは生徒が言ってきたところをそのまま受けさせるもの。最初のやり方では生徒が満足しない。推薦だからと言って受けさせて、通ったとしても、一般がダメだったのに入学しなかったり、途中でやめたり。二つ目のやり方では当然、合格率が上がらない。

霧生の方針は、原則「四年間、やりたいと思うことをやれ」ただしこれは大学ではなく、「専門」そしてそのためには「全国区で行け」

こういう時に担任のやり方に乗ってくるかどうかは、その人の影響力による。一期生は実質一人でやっていたようなところもあったので、影響は大きく出た。二期生は高三しか持ってなかったので、それほどでもない。五期生は、これは霧生としては結局一回しかないことになるのだが、一年からずっと持ち上がったので、非常に大きかった。特に女子。しかしあくまでもまだ推薦。遠くまで行ったのは、男子が横浜と熊本（これは出身が熊本だったので別かも）、女子が東京、名古屋、福井、和歌山くらい。

遠隔地となると、問題になってくるのが宿泊。そこでこの年からとうとう本格的に「斡旋業務」を始めた。

このきっかけは一年前、ナヽエさんにあった。受験の前に、

「どうしたらいいでしょうか」とやって来たのだ。

「大学まで一時間半以内で行けるんやったら、家から行ってもいいけど、二時間かかるんやったら前泊とった方がいいで」

「どこのホテルがいいですか」

「とって下さい」

そして五期生。特にF組にはあの「片町線事件」がある。試験会場に到着できないのがいる可能性も…。「受験生の宿」というパンフをもらって、言ってきたものに探してやることにした。

ところがエージェントは提携してるところでないと、とれない場合がある。これはB組の男子、

「生駒（郡）の大学です」

「王寺のあたりか…。あるかな？」

こんなところの旅館がパンフに載ってるはずがない。電話した。

「霧生支店ですが。まいど」

見つかった。しかし、

「となりで遅うまで宴会やってて、寝られへんかったー」

かおりは枚方。なかった。京都や天満橋では意味がない。

「枚方で、ホテルがないはずがない」

市役所の商工課に電話した。枚方市駅前ととなりの枚方公園に一軒ずつ。市駅前の方がとれた。

同じ大学を受けたあかねちゃんとかはホテルをとらなかった。ところが家が県東部の方で、電車が不便だったため（彼女たちが中学のころは、さすがに電化はされていたが、朝夕のラッシュ時にはまだDD51が50型の赤い客車九両を引っ張って走っていた）、駅に五時集合になった。

「泊まっててよかったです。すごく楽でした。八時に起きればよかったんですから」

うえこの南河内。

「これは、駅前には絶対ホテルないぞ」

となりの富田林の市役所に電話した。

「滝谷不動になら、五軒あります」

参詣者のための旅館らしい。まあ、阿部野橋より近いからいいだろう。

「いろんな意味で、すごい旅館やったし。でも、朝、車で大学まで送ってくれたし」

けっこう珍しがられたらしい。

あきサンの箕面。

「ここしかないやろ」

「温泉やったー」

「そうや。あこは重曹泉（含重曹食塩泉）やから、お肌がきれいになるんやで」

「お母さんが喜んでた」

そして逆に、大東の大学で、二時間半かかるから前泊とれと言ったのに、「大丈夫です」と言った男子。やっぱり遅刻して、行くところがなくなってしまった。

結局、F組は推薦で十五名合格。勝率は十七勝五十一敗の二割五分だった。

「まあまあのとこかな」

　その結果を受けて一般。

　大変だったのはきょうこちゃん。鹿児島を受けることになっていた。ところが、

「飛行機いやです。電車にしてください」

「飛行機なら午前中に着いて、午後大学の下見して、ゆっくりできるのに」

　説得してもうんと言わない。電車ならもう一泊必要になってしまう。その上、受験費用を自分で出すらしい。

「安いのにしてください」

「そんなら夜行で行くか。到着十一時前やけど、一泊ぶん節約できるし」

　ちょうど一ヶ月前に、特急「なは」のB寝台一人用個室をとってやった。

「値段は同じやし。女の子やから、普通の寝台より安全やし」

　ホテルもエージェントの系列ホテルをとって、あとは受験だけの状態になっていた。

　ところが一月十七日。あの地震である（この日、高三は授業の最終日。翌日から学年末考査だったが休校になった。霧生は出勤できなかった）。数日後、気象庁が発表した「M《マグニチュード》6クラスの余震が起きる可能性がありますので、引き続き警戒してください」が、「震度6の地震が、この県で起きる」という情報として、まことしやかに流れた。

　それで、

「鹿児島やめます。地震のないとこ行きます」

「日本ではそれはないと思うけど」

とにかく西はダメらしい。鉄道も大阪以西は全部不通。復旧の見通しは立たず、鹿児島に行くとしたら、空路か海路しかない。

「しゃーないやろな」

きょうこちゃんの家は、いかにも「旧家」という、木造のすごく大きな家。そのかわり地震の時はものすごく揺れて、こわかったらしい。

長野と新潟を見つけてきた。それを聞いたれーか、

「いやや！。きょうこちゃんやなくなるー」

みか、

「なに、それ？」

「しもやけ」

すごい冷え症なのだ。

そして何回も行ったり来たりするのはいやと言ったので、行ったきり。長野は「受験生の宿」でとってもらった。四泊。新潟は霧生の会員のホテルの新潟店があったので割引がきく。

「十五泊です」

ホテルが困った。

「同じお部屋がとれるかどうかわかりませんが、できる限りご希望に沿うようにさせていただきます」

しかし先に受けた長野の結果が途中でわかり、そっちに行くことにしたので、新潟は二つ目の

受験をやめて、十一泊で帰ってきた（新潟の一つ目も合格していた）。

けーこ。さつきちゃんが受けたのと同じ大学。方式をかえて三回受けるが、一発勝負といってもいい。泊まってるホテルが近かったので、帰りに寄ってみた。

「（緊張で）最近、ごはん、ぜんぜん食べられへんねん」

「少しでも食べとかんと、もたんぞ」

ラウンジに連れて行って、サンドイッチと紅茶をとった。

「これなら、なんとか……」

「今年は落ちるし。計算に入れんといてな」

かよちゃん。四大の仏文と短大の英米文と両方合格した。フランス語がやりたいと言ってたし、当然四大の方へ行くと思ってた。

「短大に行きます」

「なんでや」

理由は二年後にわかった。実はパティシエになりたかったのである。ところがいきなり専門学校に行くのも…ということで、短大にしたのだ。そして短大を卒業してから製菓専門学校に入学。その後増えてくる「ダブルスクール」のはしりだった。

みか。

「プロゴルファーになります」

三重県にある養成所に入った。

「どんなとこなんやろ」

面白そうだったので、次の夏休みに訪問した。コーチというのだろうか、大学でいうと学生部長みたいな人に会って話を聞いた。昼間は親会社のゴルフ場でキャディーをして、ゴルフ場の休みの日や夜間に練習する。こういうのはある程度「頭」もないとダメらしい。今年入学したうちのベスト3。かなり期待されてた。ただプロテストを受けると、(合否にかかわらず)それだけでアマ資格がなくなってしまう。だから簡単には受けられない。そしてこの県の女子ゴルフのレベルというのは、数年に一人プロが出るか出ないかという程度。かなりしんどいかもしれない。

「顔やったら服部道子に勝てるのに…」

男子の内部生。横浜の国立。二次の小論文で、中学の社会で習ったのと同じテーマの問題が出た。

「うちの中学で教えてる内容が結構高かった、ということやろけど——しかし、お前、そんな昔に習ったこと、よう覚えとったなあ」

そして——合格。中学の時の社会の先生にお礼に行った。

内部というとA、B組である。内部生は中学の時に「落ちた」経験がない。その上、塾などに行かなくても、校内で補習や夏季勉強合宿などというものもやってくれるので、「外」を知らない。純粋培養みたいになる。だから入試に関しては、大当たりするのとまったくはずれるのと、二通りに別れてしまう。

野球部、ヒロト。七月末までは、何もして(でき)なかった。引退してからスタート。やっぱりクラブで中心になるようなのは強い。一発で県立大学に合格。

みィちゃん。大阪の国立。フランス語。前期日程の前日、ホテルを訪問。お母さんが一緒に泊まっていた。

「お兄ちゃんの方が小さい時からけっこう手がかかりましたんで、この子はほったらかしで。短大にでも行ってくれればと思ってたんですけど、ここまでいくことになるとは…」

それで——合格。お兄ちゃんというのは二期生のA組。地元の、けっこう進学校の公立に行ってたのだが、いじめられて（公立の方ではその事実は把握してなかった）行きたくなり、しかし妹が楽しそうに通学してるのを見て、二年の二学期から転校してきたのだった。

しのちゃん。高三の夏休みから二学期にかけて、交換留学が決まった。

「勉強できへん」

しかしこういうのは、断ったらよけいややこしいことになる。

「帰ってきてから追い込んだらええやん」

ある先生（トミやんではない）が、

「行くとこなかったら、相撲部屋に行けば」

泣かした。帰ってきてからしばらく、

「英語で寝言いってたよ」

「jet rug やねん」とかぼけていたが、ほんとに三ヶ月で追い込んで、四私大を総ナメした。

かずよちゃん。十月、突然おなかが痛くなって入院した。検査してみると、胃に穴があいている（胃潰瘍などというありふれたものではなかった）。ジャッキー先生と一緒に、花束かかえてお見舞いに行ってみると、

「なんで私だけこんなにならないかんのー」

ベソをかいていた。病気は時間をかければ完治する。ところが、

「勉強すると、ストレスが胃にきて、また穴があくから、しないように」

ドクターストップがかかった。退院してきたのは十二月。だが、まだ勉強は「してはいけません」センターも受験できず。

「今年はダメだけど、来年のために、雰囲気だけでも」

医者の許可を取って、四私大を一回だけ受験した。

――そして、通った！――

「要するに、もともとがすごかったってことなんや」

ようがんばってたのに、病気でかわいそうだったし、花持たせてあげよか、と決めたはずの卒業式の「答辞」が、「名誉の答辞」になった。

――つまり、五期生の内部は、ほとんど「当たり」だったのだ――

F組の一般の結果は十六勝百二敗。勝率一割三分六厘。ただし進路決定率は三十六人中二十四人。ちょうど三分の二だった。


卒業式である。

祝電披露で、「大蔵大臣」というのが来ていた。だいたいこんなものはいい加減にしか聞いてないものだが、さすがこの時だけは、「おおーっ」というどよめきがあがった。開校の時お世話になった知事さんだったのだ。二年ほど前に国会議員になっていたのだが、去年は案内状

を出し忘れた。それで今年は、霧生が言って、出してもらっていたのだった。

F組の卒業式用の「お題」は、アメリカ研修の時にガイドをつとめてくれた、社会党の片山哲首相の息子さんから聞いた、「ウオール街ではやった言葉」

――六十年代。「強いアメリカ」のころ。"So what!"(だから、なんなんだ!)七十年代。下り坂になりかけて、"What else is new ?"(何か新しいことはないかね?)八十年代。"What is your bottom line?"(ちゃんとわかって言っとるのかね?)九十年代はじめ。"What is your concept?"(上行型か、下降型か、どっちなんだ?)二十一世紀に向けて。"Mission, character and outcome assessment"(今はあれこれ言ってるヒマはない。二十一世紀にいかによいものが出てくるか、それが問題だ)

この言葉は、そのまま諸君らにもあてはまるのではないか。"Mission"には、「伝道」という主な意味の他に、「道すじ」という意味もある。確かに現実に対応してゆくことも必要だが、まさに自分が目前に迫った二十一世紀に向かってどのようにしてゆくのか、しっかりとした「道すじ」を見つけ、「自分らしさ」を発揮して進んでゆくことが大事なのである――

そしてキョウカがついに通った! キョウカは、父親の仕事の関係で、家が会社とほとんど変わらないような状態だったので、「勉強できん」と東京の予備校の寮に入った。志望はフランス哲学。

しかしそういう勉強のできるところ自体が少ない。一浪…二浪…。まだ決まらない。霧生が学会などで東京へ行くたびに呼び出して、温泉(もちろん都内の、天然のだ)に入ってから、飲みに連れて行って励ましていた。三年目。

「弟の方、今年（高校）卒業やろ。どないしてる？」

「まだですねえ」

「どうするんやろ」

「いっぺん、海外、出せばいいと思うんですよ。父親には言ってるんですけどねえ」

それで高校卒業後、カナダの大学に留学した。

——「悟って」帰ってきた——

そして今年。たいへんだった。受験の前日、父親が仕事上のトラブルから、銃で撃たれたのだ。

「母親、真っ青なって、あわてて帰るし、自分も、受験やめて帰ろか、思いましたよ」

しかし受験して合格。父親の方も命をとりとめた。

六期生

八年目。六期生が高三になった。教員の方では小川パパが教頭になった。

五期生の担任団はバラバラになった。高三を卒業させるとそのまま高一に回るケースが多い。中高一貫が徹底してるとこでは中一に回るというところもある。まあ、通常は高一。二十二歳で就職して、定年までずっと一→二→三の順で回り続け、定年の挨拶状に、「卒アルが十三冊揃いました」と書いてきた先生もいた。ところがこの学校はやはり人がたりない。のちに七代

目の高田校長が、

「高三は草刈り場や」

高一に行ったのは浅井だけ。組合活動で学校側――特に理事長――と対立していた徐はいなくなった。うっしー先生は教務部長。ジャッキー先生は同和部長。やっちゃんは高二へ。そして霧生は高三へ居残り。

この学校の場合、高二から高三へ上がる時は、規模が小さいわりにコースが細かく別れているので、クラス間の移動があまり起こらない。微調整程度といっていい。そうすると担任もよほどのことがない限り変わらない。ところがB組の担任だったトミやんが静岡に帰った。それで霧生が引っ張り出されたのだ。

B組というと内部である。この内部はおとなしくなかった。というより大変だった。数人変なのもいた。

中三の時、四階の窓から雨トイを伝って屋上へ登ろうとした男子が、雨で濡れていたためすべって一階まで墜落した。初めは保健室で氷をもらって冷やしてごまかそうとしたのだが、アワふいてくるし、失禁するし、どうしようもなくなって松原先生を呼んだ。保健室に運び込んで救急車を呼ぶ。担任がかけつけてくる。

「息、してへん」

真っ青になった。

「人工呼吸してください」

あやうく助かった。この生徒、高一の時には、教室の天井の点検口をはずして中に藁とか毛布を持ち込み、「基地」を作って、昼休みとかにそこで寝ていた。ただピアノと絵はめちゃくちゃうまかった。

男子トイレでタバコ吸ってる女子もいた。

その内部生が高校に上がって、特進と普通に別れた。自分たちで、「内部特進」「内部アホ」

高一の学年集会の時、あんまりうるさかったもんだから、終わったあとB組だけ残されて、全員正座させられ、学年の先生全部に回りを取り囲まれて、一時間くらい怒られた。その間他のクラスはほったらかし。終わって、もうみんな自主的に帰ってるやろ、と思って教室に行ってみたら、五時になってるというのにちゃんと待っていた。

「他のやつらはいいやつらや」

高二の時には、B組のサッカー部の男子が交通事故で亡くなった。

そのせいもあったと思う。霧生が担任になった時にはクラスは落ち着いていた。それどころか、「あいつの分まで…」進路に向けて一つにまとまった。

この年に起こったこと。

まずは春の校外学習。二年の時はパルケ・エスパーニャだった。

「反対方向にしよう」

姫路セントラルパークが出てきた。しかし、遠い。学校出発にすると、すごく早い集合にしなければならない。

「現地集合にしたら?」

学年主任のダサマ先生が聞きにいった。

「許可、出たで」

「どないして行くんですか?」と生徒。

D組の男子、

「姫路て、ここから何キロくらいあるんですか?」

「さあ…百キロくらいと違うか」

当日、自転車で来た。

「それで、キロ数、聞いてたんか」

三時に出て六時間かかったらしい。さすがにへこたれて、帰りは自転車を宅配便で送っていた。

ついに全教室にエアコンがついた。ところが夏休みを利用して工事をしたので、使用開始は二学期から。そしてこの年は残暑がそれほどでもなかった。

「せっかくついたのにー。二週間しか使えんかったー」

同じころからレッグウオーマーがはやった。これは翌年になるとソックスとつながってルーズソックスになる。そして大ブレイクする。

カリキュラムがかわった。

これはだいたい十年前後の周期で行われるが、大きくかわるのは理系。この時は特に数学で、それまでの「数I」「基礎解析」「代数幾何」「微分積分」「確率統計」という科目が、「数I」「数A」「数II」「数B」「数III」「数C」になった。しかし国語は名称が変わるだけ。内容は百年一日。時々評論とかに新しい人が登場するくらい。

この年採用していた教科書は、明治から時代順の編集だった。

「前からやってたら、現代が時間切れで簡単になってまうぞ」

「後ろからやったれ」

入試では、昭和六十年ころから、出題範囲に「古文、漢文を含めない」大学が続出した。その反動で、平成の初めころには、明治の擬古文を出すのがブームになった。

「明治のをやらんわけにはいかんねんけど…」

のってる小説が、「定番」『舞姫』これはいつも評判が悪い。生徒は現代の視点から読む。エリスを捨てて帰国する豊太郎が許せないのだ（特に女子）。

「何か違うのないかいな」

例の『夜叉ヶ池』以降、泉鏡花が注目されていた。同じ玉三郎主演では、『天守物語』『海神別荘』 堀越真の脚本、佐久間良子と田中健で『新版・滝の白糸』（これは、うえこと見に行ったが、鏡花の原作の方を元にしたもの） 蜷川幸雄の演出、浅丘ルリ子と田辺誠一で『草迷宮』 その中で、玉三郎が監督して、『外科室』が映画化されていた（主演・加藤雅也、相手役は吉永小百合）。

「これでいくか。あとで映画も見せられるし」（映画はちょうど五十分なので、非常に都合がよかった）

これで大ウケしたのが、次の七期生だった。最後の一文に対して、

「結局、二人は天上へ行けたのか？」

G組、高校時代のアグネス・チャンにそっくりだった女子。

「行かれへんかった」

「根拠は？」

「自殺したから」

「まあ、『天下の宗教家』の中には、キリスト教の人も入ってるから、そういう人やったら、そう答えるやろな。だけどやっぱりここは、『行けた』ということやろ」

——鏡花作品の一つの特質、本質といってもいいかもしれないのは、現実世界と、それに対立するもう一つの世界があって、最終的に「もう一つの世界」が勝ってゆく、ということである。そしてその世界とは、「異界」の形を借りていたりはするものの、本質的には「情＝愛」の世界なのだ——

そして最後に映画を見せる。問題がついた。

「一か所、脚本を書いた人が、古典文法の『識別』を間違えて、原作と意味がまるっきり逆になっているところがある。見つけたら、点数プラスα」

よっぽどきっちり読んで見てないとわからない。アグネス、

「わかった！　『ぬ』の識別や！」

「正解！」

気がついたのは一人だけ。完了の助動詞「ぬ」の終止形を、打消の「ず」の連体形でとってしまっているのだ。そのため、「余」（鏡花らしい狂言回しの人物。映画では中井貴一がやっていた）は、伯爵夫人の美しさには「感動しなかった」ことになってしまっていたのだった。

よしのッ！

B組の中心。これは上履きに名前のかわりに書いてあったサイン。内部の男子をアゴで使っていた。

小学生のころは東映に所属。『水戸黄門』（西村晃の時だ）にもお姫様役で出演。だから中学のころには、まだ顔パスで太秦映画村に出入りしていた。

「この前、北條監督（よしのをよく使ってくれていた）に会ってん。そしたら、『うわっ、おまえ、パンパン（太った）やないか。これじゃもう使えんわ』やて」

しかし彼女の人気は、やはりその世話焼きのところ。中一の時、クラスに重い心臓病の女子がいた。体も小さくて友達もおらず、いつも一人だった。気付いたよしのが話しかけた。

「なー、なー、あの子て、けっこう、おもろいねんでー。いっぺん、話、してみー」

それでみんなが話をするようになった。

「おまえ、いい奥さんになるぞ」

「みんなそう言うねん」

だからこの組は、女子の方が十人も少ないのに女性上位。体育祭の時には、応援合戦で男子のうち十人が女装して踊ることになった。

「先生も出てやー」

「よっしゃ。そのかわり、男子、全員、踊れ」

「うわーっ！」

曲は、「ソヤナ」（これでは何だかわからないが、大阪弁の「そうやな」である）

「歌（替え歌の歌詞）考えるから、男子で振付考えといてやー」

ところが男子が期限までに考えつかなかった。後ろの黒板に、「踊り」として「ソヤナの手」「○○の手」三つほどしか書いてない。

「しゃーないなあ」

女子が考えてくれた。ところが今度は踊れない。結局よしのとかが男装して、前で踊ることになった。


そんなよしのの志望は看護か社会福祉。将来性を考えて社会福祉になった。こののち数年すると、ゴールドプランの実施で、大学に社会福祉系の学部学科が雨後のタケノコのようにできるのだが、このころはまだ少なかった。その上、

「保健の先生の免許も一緒に取れるとこ」

羽曳野の短大の方が出てきた。

「ホテルに激励に来てなー」

女子の間に噂が広まってたらしい。

「霧生先生に高三の時におごってもらったら、合格する」

どうも去年のＦ組の女子が一人を除いて全員合格、Ａ、Ｂ組からも合格したのが出たことが原

因らしい。

「日曜日か。そんなら行ったるわ」

C組の友達と一緒に泊まっていた。夕食はとなりのデパートのレストラン街。下関の春帆楼が店を出していた。

「ここにしょうか」

「下関では、ふぐは『ふく』って言うねん。つまり『福を食べる』んやから、縁起がいいんやで」

「それでふぐやったんかー。はじめ、なんでふぐなんやろ、って思ってたんやけど」

そして試験。帰ってきて、さゆり先生と霧生のところに、

「採点してーなー」

どっちも間違ったのが二問から四問くらい。八十%は超えている。例年の合格ラインは七十%。

「いけるよな」

「うん、いけそうやで」

――ところがダメだった――

「なんでや」

データーを見ると、合格最低ラインが九十一%になっている。

「なんでこんなにレベル上げたんや？　二問間違うたらあかん、いうことやないか。しかし、こんだけ上げてしもたら、あときついん違うかな。こんなレベル高いやつやったら他のとこも合格してきよるから、こっちの大学、蹴られてしまうぞ」

足がかりなしで一般になった。

高梁の短大。

「国語で、『カキ』という字を漢字で書け、っていうのがあってん」

「貝の方の『カキ』か?」

「うん。『木になる方のではなくて、海にいる方の』って書いてあったし」

「そんなん、書けいう方が無理やろ。できたやつ、おらへんで」

「スーパーとかでもカタカナで書いてるし。だから、カタカナのおっきいおっきい字で、『カキ』って書いてきてん」

普通わからなかったら空欄だろう。これはうけたかもしれない。

そして西宮、神戸、姫路、高梁に合格。医療・福祉のレベルが一番高かった高梁に行った。

羽曳野の方は予想通りになってしまった。一般が終わったあと、卒業式の直前に、

「二次募集でとりたいと思いますので、生徒さんを送ってください」

「やっぱり落としすぎて、定員割りそうなんや」

「よしの落とすからや。誰が行ってやるかいな」


卒業式のあとしばらくたって、よしのから電話がかかってきた。

「下宿探すの、お父さんもお母さんも行かれへんねん。一緒に来てーなー」

「しゃーないなあ」

新幹線と「やくも」を乗り継いで出かけていった。二、三軒見て回って、ちょっとはずれたと

ころにある、二年目のきれいで格安なところに決めた。昼食は、一度この町に来たことがあった霧生が郷土料理の店に連れて行った。女将さんが出てきて、今度こちらの大学に来ることになりましたと言ったら、縁起物の豆ダルマをくれて、

「学生さんのコンパの時にでも使って下さい」

入学後、

「あそこの料理屋、行けへん?」

「えーっ、あの店、市長とか、議員さんとか、偉い人が行くとこじゃけん。あんた、なんであの店知ってんのー?」

「でも、女将さん、使うて、て言うてたでー」

他のところになった。

勉強はがんばった。夏休みで帰ってきた時には、ジャッキーの奥さんが社会福祉専門学校の講師だったので、霧生と一緒に話を聞きに行って、ついでに一緒に飲んでいた。

それだけではない。最初、京ことばでバカにされた。はじめは黙っていたが、とうとう。バッチーン! とひっぱたいておいてから、

「あんた、社会福祉行こうとしてるもんが、そんな人を差別するようなことして、えーんか?」

「そしたら、何《なん》も言わへんかった」

――口より先に手が出る――(これはジャッキーが言った)

つきあってたのは四大のサッカー部の選手。ときどき料理を作ってあげていた。それもカロリー計算までちゃんとして。

——尽くす女——（これは霧生）

こんなの今どき珍しいかも。

年上の男性に人気があった。講師の先生が女に捨てられた。食堂でその話を聞いていて、

「そんなん、先生のせいとちゃうやん」

「ありがとう。そんなこと言ってくれるのは、よしのだけや」

「それで、泣き出しはんねん。先生、ちょっと、やめてぇやぁ。よしのが悪いみたいやん、って言ってん」

——中年キラー——（大学の同級生）

だからバイトは、町にどっちも一軒しかないスナックと旅館をかけもちしていたが、その冬帰ってきた時に身につけていたコート、マフラー、セーター、ブーツなどは、全部そこのお客さんに買ってもらったものだった。


就職は当然、老人ホームなどになる。

東京の大学に来ていた霧生が、教育実習をやってたよしのに電話した。二つ候補があった。そのうちの一つの本部は銀座だという。

「ちょうどええわ。話、聞いて来たるわ」

都心で最高気温が過去最高三十九・一度を記録したという日に、うだりながら都内を回ってい

た。

しかしそこはやめた。京都の北の方のホームになった。

「試験のあと、見学で回ってる時に、（入所してる）おばあさんに孫と間違われてん」

そこで二十五分くらい話をしてた。それがよかったらしい。

ただ職員がよくなかった。このホームを経営してるところが専門学校を持っていた。職員はほとんどがそこの出身。他から来る者をいじめる。暴言、シカト（無視）などというのは日常茶飯。「学閥」ができる。荷物を持って歩いていると、すれ違いざま足を出してこかす。けとばす。一と月のうちに三人やめた。よしのは言い返すからよけい狙われる。ケンカになる。

やっぱり二ヶ月でやめた。家から走ったら三十秒というところに新しくできたホームに移った。そのすぐあとに、もとの勤務先の看護師と一緒にやって来た。

「太った？」

「そうやねん。ヤケ食いでストレス太りやねん」

そこには二年いた。ところが近いと、何かあるとすぐ呼び出される。今度は豊中の方に移った。通えなくなって、アパートを借りるために、また霧生が引っ張り出された。一度友人と一緒に行ったのだが、女だけだと不動産屋の対応が非常に悪かったらしい。

そしてお仕事一筋でがんばっている（お母さんはそろそろ結婚してほしくて困っている）。

さなえ

学級委員。クラスのまとめ役。最も輝いたのは入試の時だった。推薦は東大阪と神戸の四大。東大阪の時。なんばの高層ホテルに泊まっていた。朝、ホテルを出て近鉄に乗ろうとしたら
――迷った。公衆電話から、家に、

「道、わからんようになったー」

泣きながら電話した。お母さん、

「そこでじっとしてなさい。今から行くから」

「そんなん、試験、間に合わへんー」

ホテルに戻って、ホテルの人に駅まで送ってもらった。

「こりゃ、合格したらホテルに礼状出さないかんやん」

――だけど落ちた――

神戸の方は流通系の学部。女子が少ない。

「だから可能性は高いはずや」

ペーパーテストの方はそこそこ。そして面接。男子四人の真ん中にさなえがはさまった。志望動機などは対策通り立派に答えられた。問題は、想定外の質問が出た時どれだけあわてないで上手に答えられるか。

「みんな、すごい（流暢に）答えはんねん。私だけ（答えるの）遅かったし、変なこと言うて

たし」

「本学を色に例えたら、どんな色でしょうか」

「それはどういう理由からでしょうか」

「いま一番欲しいものは何ですか」

「それはなぜですか」

「コンピューターです」

「運転免許です」

さなえ、

「合格通知です」

大爆笑。

「考えてみたらこれはすごい答えやで。真実やし。ウケねらいやなくてそれを答えられた、というのもすごいし。印象はいいはずや」

そして発表の日。朝のSHRに行ったら、さなえが大学から送られてきた「合格者受験番号一覧表」と受験票を持ってやって来た。

「先生、これ、同《おんな》じ番号やなぁ。合格してるよなぁ」

「よっしゃ、合格や！」

だけど合格通知ではないから、何となく不安である。そうしてるうちに中日新聞が回ってくる。

合格者名のところに「さなえ」

「これなら大丈夫や」

コピーして終礼の時に持っていった。

「なにー、この新聞?」

「えーっ、名前、のってるんやー」

「見せて、みせてー」

終礼ができなくなってしまった。そのあとさなえは、当番でもないのに残って、一生懸命掃除を手伝っていた。

当然この大学へ行った。人気が出て、いつも男に取り囲まれて、ルンルンで通っていた。

数年たって十三期生が卒業した時。小川パパから、

「こんなのが来てるんやけど、元担任て誰や?」

「このたび本校を卒業しました」という、製菓専門学校からのお知らせ。

――さなえだった――

「そうかー。一回卒業してからダブルスクールやってたんや。がんばってるなあー」

推薦というと、Dにいた、サックスを吹いていたブラバンの部長、トモちゃん。出願が始まりかけたころになって、フルートの女子と一緒にやって来た。

「どこ受けたらいい?」

「担任は?」

「あんまし…」

あんまし、相性がよくないらしい。

「サックス、続ける?」

「うん」

「そんなら、それ使うテもあるな」

学科は国文。大阪、京都で、国文で、推薦があって、特技加点がついて…と、条件でしぼってゆく。途中で、

「ごはん食べに行こか」

資料を持ってオイル焼きの店に行った。

「今日中に決めてしまわな、間に合わんとこ出てくるぞ」

個室を借りて、食べながら詰める。京都の大学の特技推薦を中心に四つになった（フルートの方は看護だったたのでほぼ決まっており、問題なかった）。

ところがD組には、担任が、別の学部だが、同じ特技推薦をすすめてたのがいたらしい。もちろんこんなのは一クラスから何人受けようとかまわないのだが…。トモちゃんだけ通った。ラッキー先生、

「なんで締切ギリギリになって言ってきた方が通って、最初から言うてた方が落ちるんやー」

B組の結果。推薦は二十一勝五十五敗の二割七分六厘。うち四大はさなえと音大のハープ科に行った女子の二名。一般十六勝七十一敗、一割八分四厘（男子だけだと〇割八分二厘だったが）。四大は四名。進路決定率は三十五人中二十二人の六割二分九厘。GOさん、

「霧生さんてすごいと思ったで。あのどうしようもないクラス、とにかく大学と名のつくとこ

入れて、格好つけたもんなあ」
——いや、ぜったい生徒の方がすごかったのだ——

平成8年度　第二学期中間考査・高三現代文

第1問　次の文章は泉鏡花『外科室』の一部である。よく読んで後の設問に答えよ。

外科室の中では、今まさに貴船伯爵夫人の手術が、医学士高峰の手によって始められようとしていた。しかし、手術に先立って、麻酔をかけようとすると、なぜか夫人はそれをきっぱりと拒絶するのであった。

此時《このとき》、夫人の眉は動き、口は曲《ゆが》みて、瞬間苦痛に堪《た》へざる如くなりし。半ば目を瞬《みひら》きて、

「そんなに強《し》ひるなら仕方がない。私はね、心にA一つ秘密がある。麻酔薬《ねむりぐすり》は譫言《うはごと》を謂《い》ふと申すから、それが恐《こは》くつてなりません。何卒《どうぞ》もう、眠らずにお療治《れうぢ》が出来ないようなら、もうもう快《なほ》らんでも可《い》い、よして下さい。」

聞くが如くんば、伯爵夫人は、意中の秘密を夢現《むげん》の間に人に呟《つぶや》かむことを恐れて、死を以てこれを守らうとするなり。

伯爵は温乎《をんこ》として、

「私《わし》にも、聞かされぬことなンか。え、奥。」

「はい、誰にも聞かすことはなりません。」

夫人は決然たるものありき。

「何も麻酔剤《ますゐざい》を嗅《か》いだからつて、譫言を謂ふといふ、極《きま》つたことも無ささうぢやの。」

「甲」

「そんな、また、無理を謂ふ。」

「もう、御免下さいまし。」

投棄《なげすつ》るが如く恁《かく》謂ひつゝ、伯爵夫人は寝返りして、横に背《そむ》かむとしたりしが、病める身のまゝならで、歯を鳴らす音聞えたり。

ために顔の色の動かざる者は、唯《ただ》彼の医学士一人あるのみ。渠《かれ》は先刻《さき》に如何《いか》にしけむ、一度其《その》①平生を失せしが、今やまた自若となりたり。

侯爵は渋面造《じふめんつく》りて、

「貴船、こりや何でも姫《ひい》を連れて来て、見せることぢやの、なんぼでも児の可愛いさには我折《がお》れよう。」

夫人は堪《たま》らず②サヘギりて、

「綾、連れて来んでも可い。何故《なぜ》、眠らなけりや、療治は出来ないか。」

看護婦は窮したる微笑《えみ》を含みて、

「お胸を少し切りますので、お動き遊ばしちやあ、危険《けんのん》でございます。」

「乙」

予は其《その》余りの無邪気さに、覚えずイ森寒《しんかん》を禁じ得ざりき。恐らく今日の切開術は、眼を開きてこれを見るものあらじとぞ思へるをや。

看護婦はまた謂へり。

「それは夫人《おくさま》、いくら何んでも些少《ちつと》はお痛み遊ばしませうから、爪をお取り遊ばすとは違ひますよ。」

夫人はこゝに於てぱつちりと眼をひらけり。気もたしかになりけむ、声は凛《りん》として、

「丙」

「はい、外科々長です。いくら高峰様でも痛くなくお切り申すことは出来ません。」

「可《い》いよ、痛かあないよ。」

「夫人、貴下《あなた》の御病気は其様《そん》な手軽いのではありません。肉を殺《そ》いで、骨を削るのです。ちつとの間ご辛抱なさい。」

臨検の医博士はいまはじめて愘《かく》謂へり。然るに夫人は驚く色なし。

「何《ど》うしても肯《き》きませんか。それぢや全快《なほ》つても死んでしまひます。可いから此侭《このまま》で手術をなさいと申すのに。」

「丁」

と真白く細き手を動かし、辛《から》うじて衣紋《えもん》を少し寛《くつろ》げつゝ、玉の如き胸部を顕《あらは》し、

決然として言放《いひはな》てる、ロ辞色《じしょく》ともに動かすべからず。さすが高位の御身とて、威厳あたりを払うにぞ、満堂斉《ひと》しく声を呑み、高き咳《しはぶき》をも漏らさずして、寂然《せきぜん》たりし其瞬間、先刻《さき》より些《ち》との身動きだもせで、死灰《しくわい》の如く、見えたる高峰、軽く身を起して椅子を離れ、

「看護婦、刀《メス》を。」

「えゝ。」と看護婦の一人は、目を瞠《みは》りて猶予《ためら》へり。一同斉しく③愕然として、医学士の面《おもて》を瞻《みまも》る時、他の一人の看護婦は少しく震へながら、消毒したる刀《メス》を取りてこれを高峰に渡したり。

医学士は取ると其まゝ、靴音軽く歩を移して、衝《つ》と手術台に近接せり。

看護婦はおどおどしながら、

「先生、このまゝでいゝんですか。」

「あゝ、可《い》いだらう。」

「ぢやあ、お押へ申しませう。」

医学士は一寸《ちよつと》手を挙げて、軽く押留《おしとど》め、

「なに、それにも及ぶまい。」

謂ふ時疾《はや》く其手は既に病者の胸を掻開《かき》けたり。夫人は両手を肩に組みて身動きだもせず。

恁《かか》りし時医学士は、誓ふが如く、深長厳粛なる音調もて、

「夫人、責任を負つて手術します。」

時に高峰の風采は一種神聖にして犯すべからざる異様のものにてありしなり。

「何《ど》うぞ。」と一言答《いら》へたる、夫人が蒼白なる両の頬《ほほ》に刷《は》けるが如き紅《くれなゐ》を潮《てう》しつ。ぢつと高峰を見詰めたるまゝ、胸に④ノゾめる鋭刀《ナイフ》にも眼を塞《ふさ》がむとはなさざりき。

唯見《と》れば雪の寒紅梅、血汐は胸よりつと流れて、さと白衣を染むるとともに、夫人の顔は旧《もと》の如く、いと蒼白くなりけるが、果せるかな自若として、足の指をも動かさざりき。

ことのこゝに及べるまで、医学士の挙動脱兎の如く神速《しんそく》にして聊《いささ》か間なく、伯爵夫人の胸を割《さ》くや、一同は素《もと》より彼の医博士に到《いたる》まで、言を挟《さしはさ》むべき寸隙《すんげき》とてもなかりしなるが、こゝに於てか、わなゝくあり、面《おもて》を蔽《おほ》ふあり、背向《そがひ》になるあり、或《あるひ》は首《かうべ》を低《た》るゝあり、予の如き、我を忘れて、殆《ほとん》ど心臓まで寒くなりぬ。

三秒《セコンド》にして渠《かれ》が手術は、ハヤ其⑤カキョウに進みつゝ、刀《メス》骨に達すと覚《おぼ》しき時、

「あ。」と深刻なる声を絞《しぼ》りて、二十日以来寝返りさへも得せずと聞きたる、夫人は俄然《がぜん》器械の如く、其半身を跳起《はねお》きつゝ、刀《たう》取れる高峰が右手《めて》の腕《かひな》に両手を確《しか》と取縋《とりすが》りぬ。

「痛みますか。」

「否《いいえ》、貴下《あなた》だから、貴下だから。」

恁言懸《かくいひか》けて伯爵夫人は、がつくりと仰向《あをむ》きつゝ、凄冷極《せいれいきわま》り無き最後の眼《まなこ》に、国手《こくしゅ》をぢつと瞻《みまも》りて、

「でも、貴下は、貴下は、私を知りますまい！」

謂ふ時晩《おそ》し、高峰が手にせる刀《メス》に片手を添へて、乳《ち》の下深く掻切《かきき》りぬ。医学士は真蒼《まつさを》になりて⑥オノノきつゝ、

B「忘れません。」

其声《そのこゑ》、其呼吸《そのいき》、其姿、其声《そのこゑ》、其呼吸《そのいき》、其姿。C伯爵夫人は嬉しげに、いとあどけなき微笑《えみ》を含みて高峰の手より手をはなし、ばつたり、枕に伏すとぞ見えし、唇の色変りたり。

D其時の二人が状《さま》、恰《あたか》も二人の身辺には、天なく、地なく、社会なく、全く人なきが如くなりし。

数ふれば、はや九年前《ぜん》なり。高峰が其頃は未だ医科大学に学生なりし⑦砌なり。一日《あるひ》予は渠《かれ》とともに、小石川なる植物園に散策しつ。五月五日⑧躑躅の花盛なりし。渠とともに手を携へ、芳草の間を出つ、入りつ、園内の公園なる池を繞《めぐ》りて、咲揃《そろ》ひたる藤を見つ。

歩を転じて彼処なる躑躅の丘に上らむとて、池に添ひつゝ歩める時、彼方より来りたる、一群の観客あり。

一個洋服の扮装にて煙突帽を戴きたる蓄髯の漢《をとこ》前衛して、中に三人の婦人を囲みて、後よりもまた同一様なる漢来れり。渠《かれ》等は貴族の御者なりし。中なる三人の婦人等は、一様に深張の涼傘《ひがさ》を指翳《さしかざ》して、裾捌《すそさばき》の音最冴《いとさや》かに、するすると練来《ねりきた》れる、ト行き違ひざま高峰は、思はず後を見返りたり。

「見たか。」

高峰は頷《うなづ》きぬ。「むゝ。」

恪《かく》て丘に上りて躑躅を見たり。躑躅は美なりしなり。されど唯《ただ》赤かりしのみ。

(中略)

「高峰、ちつと歩かうか。」

予は高峰と共に立上りて、遠く彼の壮佼《わかもの》を離れし時、高峰はさも感じたる面色にて、

「あゝ、真の美の人を動かすことあの通りさ、君はお手のものだ、勉強し給へ。」

予は画師たるが故に動かされぬ。行くこと数百歩、彼の樟の大樹の鬱蓊《うつをう》たる木の下蔭の、稍《やや》薄暗きあたりを行く藤色の衣の端を遠くよりちらとぞ見たる。

園を出づれば丈高く肥えたる馬二頭立ちて、磨硝子《すりがらす》入りたる馬車に、三個《みたり》の馬丁《べつたう》休らひたりき。其後九年を経て病院の彼のことありしまで、高峰は彼の婦人のことにつきて、予にすら一言をも語らざりしかど、年齢に於ても、地位に於ても、高峰は室あらざるべからざる身なるにも関らず、家を納むる夫人なく、然も渠《かれ》は学生たりし時代より品行一層謹厳にてありしなり。予は多くを謂はざるべし。

青山の墓地と、谷中の墓地と所こそは変りたれ、同一《おなじ》日に前後して相逝《ゆ》けり。

E語を寄す、天下の宗教家、渠等二人は罪悪ありて、天に行くことを得ざるべきか。

設問1　傍線部②④～⑥のカタカナの語句を漢字に直せ。

設問2　傍線部①③⑦⑧の語句の読み方を現代仮名遣いで答えよ。

設問3　波線部イ～ニの語句の意味として最も適当なものをそれぞれ次の1～4の中から選び番号で答えよ。

イ　「森寒を禁じ得ざりき。」

1　驚かされた。

2 言葉を失った。
3 ふるえを止めることができなかった。
4 物音もまったく聞こえず静まり返った。
5 涙の流れるのを止めることができなかった。

ロ 「辞色」
1 決意
2 こころ
3 言葉と表情
4 美しい顔つき
5 やめさせること

ハ 「自若」
1 自然な様子
2 冷酷である様子
3 感情を失った様子
4 落ち着いて態度が変わらない様子
5 自分の態度を慎んで、軽々しく動かない様子

ニ 「脱兎の如く」
1 大変速いもののたとえ
2 大変慎重な様子のたとえ
3 大変充実していることのたとえ

4　大変落ち着いている様子のたとえ
5　大変人間離れしていることのたとえ
設問4　空欄甲〜丁に補うべき伯爵夫人の言葉として最も適当なものを次の1〜8の中から選び番号で答えよ。
1　いや、よさうよ。
2　はあ、出来なくッても可いよ。
3　刀《たう》を取る先生は、高峰様だらうね！
4　さあ、かまわぬから、やっておくれでないかい。
5　其事《そのこと》は存じて居ります。でもちつともかまひません。
6　否《いいえ》、このくらゐ思つて居れば、屹《きつ》と謂ひますに違いありません。
7　なに、私や、ぢつとして居る。動きやあしないから、切つておくれ。
8　さ、殺されても痛かあない。ちつとも動きやしないから、大丈夫だよ、切つても可い。
設問5　傍線部Aについて、伯爵夫人が心に抱いていた「秘密」とは何か。具体的に8字以上15字以内で説明せよ。句読点も字数に含める。
設問6　傍線部Bの高峰の言葉の説明として最も適当なものを次の1〜5の中から選び番号で答えよ。
1　自分の恋する人の最期の様子は絶対に忘れない、と言う意志の表明。
2　夫人の愛を受け入れ、未来永劫あなたのことは忘れない、という決意の表明。
3　この凄絶なる婦人の最後は、人々に語り継がれ、永遠に忘れ去られることはないであろう、という予言。
4　夫人と同様、自分もあの躑躅咲く植物園での出会いは忘れておらず、あなたのことを思い続けていた、という愛の表明。

5　自分の美しさが病で失われるのを怖れ、それを永遠のものにしようとした夫人の自殺に対して、その動機を理解し、美しさを永遠に忘れない、という決意の表明。

設問7　傍線部Cについて、なぜここで夫人は微笑したのか。その理由として最も適当なものを次の1～5の中から選び番号で答えよ。

1　自分の自殺の動機が、恋しい高峰にだけは伝わったとわかったので、満足したから。

2　自分の美しさが、高峰の心の中に焼き付けられたことがわかったので、満足だったから。

3　高峰が自分の愛を受け入れてくれたので、この世では一緒になれなくても天上では一緒になれる、と信じたから。

4　高峰も自分のことを思っていてくれた、ということがわかったので、もうこの世には思い残すことはない、と思ったから。

5　高峰の声、呼吸、姿、その全てが非常に立派に思え、そういった素晴らしい人の腕の中で死んで行く自分が幸福だ、と思ったから。

設問8　傍線部Dについて、結局高峰はこの事件の後どうしたのか。次の1～5の中から最も適当なものを選び番号で答えよ。

1　その日のうちに自殺した。

2　夫人のことを思い続けて、死ぬまで独身を通した。

3　夫人の菩提を弔うため、医者を辞めて宗教家となった。

4　親友に恋人を譲ったことを悔いて、生涯独身のまま暮らした。

5　夫人のことが忘れられず、品行も謹厳に過していたが、遂に自殺した。

設問9　傍線部Eについて、これは「予」の発問であるが、作者自身はこの問に対する答えをどう考えているか。次の1～5の中から最も適当なものを選び番号で答えよ。

1　二人は現実では成就し得なかった純愛を、天上界で結実させ得た。

2　こういった恋愛は社会的・倫理的に許容されるものではないので、二人とも天上界に行くことは出来なかった。

3　その恋愛は社会的・倫理的に許されないものであったが、強い愛情で結ばれた二人であったので、喜んで地獄に赴いた。

4　高峰は未婚であったからこういった恋愛をしても天上界に行ける可能性はあるにしても、夫人は既婚であるから行くことは出来なかった。

5　前世での罪業があったが故に、二人はこの様な純愛を貫いたのに、この世では一緒になることは出来ず、更に墓も別であり、天上界に行くこともできなかった。

設問10　この話の狂言回しである「予」の職業は何か。次の1～5の中から最も適当なものを選び番号で答えよ。

1　検事　2　医師　3　画家　4　小説家　5　新聞記者

設問11　(1)この小説の作者である泉鏡花の作品でないものを次の作品名1～10の中から全て選び番号で答えよ。(2)彼の師であり、最初彼が持ってきた『滝の白糸』の原稿に手を入れて『義血侠血』として発表させた人物は誰か。次の人物名a～jの中から選び記号で答えよ。(3)(2)の作家の作品を同じく作品名1～10の中から選び番号で答えよ。

［作品名］

1　高野聖　2　草迷宮　3　夜行巡査　4　夜叉ヶ池　5　天守物語

6 黒蜥蜴　7 婦系図　8 歌行燈　9 金色夜叉　10 海城発電

［人物名］

a 黒沢明　b 川上眉山　c 浅利慶太　d 尾崎紅葉　e 松本幸四郎
f 森鷗外　g 蜷川幸雄　h 広津柳浪　i 徳富蘆花　j 坂東玉三郎

設問12 泉鏡花がデビューした明治20年代、文壇の中心であった考え方は何か。次の1〜5の中から正しいものを選び番号で答えよ。

1 耽美主義　2 自然主義　3 言文一致
4 浪漫主義　5 写実主義

設問13 設問12の考え方を最初に主張した人物とその評論の組み合わせとして正しいものを次の1〜5の中から選び番号で答えよ。

1 谷崎潤一郎「陰翳礼讃」　2 正岡子規「歌よみに与ふる書」
3 二葉亭四迷「小説総論」　4 正岡子規「獺祭書屋俳話」
5 坪内 逍遥「小説神髄」

設問14 (1)この『外科室』は平成4年に映画化されたが、そのときの監督はだれか。設問11の人物名a〜jの中から選び記号で答えよ。(2)又、その人物が演出して舞台化されたこの作者の他の戯曲作品を同じく設問11の作品名の中から一つ選び番号で答えよ。

（解答は319ページ）

PARTⅢ

大躍進

十年目。「進学校」として認められるようになった。記念式典の時に、霧生が川下に、

「やっぱし、十年、かかりましたねえ」

校長はこの年から六代目の古川。この人こそ、川下が四年目から「欲しい、欲しい」と言ってて誘いをかけていた人。あの新聞の合格者一覧の「京都の一番最後に出てくる学校」を進学校におしあげた人物であった。

「ずっと前から言われてたんやけど、去年、信徒の人が校長になったって聞いたもんやから、もうええんやろと思ってたら、やっぱり来てくれ言われてなあ」

実は四代目の校長がお年で就任したものだから、古川まで持ちきれなかった。

「どうしたらいいやろか」と相談された霧生が、

「副校長先生（当時）に一、二年つないでもらったらどうでしょうか。信徒の方ですし」

「そうやねえ。それもいいかもしれませんねえ」

そうしたら、今度は途中で病気で倒れてしまわれたのだった。


この古川校長、やって来て最初に掲げた目標が、

「進学では、現役で京大に入れる」

「野球で、甲子園に行く」

そのために次々とアイデアを出してゆく。こういうのは、笛を吹いても踊ってくれなければどうにもならない（公立や古いところではそういうところが多い）。しかし教員が乗った。全校一丸になった。


まずは進学である。

結局のところ、授業時間を確保しないとどうしようもない。文部省が言ってきた「第四土曜日も休みにしなさい」を無視した。これ以前、山口校長の時に、第二土曜日が休日になった。これは二学期からの実施だったが、指導が厳しかったため、この学校では半年遅れ、四月からの実施に延ばしただけ。ほとんどの学校が従った。それに対して今回のは、聞かないところがけっこう出ていた。東京の私立でも、あいかわらず第二土曜日だけの休みでやっているところが多い。

「特別講習」と銘うって、放課後一講座八十分から九十分の進学補習がはじまる。十一期生

からIII類は義務化された。

土曜日の一、二限目を利用して、英語と国語または数学で「土曜テスト」が始まる。過去問をやらせて、「慣らして」いこうというのだ。

一時期プライバシーの保護とか言ってやめていた「合格者一覧表」を、校長が筆で書いて校長室の前に貼るようになった。それだけではなく模試の成績も、校長直筆のものが貼り出された。

十一期生からは「入口」の改革も始まった。

III類が「内部」ではなくなった。「国公立理系」になった。II類は「国公立文・私立文理系」、I類は「私立文理系」である。

理由は二つあった。一つは外部から入ってくる生徒のレベルが上がったこと。もう一つはバブルの崩壊。私立は授業料が高い。だから意外に景気の影響を受けやすいのである。大学でも、「総難化」の時代には偏差値がひとつ上のグループの大学を抜きかけた（学部によっては抜いていた）が、バブル崩壊とともに、「授業料が高い」という理由だけで、わずか三、四年の間に、ほぼ「誰でも入れる」状態になってしまったというところもあった。それで中学生が減少してしまったのだ。三クラス作ることができない。最も少なくなった時は五十名台。三次募集までやって、やっとこさ二クラスを作った。だから特進、普通と分けてはいるが、「普通」の方は「受ければ入る」状態。実質的に「内部」が編成できないようになってしまったのだ。

同時に、III類の授業が、月・火・金も七時間、週三十八時間になった。

遅くまで残って勉強するというのが「ふつう」になる。ほっとくと、ほんまに帰らない。

「校務員さんが学校閉められへんやん」

七限のあとの「二階建ての特講」(九十分のが二講座ある)が終わるのが十九時五十分。それまではしかたがないので、

「八時には、帰れ」

生徒手帳に載ってる下校時間の規定などは有名無実になってしまった。そうすると、先生の方も残ってないとまずい。高三の先生に、つきあいで残る「八時番」というのができた。

生徒の力はついてくる。子どもの数は減りはじめる。二〇〇〇年には、ピーク時に比べて、十八歳人口、高卒者ともに二十六％を超える減少率である。大学も通りやすくなってくる。

だが、「普通」のことをやってたのでは、「普通」にしか数はふえない。「数」は重要である。新聞や週刊誌にのる「ベスト一〇〇」や「ランキング」などというのは、生徒数に対する合格者のパーセントではない。当然「分母」が大きいほど有利。ところが、見てる人の方は、そこまで考えてない(というか、わからない)。「××V10」などと書かれると、「かしこいねんなー」と思ってしまう。

まず指定校(霧生が帰ってきた年には、大学が言ってくるのが全部で九十人くらいになってた)に決まった者に、

「(指定校にしてあげたんだから)お礼として、どこでもいいから一校通ってくること」

あとはスポーツ推薦とか専願の推薦、早めに決まったものにも、「受けて下さい」と頼んで回る。しかし、なかなか大変。このころ一回三万五千円である。「お世話になりましたから」と

親が言ってくれたらいいのだが、なかなかそういうところばかりではない。

こののち数年して、大阪府の某学校が、合格者を増やすために生徒に金を渡して受けてもらっていたということがバレて、問題になった。こっちでは、「学校が出す」と言うことはやってなかったが、「受けさせません」と言われたはじめての高三担任だった若い先生が、校長には「受けさせろ」と言われるし、困って、自分で三万五千円払って、生徒に「お願いやから」と言って受けてもらったこともあった。

霧生が考え出したのが、「センター利用の私立作戦」 センター試験を利用する私立の大学は、このころから急激に増えていた。そしてその多くが英国二科目。十一期生の頃には「好きなの一科目」というところもあった（さすがにこれは、この後かなり減った）。そして出願だけすればいい。実際行って受けなくてもいいのだ。受験料は一万五千円くらいで、ちょっと安い。その上この学校は、就職や専門学校ですでに進路が確定しているものを除いて、「センターは全員受験」「どこが通るか」というのも、予備校のシステムで、条件さえ入力すれば、◎（八〇%以上）○（五〇%以上）△（二〇%以上）▲（二〇%未満）で可能性が出てくるという便利なものが出ている。

高田校長は最初この作戦を信用してなかった。十三期生の時、受験先一覧表を出せと言われたので、「センターの結果次第」と書いて出したら、「ちゃんと相談してるのか」と怒られた。ところが十一期生、古川校長の時にこの作戦で六人通している霧生は、通ると思っている。

――また六人通った――

成績がよかったので、堺の大学が「ぜひとも来てください」と頼みにきた、のっと（昔、能登川町に住んでいた）。あーさんといづみちゃんと、島根に合宿で運転免許を取りにいってる時に稚内から合格通知が来た女子。テニス部の男子、

「ここでええやろ」

「こっちではダメですか」

群馬の大学。すぐ可能性を出してみる。

「（イラストが）バンザイしてる（◎が出てる）し、ええよ。でも、なんで群馬なん？」

主将がスポーツ推薦で行くことになってたのだ。

「僕は勉強で合格するんやから、あいつに勝った、いうことでしょ」

十四期生の時、スポーツ組の担任がこのやり方をした。霧生が心配して聞いた。

「いや、校長先生、別に何も言われませんでしたけど」

——校長もわかったらしい——

国公立の数をふやすのはⅡⅢ類の担当。国公立の後期日程には、やはりセンターの結果だけで判定してくれて、実際に受けに行かなくてもいいところがある。そういうところに、センター試験の点数はよかったが、関西四私大などに行くことにした生徒に、出願して合格してもらう。北海道の公立。毎年、六、七人も合格させてもらっているのに、誰も行かない。

「なんか、めっちゃ、やばいんちゃう？」

そんなことを言ってたら、ついに十五期生の女子が、本当に行った。

「数字」だけでない。「内容」も上がってきている。

ところが新III類の最初、十一期生である。国公立本命の生徒は、ふつう私立の推薦などは受けない。そうするとセンターがはじめての試験になる。第一日目の一時間目は、大本命「英語」あがってしまって失敗したのが大量に出たのだ。

「こりゃ、来年からは、練習でどっか受けさせとかないかんでしょう」

出てきたのが「防大作戦」防衛大学校は「文部省所管外の学校」試験日は十一月の第二土曜と次の日曜で、早い。受験料は「タダ」ある程度人数がまとまると、駅から送迎バスを出してくれる。模試にはちょうどいいだろう。いつも高三の数学を担当してた進路のえらい先生（この人は地域の「防衛協力員」でもあった）と相談して、生徒にすすめた。

古川校長は理解があった。自分でも陸上自衛隊の教育隊に講演に行ってたし。ところが高田校長は、やっぱり自衛隊が嫌い。十一期生の時と同じように、イベントを紹介したり願書をとってやったりしていた霧生が、また怒られた（十一期生の三組では、看護志望だった女子が、ヘリの体験搭乗に行ったりして、防衛医大の高等看護学院と陸自の看護学生の他に航空学生の試験まで受けてた）。

そんな中、十二期生は二名合格。医大の高看に合格したのが一名（県内でただ一人だった）。さらに普通に陸自に入って、後に第五次派遣でイラクに行ったのもいた。

十三期生は、III類の五組全員で受けようかと言ってたが、結局十五名ほど受けて六名合格。二人は二次も合格。さらにこの年は海上保安大学校にも合格（残念なことにどっちも行かなかった）。

その後も五、六名ずつ続いている。毎年たくさん受けるもんだから、十四期生の時には高田校長が防衛庁から「感謝状」をもらった。

そして十六期生の時には十四名。そのうちには、定員が理系の二百九十五に対して六十五と非常に少ないので、むずかしい文系も二名含まれていた。


理系で防大を通ると阪大も通るといわれる。「京大現役」が現実的になってきた。

関西の場合、「東大に何人入ったか」よりも「京大」なのだ。ある新設の私立では、一年目、一人の生徒を全教員で特訓して京大に入れた。次の年、その学生を退学させ、もう一回受け直してもらって、「二年連続京都大学へ合格」というキャッチコピーを作り、「進学校」という名声を得た（もちろん受験料や一年遅れた分の授業料、入学金などは全部高校が出した）。

こんなことはできない。浪人生は入ってるのだから、スタートを早めればいいのだ。

「直前になって、『いらん科目』の授業を受けさせても、しゃーないやろ」

京大志望者、国公立医歯薬希望者など、五人くらいを集めて、

「二学期から、授業、出んでもよろしい」

別室での特訓になった。ＳＴ（スペシャルチーム）と称した。

だが、さすがに難しい。

十一期。農学部なら行けたのだが、学部にこだわって、また安全策で東北大へ。

十三期。センターの国語の「第１問」で失敗した。受験生が最も点の取れない哲学の問題だったのだ。この年センターの国語は平均百一。それで阪大へ。国語のせいやと担任のサチコ先生に言われたが、数学の先生も、

「まじめにきっちりとはやるけど、発想の飛躍がない」

十四期。理系だったらまだ入りやすいのだが、初の文系。センターは漢文で失敗。結局一浪して京大。

そしてついに十六期で目標達成。六年かかった。

もう少し具体的に霧生組でいうと。

十一期生三組。帰ってきていきなり持った高三。担任が一人抜けたらしい。

「今年くらい、ゆっくりさせてくれると思ったのに」

二期生以来の同じ学年になったペー先生。

「先生が帰ってくるって聞いたから、そうやないかなー、と思ってたら、やっぱりやった」

「誰や、誰や？」と生徒。

内部生が結構いたので、知ってる者もいた。

だが、わずかの間に状況が大幅に変化している。七期生D組、I類理系の時などは、二十八名中現役で四大に行ったのは実質三名。しかしこの組は、I類の数が多かったこともあって

「I類文系準特」

「今回は強気で行く」

推薦二十四勝七十敗、勝率二割五分五厘。うち指定校八名。他のクラスと比較するとあんまりよくない。二学期末の保護者会で、

「やはり通りやすくなってます。あくまで強気でいいと思います」

一般二十五勝百五十六敗、一割三分八厘。数字的にはそれまでとあまり変わってないようにも見えるが、決定率が四十人中三十四人の八割五分。結構「いいとこ」も通っている。

「作戦成功やで」


十三期生一組。Ⅰ類の文理混合。

まず、野球部のメンバーは順調に決まった。これは二組だが、ヨースケは京都の大学が「どうしても捕手がほしい」ということで、スポーツ推薦で決まった。ケースケは同じ大学の国文学科を公募推薦で。

「高校野球の監督なるし。先生、教育実習、見てください」

一組にいたのはマネージャーの女子。

「早く手に職つけたいし」

大阪の美容専門学校。向こうがめちゃくちゃ喜んだ。成績はいい。大学でも十分行ける。それに甲子園で「記録員」としてベンチ入りしている。推薦書と一緒に「孤軍奮闘チームを支える」という新聞記事のコピーまで入っている。担当者が、ありがとうございますと挨拶に来た。

のっと。剣道部主将。二段。岡山の看護学部。

「看護と剣道というのは、全然つながらないでしょ。毛色が変わってますし、遠くから来てるということになりますと、通る確率は高いと思います」

「岡山ー？」

かわいい顔なのに、なぜか、『ブラック・ジャック』のピノコの「アッチョンブリケ」の顔をした。お父さんに「そんな顔はやめなさい」

——やっぱり通った——

ハルカ。北海道の国立。定員一。去年は応募者二。

「ここも地元でない人間を取りたがるはずやし。実績もあるから、いけるやろ」

ところがこの年だけ、なぜか応募者五。その上、めったに来ない男子までいた。神戸になったが、三、四志望の四大と短大がダメで、二番目に難しいはずだった四大に行った。

推薦は三十七勝二十二敗、六割二分七厘。指定校は七名。

一般では内部生の男子。センターは、合計点ではあまり目立たなかった。センター利用の私立は、「いけそうやで」ついでにと、全国・全大学で調べてみたら、東北と関東、南の方の国立で◎が出てきた。とにかく物理が得意だった。特別講習で教えていた先生によると、「物理だけなら阪大並み」これでかせいだのだ。

「どうや、受けてみるか」

前期は二次が数ⅢCまでと物理、二科目でいける関東の方にした。ただ、◎が出てるのは「電気電子」定員八。

「（本来の志望の）機械システムやったら、どうですか」

定員六で○になってしまう。

「二名の違いは、大きいということか」

電気電子になった。後期は南の方。こっちは二次なし。出せばいけるのだが、前期で決まった。

「内部で、Ⅰ類で、国立ですよ。（募集の）キャッチコピーに使えるんと違いますか」

あーさん。頭はすごくよかった。理論家。宗教などにも強い。

「哲学科あたりに行けばいいのに。もったいない」

しかし、ゲームデザインの学校に、校内で一番早く、五月中旬に決まった。さすがに発表できない。また校長が何か言ってきそうだ。向こうの学校から宿題を大量にもらい、困っていた。

だが実は、こういうところは、宗教や歴史、思想がある程度わかってないと、本当はきついのだ。十七期生の一年の霧生組に教育実習に来た九期生の漫研の部長、コータロー。町田の美術専門学校に勤めた。

「この間、ゲーム科の先生が休んで、補講に行ったんですが、その時、何かゲームに関わりのあること、と思って、（ヨーロッパの）『剣』の（柄の）形はなぜああなのか、ということを、十字軍の歴史を含めて話してやったんですが…。全然わかってませんでしたねえ」

あーさんなら、いいゲームを作ってくれるかもしれない。

結局十九勝四十六敗、二割九分二厘。最終決定率は二十八人中二十五人の八割九分三厘。ただし実際に通っていたのはあと二人いた。満足できずに行かなかったのだ。

ただ、こんなに「かしこ」になると、困ることが。勉強の方が忙しくなるから、外とのかかわりが難しくなってくる。

芸能関係では、うえこの後、八期生の女子（内部）が京都のプロダクションに所属していた。「ひらパー？　ひらぺー？　ひらポー？」『ひらかたパーク』やびわこの外輪船「ミシガン」など、主に京阪電鉄関係のCMやヤンジャンのグラビアに出ていたが、「お仕事が忙しくなりすぎて」、三年の時に転校していった。そののち東京のプロダクションに移り、つんく♂のユニットに入ってボーカルをやっていた。

あとは十一期にライブ活動（路上ではない）をやっていたのと、十三期にクラシックバレエ団にいたもの（これは二年の時に転校）、十七期に劇団ひまわりがいたくらい。

卒業後に芸能界に入ったのはいる。よっこもそうだ。かわったところでは、十二期生でAV女優になったのが一名。売れるようになってから、元担任のところに、

「奥さんにわからんように」

『レズ温泉』とかいうDVDを、サイン入りで持ってきた。

「実は、お笑いやねんけどな」

これから、こういうおもろいのは、あまり出なくなってくるかもしれない。

LOAD TO 甲子園

甲子園の方。

まず監督を京都の名門校から呼んできた。その監督とジャッキーが各中学校やスポーツ少年団などを回り、めぼしい選手に声をかける。そして十二期生の時からスポーツ推薦がはじまった。

この当時まだ「寮」はなかった。川下は、学校の南側に、学校と同じころにできた六戸のアパートを購入したかったのだが、実際に住んでいるのでなかなか簡単にはいかない。隣の一戸

建てを購入して寮として整備するのは、十四期生の時からになる。だから全員「通学できる範囲」第八十七回の甲子園大会の時、ある学校が、公立であるにもかかわらず、スタメンのうち八人までが県外出身者で、高校野球の意義が問われたが、そういうことはなかった。

しかしスポーツ推薦をやってすぐに強くなるものではない。あの「もう一つの目標」も、このころから地方の小さい球場でもスコアボードがLED表示になってきたので、あっさり達成された。ところが「本来の目標の二勝目」がまだである。

十一期生が高三になった。エースは二年の時から「1」をつけていたサガヲ。霧生の組には、主将で捕手のシンの他、二人いた。

シンは双子の兄。投手の弟は公立。公式戦で「兄弟対決」があったら新聞にのるで、と言われてたが、

「ブルペンでは投げてたんやけど」

実現しなかった。

しかし主将で捕手というのは目立つ。同じ組にいた、背はちっちゃかったけど、やたら艶っぽかった女子。

「シン君、かっこえーわー」

ずっと言ってた。

「自分で言ってこいや。つきあって下さい、とか」

「そんなん、よう言わん…。恥ずかしいもん」

普通の話はできる。その上、「女子の中で一番やかましい」（自分で言ってた）六時間目、授業が終わって、すぐに終礼しようとすると、

「先生、おしっこー！」

「漏れるー」

「おまえなー、女の子が、（スカートの上から）前押さえて、あんなこと言うな」

「まわりがずっと一緒にいる男子ばっかりやから、平気になってしまうねん」（内部生だった。これも「純粋培養」のせいだ）

しかし、いざとなるとだめらしい（やっぱし純情）。

春の大会。一回戦でついに公式戦「二勝目」それで勢いに乗ったか、打線の活躍で、あれよあれよという間に準々決勝へ。

そして夏の大会である。かなり期待していた。

一回戦はコールド。二回戦は苦しい試合を粘りきった。翌朝、監督が職員室で、

「応援ありがとうございました」

「次はどうですか」

「そうですねえ。サガヲは、手の内を知られてますからね。『秘密兵器』はあるんですが」

強いチームになると、「手の内」を知られないために、県内チームとは絶対に練習試合をしない。普通の休日なら近隣の府県、連休などになると遠く和歌山、四国あたりまで出かけてゆく。しかしこのころはまだ弱かったので、県内のチームともやっていたのだった。

次を勝てば、優勝はムリかもしれないが、かなりいいとこまで行けそうだ。校長、

「もう一回勝ったら、準々決勝やから、学校から（応援の）バス出そか。準決になったら、補習も中止せんならん（みんなで応援に行かなければならない）やろなあ」

三回戦。先発したのは一年のケースケ。初登板である。

「秘密兵器て、これか」

実況アナ、

「連戦が続きます。エースのサガヲを温存してきました」

——そんな余裕があるわけはない。出したら打たれるからなのだ——

試合は、先制し中盤で追加点を上げたこっちが、4—1とリードしたまま九回表を迎えた。ところがここでケースケの「経験のなさ」が出てしまった。先頭打者に簡単にストライクを取りにいってソロホーマーを打たれると、四球と安打であっという間に無死満塁。あわててサガヲにスイッチしたものの、連続タイムリーで同点。その回はどうにか切り抜けたものの、もう流れは変わらない。十一回、また四球と安打で満塁になり、今度は押し出しの死球で決勝点。ベスト十六で終わった。

しかし高校野球は打力よりも投手力。超高校級の投手が一人いれば勝てる。そういう意味では、ケースケが八回まで抑えたというのは大きい。あと二年ある。

——かなり期待できそうだ——

新チーム。エースは当然ケースケ。捕手は双子の弟ヨースケ。ケースケは投げ方をまたサイドに戻した（一年の時は上から投げてた）。コントロールがよくなった。球種はまっすぐの他、カーブ、スライダー、シュート、チェンジアップ、そして決め球のシンカー。

「シンカー、どんな握りで投げてんねん?」

「こうです」

中指と薬指の間にはさんでいた。普通はフォークと同じように人差し指と中指の間だろう。

「変化球の握りは、人それぞれやけど、それにしても、その握りははじめて見たぞ」

このころ、いい選手がたくさん入ってきた。特に県中部の少年野球チームが全面的に協力してくれた。四月からは、オールジャパンの三、四番を打った選手などが来た。


春の大会ではベスト4。そして夏の大会ではシードになった。

初戦の二回戦は、昨年負けたあの相手に7―2で勝ち。三回戦は、最近力をつけてきた私立に4―3。準々決勝、延長十二回、4―3でサヨナラ。準決勝は8―2で快勝。

決勝の相手は、あの一期生の最初の夏の大会、16―0で負けたところ。右、左、右の変則の三人のタイプの異なった投手を持ち、相手によって先発を使い分け、継投でかわす作戦。ところがこちらはケースケ一人しかいない。その上三、四回戦が連戦、一日あけて準決、決勝。ケースケの右ひじはテーピングでぐるぐる巻き。まったく曲げられない。投げられるような状態ではなかったのである。9―1の大差で負けて、準優勝となった。

ところがこのころ、学校は大変なことになっていた。PTA主催の「地域懇談会」がかぶっていたのである。理事長、校長、教頭はそっちに行かなければならない(ただし会場のホテルに頼んで大型テレビを用意してもらい、みんなで応援していた)。他の先生と生徒は全員バスで球場へ。学校に残っていたのは、懇談と他の用事で行けなかった霧生と校務員さんだけ。これは静かでええわと思ってたら、試合の始まる一時間くらい前から、バンバン電話が入り出した。

マスコミ各社。

――学校の沿革を教えてください（これは霧生なら一発で答えられる）。

――校歌のテープを送ってください。

――校長先生の談話がほしい。

――監督さんはどのような方でしょうか。

業者。

――ユニフォームを作るときは、ぜひ当社で（甲子園に出場する時は、不正防止という意味もあって、ユニフォームなどは全部新調してゆかねばならなかったのだ）。

――甲子園出場の記念品はうちで。カタログ送らせていただきます。

途中で間に合わなくなって、事務室に移動した。はじめは一本終わるとすぐ次という状態だったが、試合が中盤をすぎ大勢が決まってくると、一気に減った。

――これは留守番の体制も必要やで――

なおこの年県代表となった相手チームは、甲子園でも勝ち進み、県として初の準優勝を飾る。そして投手三人のうち二人はプロ入りした。

その後ケースケは投げられない。キャッチボールを再開したのは十一月になってから。三年の春の大会でも打ち込まれて一回戦負け。

そのころ霧生がまた聞いた。

「夏にアメリカからお客さんが来て、東北地方案内して回らないかんねんけど、甲子園はどうや？　行けそうなら、そっち断るけど」

「ムリやと思います。先生、安心して東北行ってきてください」

しかしケースケ自身、このままで終わるわけにはいかない。調子を取り戻すために、ヨースケと一緒に、毎日、深夜、走り込んだ（そのため授業中はほとんど寝ていた）。

夏の大会。ケースケは復活していた。

二、三回戦は連続完封。準々決勝が実質上の決勝と言われたが、7―2で快勝。

「これは、ほんまにいくぞ」

試合が進むにつれて、スタンドにはOBの姿もふえてくる。他のクラブもたくさんいる。特に一期生。ジン、なべさん、ケイジ。一年留年して三年の時にやめてった男子。

「学校は続かへんかったけど、会社はずっと続いてるでー」

三月に結婚したばかりのまあちゃんは、神戸からかけつけた。ジンやケイジなどは、何度もテレビやラジオ、新聞などにインタビューされる。だんだん慣れて、答え方がうまくなってゆく。

準決勝。この大会もう一つ当たりが出ていなかったゴーの決勝タイムリーで、5―3で勝ち。

そして決勝。学校から応援バスが十台出た。試合は打線が爆発した。16―1。

OBは、スタンドの上の方で、上半身裸になって、ビール飲みながら応援していたが、試合終了の瞬間、

「甲子園やー！」

全員が泣いて、仲間や古い先生と片っ端から抱き合って、

「やったー！　やったー！」

たぶんこの一期生連中が一番嬉しかっただろう。スタンドで急遽「ＯＢ会」が結成された。

「Ｔシャツ、作るぞ」

その場から元のメンバーに電話をかけまくっていた。


翌日、午前中の補習終了後、臨時職員会議。「応援団責任者」になったのは、「屋根から落っこちた」生徒の担任だった先生。朝日新聞社から厚さ五センチほどもある「手引き」をもらった。こういうのは「常連校」ならお手のもの。しかし、

「どないすればええんや？」（生粋の河内の人。生徒に言わせると、「こわい」しゃべり方）

ぜんぜんイメージがわかない。とにかく、若手を中心に「応援団担当」を作った。

甲子園の応援といえば、まずブラスバンドだろう。ところが人数が足らない。中学部のブラスはもちろん、ＯＢや中学の時にやってたとかで楽器が演奏できるものをかき集めた。まだダメである。顧問の先生が、個人的なつながりで、地元の中学校に頼み込んだ。「甲子園のアルプスで演奏できる」というのは、まずできない経験。どこの学校も喜んでＯＫした。

しかし合同練習もなかなかできない。バンドマスターのくまさん（クラリネット。Ⅱ類三組。漫画研究部部長）、サブのハルカ（ユーフォニウム。霧生組だがクラブには入ってない）と、れーこさん（トランペット。Ⅲ類六組。無所属）が、走り回ってまとめていた（部長は三年じゃなかっ

たし、顧問との連絡とかでいないことが多かった)。

次に出てくるのはチアリーダー。これは十期生で大学でたまたまやってたのがいたので、彼女に頼んだ。そうしたら指導の先生も連れてきてくれた。メンバーは女子の中から募集した。

男子の応援団は、野球部のベンチに入れなかった一、二年が中心。こっちの方は、ブラスと、曲、歌詞の打ち合わせをしておくくらい。「振付」をそんなに考えなくてもいいし、それほどでもない。

「問題」は、事務的なことだった。

まずは輸送。

バス係。一校五十台まで、という制限があった。駐車場の関係だと思う。何台頼むのか。割り振りはどうするのか。結局五十台。野球部関係、ブラス、生徒会などが優先。次に生徒、保護者で、あまった分に、地元など一般のお客さんを乗せてゆくことになった。そして、大駐車場から球場まで徒歩で十五分くらいかかる。「手引き」には「駆け足で移動」ブラスなどは楽器を持って走らなければならない。その上、もし八時半開始の第一試合だったら、学校二時集合、三時出発。

「そんなんなったら、大変やで」

電車係。JRは、同じ会社内なので、団体臨時を出してくれるが、切符はなぜか「学校で売ってください」その上「座席定員制」いったいどれくらい乗るのか。それによって編成両数がかわってくる。

「ぜんぜん予想もつかないから、とりあえず一番短い六両にしといて、後はバスに回そう」

さらに甲子園口まで行くと、球場までかなり歩かなければならないので、梅田で阪神に乗り換え。阪神はさすがに慣れている。定員制でない、普通に切符を買って乗る臨時も出してくれるし、大阪駅からの誘導に係員を出してくれることにもなった。

その中で最大のものが、球場に着いてからの「動き」だった。アルプススタンドの座席数は三千以上。前の試合との三十分の間にすべて入れ替わらなければならない。

「ほんまにうまいことといくんか?」

しかしヨースケのくじ運によって一気に解決した。組み合わせ抽選会の日。引いて、高々と掲げた番号が「49」最後に登場する、一校だけ相手が決まらないところである。

「最悪ー!」

「夏休みがなくなるー」

しかしそれで余裕ができた。試合は一時開始なので、応援団の出発時刻も大丈夫。

応援団担当者が下見に行く。

「どうせ行くなら、慣れてる常連校の方が参考になるやろ」

「アルプスが見える場所の方が、ええな」

少しずついろんな案が出てくる。駐車場から球場までの道を往復して確認する者。他校の応援団の待機や入退場の様子などを見る者。アルプススタンド内での入れかわりの様子をチェックする者。救護室に挨拶に行く者…。前の試合の七回裏になると、入場が許可されることもわかった。ところがそうなると、団臨の到着予定時刻。試合開始の四十分前なのだ。前の試合の状況によっては、試合が始まってからでも座席配置にまごついている可能性も…。しかしこれだけはどうしようもない。そうならないように願うだけである。

もう一つ大変なのが「寄付金」出るだけで二千五百万、一回勝ち進むごとに一千万といわれた。伝統校ならOBのいる企業などからすぐ集まるのだろうが。一期生がまだ三十歳である。二代目後援会長の校医さんと、PTA会長の社長さんが中心になってくれた。あとは学校に来ている業者さんつながり。ただ景気がまだよくなってない。大口が出てこない。「数」でかせがねばしかたがない。一般の先生は地元の家の戸別訪問。五百円、千円と集めて回る。霧生はカツマサのお父さんのやってる企業グループに頼みにいった（兄弟とも帰ってきて、グループ内の会社に勤めていた）。

――どうにか三千五百万集めた。あとで記念品とかを配ったら、トントンになった――

そしていよいよ当日。「半分くらい埋まればええやろ」と思ってたアルプスは、大会全試合の中でも上位に入るくらいの超満員。

その中で、「応援団担当者」だけは、試合をゆっくり見ることもなく走り回っていた。

「一回と五回の攻撃が終了した時点で大会本部に電話し、応援に不適切な点がないか注意を受けること」

この電話は内線。ある場所は入場口。スタンドを上まで駆け上がって、また一階まで降りなければならない。とにかく叱られる役回り、とは言われていた。そこで、電話が遅れてもやばいのではと、スタンドをダッシュしていた。

試合が始まってすぐ、入場がスムーズにいかなかったことで叱られた。ロープを使って整理したことがいけなかったらしい。

「やってはいけないと手引き書に書いてあるでしょ。読んでないんですか」

「何度読んでも、そんなことは書いてません」

反論してしまったから大変だ。

「今後指示に従わない時は、次の試合から、特別ゲートからの入場はさせませんから」

様々な言葉で罵倒された。ところがあとで、

「応援、頑張っとるねえ。初出場とは思えんなあ。先生も大変やろけど、最後まで頑張ってや」

「いったい、どないなっとんねん?」

相手は、一回戦、沖縄代表を大差で破った東東京代表。先発は一回戦の時と違い、背番号「1」右の本格派。

一回表、こっちの一番打者。あっさり空振りの三振。

「早い!」

だいたい、県には安定して百四十キロを出せる投手などいないのだ。

そのウラ。ケースケがいきなり3四球で二死満塁。

「こりゃまずい。ここで一本出たら、ワンサイドになるぞ」

この大会、この日の前の二試合もそうだったのだが、十点以上の大差がつくというのがけっこう多かったのだ。しかし得意球のシンカーで打ち取った。

「よっしゃ。いけるかも」

三回には、先頭のケースケが右前へライナーを放った。ダイビングキャッチを試みたライトが後逸し、三塁打になった。先制のチャンス。打順は八、九番。しかしバントの名手がいる。スクイズ？　ところが、球が早すぎてサインが出せない。空振りかフライになってしまいそうだ。強行して失敗。

その直後、また四球から満塁のピンチを迎えたケースケが、ついにつかまった。タイムリーと守備の乱れで三点。そして中盤にも、三度目の満塁から、打ち取ったと思った当たりがカチカチのグランドで高くはずんで内野安打になり、二点。

それに対してこちらは、相手エースのストレートと高速スライダーに手が出ない。終わってみると、散発四安打。ヒットを打ったのは、四番のシュウタ（全日本の四番を打ってた一年）が二本とケースケが二本。三振しなかったのは、その二人と五番のゴー。12三振を喫してしまった。

「しかし、実質的にとられたのは二点だけやし。投手を含めた守りはようやった、ということやろ」

――しかしこの時、甲子園出場を最も喜ぶはずの川下と古川は、アルプススタンドにはいなかったのである――

そして霧生は――東北が終わったあと北海道へ回り、試合開始の時には増毛町のホテルのロビーで、そのあとは「日本海るもい号」の車内テレビで応援していた。

そののち学校では、

「次は常連校入りや」

しかしあの中部の少年野球チームが、選手をあまり送ってくれなくなってしまった。一番期待されたのが、シュウタが三年になったときだったのだが。二年のエースが、春の大会で、走者として二塁へすべり込んだときに、相手のショートと交錯して靱帯を断裂。入院してしまった。夏の大会では、甲子園にも出ていたショートが、急遽「1」をつけて投げたが、やはりダメ。ずっとベスト4どまりが続いている。

だがこういう時こそ監督の手腕の見せどころなのかもしれない。「勝ってあたりまえ」の戦力があるときに勝っても、「名将」とはいえない。三原脩、西本幸雄、古葉竹識、広岡達朗、上田哲治、仰木彬、ダイエー以降の王貞治…みんな弱いチームを「常勝」にした人たちである。

「忘れられんうちに、そろそろ、もう一回、甲子園行ってほしいねんけどなあ」

「もう、いいですよ」とジャッキー。渉外係として一番忙しかったのだった。

全国へ、世界へ

一つのクラブが強くなると、それに刺激を受けて他のところも強くなってくる。

次に「全国区」に登場したのが男子テニス。しかしインターハイ、国体には出場するものの、一回戦、たまに単《シングルス》で二回戦まで行く程度。もう一つ話題にならない。

華々しく登場したのが男バスだった。もと大阪の私立の先生で、名古屋の方で実業団のコーチをやっていた人を呼んできた。十四期生からはスポーツ推薦も取るようになった。それがそれまでこの県にはなかった実業団式スパルタ練習法とあいまって、めきめき実力がついてくる。

しかし野球部一色となった十三期生の時は、「シルバーコレクター」

翌年。強化に取り組んでからわずか三年。春の県大会五試合をすべて百点ゲームで大勝し、ついにインターハイに出場した。開催地は長崎。十六期生の一年I類霧生組には、二年後エースと期待されるトミーを含め三名がいた。

一回戦の相手は岐阜代表。一度練習試合で勝ったことがあるらしい。期待できそうだ。生徒会がやってくる。三年のスポーツ組の担任が朝一番の飛行機で来る。校長は特急「あかつき」霧生は最終日の夏季補習が終わった後、夜行バスで、校長より遅く出て先に着いた。

前半は完全のこっちのペース。3Q《クオーター》になって一旦は追いつかれたものの、4Qに突き放し、結局百点ゲーム。十七点差で堂々の全国初勝利をあげた。

二回戦は千葉代表。ここはスポーツの強い名門校。駅伝、サッカー、甲子園…しょっちゅう名前を聞くところである。ものすごい接戦になった。相手の高さに2—3ゾーン、3P《ポイント》と速攻で対抗。逃げる、追いつく。リードする、追いつかれるのくり返し。五点と差がつかない。前半は同点で終了。その後、千葉が5ファール退場の隙をついて、一時一〇点差をつける。しかしまた速攻と3Pで3Q終わっても同点。応援してるものの声がかれてガラガラ。しかし最後は、走り負けずスピードを生かして六点差で逃げ切り。この試合は盛り上がった。ただすがに長崎は遠い。千葉みたいな伝統校になると、応援の方もある程度予測して来ているからいいのだろうが、せっかくの好試合、応援席もガラガラだし、教員でこの日もいたのは霧生だけだった。

三回戦。過去二十回優勝の秋田代表。名門中の名門。こちらにとっては、「ここと（試合を）やることが目標」ただそれだけでは面白くない。1Qはほぼ互角。

「これは、ええで」

ところが、2Q出だしで3Pをたて続けに決められ、一気に二〇点差。

「やっぱり、ムリか」

3Qは激しいプレッシャーから速攻が出た。また互角。

「なかなか、やるやん」

終わってみたら五〇点差。

「まあ、しゃーないか」

しかし初出場で全国ベスト十六。

「将来、期待できるで」

バスケにも「選抜」がある。ウインターカップという。この年はそれにも出た。しかし一回戦、宮崎代表。セネガルの留学生が二人もいた。身長二〇七と二〇〇。

「とんでもなくでかいで」

こっちは一番大きいのが一九〇。ポストに入られるとどうしようもない。リバウンドを間違いなく取られる。そのままダンクされる。

「あれは、ずっこいぞ」

一一四―五三で大敗。

翌年はウインターカップにだけ出場。終業式と保護者会を終わらせた後、またまた霧生が東京へ向かった。

　一回戦、岡山代表に快勝。

　二回戦は、インターハイであの秋田代表を破って三位になった埼玉代表。立ち上がりからスピードでかき回した。前半一〇点リードで終了。ところが接戦になってくると、ちょっとのことで大きく流れがかわる。この時は、審判。ヘタクソだったのだ。

「どうせ埼玉が大勝すると思って、どうでもいいのをあてたんやろ」

四コート同時に始まった他の三試合が大差になった。その上、

「インターハイ三位が負けそうだ」

観客が集まってくる。埼玉のトラベリングをとらない。

「ブー！」「ブー！」「ブー！」

3Q終了。三点差に縮まった。4Q。残り一分。ついに同点。そして逆転。残り二十秒。こっちがボールをとった。最後の攻撃。カウントダウン。トミーが切り込んで、倒されながらゴールを決めた。ホイッスル。

「勝った！」

ところが、

「ノーカウント！」

「うおーっ！」

しかしこれで名前も売れた。そしてインターハイ、ウインターカップとも「常連」になった。

その次が棒高跳。

きっかけは、十四期に高校日本記録を持つ女子が転校してきたこと。選手だけではどうしようもないので、コーチの先生を連れてきた。「棒高の神様」と言われる人だった。

彼女だけではない。他にも強い選手が来るようになった。十五期の男子。高一日本歴代一位記録を持っていた。しかし二年の時は故障で、インターハイ、国体とも優勝を逃した。三年の時。インターハイで最後まで競り合って、同記録で準優勝。

最もすごかったのは、十六期生の女子である。内部生。中学の時は遊び程度にやっていただけ。走高跳で県六位になったことが一度。

「君は棒高をやれば、日本一になれるよ」

「そんなん、できるわけないやん」

笑うしかなかった。ところが本格的に練習を始めて、記録がぐんぐん伸び始めた。一年の時、全日本女子陸上で六位。二年には同じ大会で優勝。そして三年の時には、ついに世界ジュニア陸上に日の丸のユニフォームで出場。七位に入賞した。

――「鳥になる」日も近いかもしれない――

ここまでは古川校長が呼んできた指導者。

高田校長はラグビーだった。あの『プロジェクトX』に出てきた高校の監督の直接の弟子で、全日本の中心選手だった人を呼んできた。何年か先にはこっちも「花園」に出ることになるだろう。

漫研

文系のクラブはというと、すぐに結果が出ない分、きつい。

ブラスは、六期生のトモちゃんが部長のころが全盛。高田校長が途中から「ブラスをよくしよう」と言い出したが、その理由が、「進学校はどこもブラスが強いから」

演劇は、十五期生が高三のころ、高二の有志が作ろうとして生徒会までは通ったが、校長の一声でボツ。かわいそうだったので、毛利菊江演劇研究所に入れてやろうとしたら、

――研究所そのものがつぶれた――

どうにかがんばっていたのが漫画研究部。くまさんが部長の時、人数が最大になった。コミコン（コミック・カンバセーション＝同人誌の展示・販売会）に参加、会場でコスプレもやっていた。この学校はゲームキャラが中心。くまさんは入試前に「ポップン」（ポップン・ミュージック）にはまり、腱鞘炎《けんしょうえん》になってしまった。

ところが、当時の顧問が「ガンダム」派だった。『機動戦士ガンダム』は名作だが、女子でこのファンというのは少ない。そこで、「あんたとこのクラス、女子全員漫研かー」と言われるほどの一組に集まってくる。

いきおい、授業でも、「漫画ネタ」が登場する。黒崎政男のクローン技術に関する評論が出てきた。

「クローン人間が最初にアニメに登場したのは、松本零士の『宇宙戦艦ヤマト』だったかもし

れない」
——この作品は、世界のアニメ史上に残る名作である。「ワープ」という技術を最初に使ったのも、この作品である。この作品がなければ、『ガンダム』も『エヴァンゲリオン』も存在し得なかった。しかし、クローン人間（沖田艦長の）については、わからずやのプロデューサーが、「そんな気持ちの悪いもの、出すな」で、つぶれた（豊田有恒『日本アニメ創世記』による）。つまりこの時代では、まだクローンというのは「気持ち悪い」ものだったのだ。それで、クローン人間をアニメで最初に登場させるという栄光は、『ルパン三世』になるのである（ただこの時も、まだ「気持ち悪いもの」というイメージは抜けきっていないようである）——

「マモーや！」

「ルパン対複製人間」である。詳しいのがいた。名前が一発で「マモー」になった。

図書館に、『風の谷のナウシカ』の原作が入っていた。そこで、夏休みに、

「テーマ、特に世界が清浄に戻った時、人類に救いはあるのか（人間は生き残れるのか）、ということについて論じよ。できたら、国語の他の宿題はやらんでよろしい。また、二学期の平常点は無条件で満点を与える」

「これは得や」と言って、読んだのはいっぱいいた。

——誰もできなかった——

だいたい、『ナウシカ』というと、ほとんどの人が「アニメ」（映画）を考える。ところが他の宮崎作品と違って、これだけ「原作」がある。そして映画には原作の前半くらいしか描かれてない。さらに腐海《ふかい》の生まれた理由が原作とは逆になっている。

これが解けたのは、漫研の中でも今までにコータロー先生とくまさんしかいない。答えは当然、「救われる」でないとおかしい。しかし理由づけが大変。ヒントは前半（大海嘯《だいかいしょう》の話）にあるのだ。

——大海嘯の引き金となったのは、人の手で作られた「変異体の粘菌」しかし、「どんなきっかけで生まれようと生命は同じ」自然はそれを「むかえ入れ」た。「食べられながら自分も食べてまじりあって」「生き残って」いったのである。

人間も同じ。人為的に「つくり変え」られた体が、たとえ一たびはその清浄さに耐えられなくても、「血を吐きつつくり返しくり返しその朝をこえて飛」んでゆく、十人の犠牲の上にでも一人が生き残ってゆくのである——

（引用はアニメージュ・コミックス　ワイド版『風の谷のナウシカ』東京・徳間書店二〇〇一・一〇他）

事件FILE 3

十一期生を卒業させた後、霧生は他の担任がクラスの並びもそのままに一年に回ったのに、また一人だけ二年に行った。人事発表の後、

「あんたをどこに持っていこうか、困ったんやけどなあ」

この学年、主任で一組の担任だったうっしー先生（この年から教務部長ではなくなっていた）が、本当の頭のいたくなる病気で、おやめになってしまったのである。

「便利屋やで」

この学年、期待されていた。

人数は少ない。一応六クラスはあるのだが、百八十名ちょっとしかいない。七期生以降、この学校はずっと定員オーバー。そこで川下は、定員を八十名、最終的には百二十名増員したくて、申請を出し続けていた。ところが県は、

「(定員に関して)県の指導を守ってないから」という理由で認めてくれない。

川下と古川、ジャッキーが相談した。

「それなら一度、県の言う通り、定員を守って取ろうか」

それで大量に落としたのである。実質倍率が、この年だけ一・四倍くらいにはね上がった。

しかしこの学年、また学校のゴタゴタをもろに受けてしまった。

II類理系、四組を二年から持っていた数学兼理科の先生である。五月の中旬、急に出てこなくなった。去年も一度ひどい風邪をひいて、十日ほど出てこなかったことがあった。

「どうせまたそんなとこやろ」

二週間をこえた。生徒も心配しはじめた。校長、副校長、事務局の方からも何も言ってこない。

そして、

「あの先生は、実は無免許でした。従いまして懲戒解雇としました」

えーっ、また！

今度は学校のせいではなかった。この先生、一年前から来ていた。数学が本職と言っていた

のだが、臨時免許。理科の方が正式ということだった。ところが免許状のコピーを提出する際、手続きの関係でまだ交付されてないから少し待って下さいと言った。それがズルズルと続いていた。一年たって副校長が、このままではいかん、休みをあげますから県庁に行ってもらってきてくださいい、と行かせた。翌日、もう一日かかるそうですと電話があった。さらに翌日…連絡が途絶えた。消息不明。調べてみたら、理科の免許状など持ってなかったのである。

前の時とちがって、今度は組織が大きくなっているからよけい大変だ。古川校長は引責辞任。事務局長は減給十分の一、一ヶ月。県はこの際、校長を送り込んで学校をコントロールしようとした。しかし高田副校長がいた。四月、古川が、

「こんなでっかい人ですが、私の後輩になります」

京都の校長会の会長もやった人。そんな人が校長になるというのなら、県も文句は言えない。去年この先生が教えていた理科についても、

「このような内容で実施されたので、単位として認めても大丈夫である」という文章を県の方に出して認められた。四組の担任は、一年の時四組を持っていた先生が復帰した。

二学期。今度は9・11である。シンガポールになってた修学旅行も吹っ飛んで、信州にスキーになった。

さらに後半、新聞に怪記事が続けざまに出た。

「汚されたアルバム」

「修学旅行に裏金」

どちらも学校がリベートを取っていたというもの。その上、

「私的流用もあるのではないか」

アルバムである。費用は、卒業式直前に同窓会の入会金や卒業記念品代などと一緒に集めていたのだが、一万二千円。ところが実際に払っているのは一万一千円弱らしい。こういうのは学校では結構あるのだ。

書籍は再販制度で、本来割引はダメなはず。さすがに教科書は割引にはならないが、参考書などは入ってる書店が全部一割引にしてくれる。模試などを校内実施すると、一人当たり千五百円などと書いてあったりするが、「実施要項」に小さい字で、「実施手数料百円。当社にはこの額を差し引いた金額をお支払い下さい」

五、六期生のころまでは、模試を受けさせると、大学入試が終わったころ、その会社や予備校から、「来年度の合否判定の材料として使用したいので、受験結果をお知らせ下さい」というのが送られてきた。どこの大学の学部・学科を、どの日程や方式で受けて、どうだったか、くわしく書いて送るのだが、全部コード番号表から探して数字で書かなければならない。すごく大変。そのかわり、「一件につき十円から三十円の手数料をお支払いいたします」大きい学校になると、トンネル会社まで作ってプールしてるところもあったらしい。

修学旅行も同じ。十五万集めているが、実際はもっと安く行っているのではないか、というのだ。これは最初、五期生の時、十二万積み立てってて、多い生徒は一万くらい赤字が出てたので、それほどでもないだろうと思っていた。しかし霧生がいない間に、修学旅行の業者につい

ては「十年契約」が結ばれていた。その時に裏金が動いた。数年後、霧生が当時担当していた元社員から聞いた話。学校に呼ばれて、事務局の担当者から、

「いくら出せるか？」

「こんなことやってたら、この人も、そういつまでも続かないだろう」

それで断った。落札したところは、何百万というオーダーではすまなかったらしい。

　県と国税庁が動き出した。査察。そして、

「七千万申告漏れ」

生徒は、

「脱税や」

だが一応、「申告漏れ」ですんだらしい。

「逮捕者も出んかったし、『私的流用』もなかった、ということやな」

全部、借金の返済にあてられていたのだった。

　といっても、設立時の借金ではない。これは少しずつ返していっていた。しかし川下はこのころ学校の拡大を考えていた。手はじめは県北の短大のはずだった。ところが、はじめからやっていたところが、もうかっていたものだから、手を引かなかった。裁判になって、最終的には和解になったが、「吸収合併」は失敗した。

「兄弟法人ということで、いいでしょう」

　そこで四年制大学を考えた。準備をしているうちに、子どもの数が減りはじめる。いつのまにかやめになった。次は福祉・理学療法・看護などの専門学校。小学校。幼稚園。

平成も十八年ころから、近畿でもすでに附属の中・高を持っている大学が小学校を新設し、「幼稚園から大学まで」の一貫コースを作ろうとする動きが活発になってくる。子どもの「囲い込み」である。それをやろうとしたのだ。

最初に実現したのは幼稚園だった。はじめ二つ隣りの市に計画していた。しかしそれではない。Ｐょんの勤めていた幼稚園。宗派が金がなくなって困ったらしく、川下に「買ってくれ」と言ってきたのである。

「そういう時だけ、頼ってきますね」これは霧生。

「一億ほどかかったんや。すごいでしょう」

「居抜きで一億でしょ？　それやったら、土地だけでもけっこう広いし、それよりも、今までもいましたけど、幼稚園出たのが、中学校に入ってきやすくなる、っていうことを考えると、学園グループとしては、安かったんじゃないですか？」

「そうもいえるねえ」

それは別として、まず必要になってくるのは、やっぱり土地。出てきたのは第二グランドだった。三方が住宅地に囲まれたグランドは「市街化区域」ところが川一本隔てた向かいは「調整区域」周辺は、五期生が高三の時に待望の新駅が開業してから、マンションの建設ラッシュになっていた。キョウカが仕事の合間に、「久しぶりに学校寄ってみよか」と思ったが、迷って到着できなかったというほどの変貌ぶりである。

「第二グランドを売って調整区域の方を買えば、広さが三倍以上になりますねえ。そうしたら、そこに小学校と、野球の専用グランドと、陸上とサッカーの総合グランドをつくりましょう」

そうなったらめちゃくちゃすごい。

しかし地権者も複雑に入り組んでいる。一気に買えるわけはない。買えるところから少しずつ買いはじめた。すぐにどうしようもないところは、無償でもとの人に貸す形にして、そのまま田んぼを作ってもらっていたり、道に近いところは行事の時の教職員の臨時駐車場、幼稚園のいも畑などにしていた。

このころ、同じ宗派の、川下に理解を示してくれている先生やえらい人、お客さんなどが来ると、必ず四階の端まで連れて行って、「こっちを買って…」と説明をしていた。

しかし最終的にはトントンになるとしても、最初はお金がいる。それで借金が膨れたのだった。

事件FILE4　襲撃

十三期生が高三になった四月下旬。法人事務局の朝礼に理事長がやって来なかった。

「どうしたんやろ。具合でも悪いんかいな」

内線電話をかけてみたが、出ない。

「様子、見てきて下さい」

局長が若い事務員を、第一グランドの向かいにある宿舎に行かせた。

ドアをノックしても返事がない。カギは閉まっている。リビングの窓からのぞいてみると、ソファーに誰かいる。理事長？　ところが様子がおかしい。動かない。携帯で局長に連絡して応援を頼む。マスターキーを使って中に入る。理事長は一階のソファに、頭から血を流して倒れていた。

すぐに救急車が来る。警察がくる。二階の寝室で寝ているところを襲われ、鉄パイプ(のようなもの)で頭部を五か所ほど殴打されたようだ。そしてその後一階に下りてきて、ソファの上に倒れたのである。

一般の教員が知ったのは夕方。校長が緊急に職員を集めて発表した。

「マスコミの取材には応じないように」

箝口令《かんこうれい》もしかれた。

「やばいで、これは。またTV出るで」

八時四十五分のNHK大阪のニュース。

「理事長、襲われる」

「出た!」

捜査が開始される。担当刑事、

「こういうのは、金か、女か、恨みしかないんですよ。理事長さんの場合、金と女はなさそうですから、恨みなんでしょうけど…」

そういう人は、いっぱいいいそうだ。

教職員全員、事情聴取。霧生が戻ってきたら、教頭が、

「えらい、長かったな」

当然だろう。

「内部犯行やないやろな」

それが最悪のシナリオだ。

　ところが物的証拠が何もない。夏ころ、県警の捜査は暗礁に乗り上げた。

　事件解決のキッカケを与えてくれたのは、理事長付顧問になっていた元京都府議の先生だった。

　なぜ理事長は、あれだけの重傷を負いながらも一階まで降りてきたのか。それだけの力があるなら携帯で一一〇番通報できたのではないか。また一階まで来たら固定電話もあるのだ。その晩月齢は満月に近かった。カーテンはレースのが引かれていただけ。ひょっとしたら犯人を見ているのではないか？

　顧問が理事長を問いつめた。はじめは、知らない、見てないと言っていたが、

「実は、見た」

やはり二階へ誰かが上がってくる気配で目を覚まし、月明かりにはっきりと顔を見ていたのである。

　この証言が決め手となった。

「現職理事を逮捕」

前法人事務局長、理事長の姪の婿にあたる人だったのだ。今度はＮＨＫだけではなかった。民

放のモーニングショーでは、

「甲子園出場校で理事長襲撃。犯人は現職理事」

ショッキングなタイトルで、生徒のインタビューまで写ってしまった。

「くそー、やっぱり内部か。それにしても、（生徒）募集の、一番大事なときに…」

そもそものきっかけは、前年の「申告漏れ事件」にあったのだ。顧問の先生と理事長が相談した。

「局長については、いろいろあるから、（来年度は）交替してもらいましょう」

ではどこに行ってもらうのか。最初の案としては、バスケのコーチをやってるような体育会系の人で、行動派だから、

「選挙（京都市議選）に出たらどうや。僕が全部お膳立てをしてあげるから」

本人もその気になった。ところがもう一人の顧問が強硬に反対した。局長を通しての自分の影響力の低下を恐れたらしい。それで結局やめになった。

そこでちょうど北部の短大が四年制大学を立ち上げることになっていたので、そっちの準備室へ移ってもらうことになった。今度はそっちの事務長が反撥した。

「あの人が来るんなら、私が辞める」

行く先がなくなった。辞令も出て給与もちゃんと支払われてはいるが、中高の方で「別室」にいる。

その日である。短大では教授会があった。理事兼教授である川下ももちろん出席。さらに年度はじめなので会食もあった。

前局長は放課後クラブをみた後、校務員さんと世間話をしていた。理事長から、「何時に駅に着くから、迎えに来てくれ」という電話が入る。校務員さんが出るのといっしょに、

「じゃあ、俺も帰るわ」

学校を出た。

しかしすぐにとって返した。理事長の帰宅を確認、部屋の電気が消えたのを見て、用意しておいたジャンパーに着がえ、鉄パイプを持つ。そして自分用のマスターで侵入したのである。犯行後、玄関のカギをかけ、裏窓を開けて外に出る。返り血のついたジャンパーと軍手、はいていた運動靴は、鉄パイプに縛りつけて、橋の上から琵琶湖に投げ込んだ。

自供にもとづいて琵琶湖にはダイバーが潜ったが、深い。結局発見できず。物証はないままであったが、理事長の証言と本人の全面自供によって事件は解決した。

心配されていた生徒募集の方には、ほとんど影響がなかった。前年の千九百が千八百になっただけ。この程度なら通常の変動の範囲。一つはやはり「甲子園の力」この後も何年か、「○年前に双子バッテリーで甲子園に出ました」で、全国的にわかってもらっていた。もう一つがジャッキーの力。普段からの「人脈」で、「中は別に何ともない」ということが理解されていたのだ。

Metamorphoses

学校は大幅に変わることになった。

理事長は、復帰は不可能ではないかと言われていたが、予想外に早く、冬のはじめには退院した。しかしこれだけの事件。「被害者」ではあるが、「身内」から犯人を出した「理事長」としての責任もある。それで復帰に先立って、一時帰宅で出てきた秋の理事会で辞任。さらに大学はじめ幼稚園の園長など、すべての役職から退いた。後任には創立に協力した会社社長。副理事長には事務局長が就任した。

ただ新理事長は、会社の方が忙しくて、実質上の仕事はできない。学校運営の中心は副理事長。しかしこちらも、「教育」の専門家ではない。教育現場の方はすべて高田校長の責任となった。

その校長が学校を変えはじめた。

生徒が目に見えて減少しはじめたこのころから、どこの私学でも「生き残り」のために「管理」を強化しはじめた。ちょうどそのころ定年になって、残っている人から、「いい時期に辞めたなあ」とうらやましがられる人もいっぱい出てきた。ところがそんなものではない。もちろん古川が退いて一年がたっていた。しかし創立者オーナーの川下がいる間は、あまり変えることはできない。それが急激になった。

まず川下の秘書だった梨田が、校長とぶつかっていなくなった。あの「申告漏れ」をリークしたのではないかと疑われたらしい。ただこれを聞いた霧生、

「あり得るかもしれん」

この宗派の信徒、日本人からは警戒されることが多い。熱心な人になると、「死んだ後、神の前に出て裁きを受ける時に、ちゃんと弁明できるかどうか」を基準に考えるので、一般的日本人とは行動様式《ビヘイビアー》がかわってしまうのだ。

締めつけがきつくなった。教頭もクッション役にはならない。やはり同じ京都の元校長。さらに高田校長とも長いこと校長—教頭というコンビでやってきていた。いわばツーカー。まず最初にその教頭とぶつかったのが、教務部長で机が隣にあった中津。システムを全部「京都の公立方式」に変えようとしたのだ。ところがそんなことをしたら大混乱になる。結局「今までのやり方を尊重する」ということで、この時は校長・教頭が折れたが、その後三日ほど話もしなかった。

十三期生の変更された修学旅行の前。教頭が霧生に、前任校の「教員用行動マニュアル」をくれた。見ると、誰が、どこで、どのように動くかということが、分キザミで書かれている。

「ふーん、公立はここまでしてやらんと（教員が）動かんのか」

参考に見とけ、ということだろうと思ってたら、怒られた。同じものを作れ、だったらしい。それまでそんな「マニュアル」などなかった。あわてて作った。——でも、あんまり使わんかった。翌年はどうなったかわからない。

入試の時の「ホテルの紹介」もできなくなった。

「紹介したところで何かあったら、学校の責任になるやないか」
なるほど、そういうのが「公立」の考え方なのか。

そうしているうちに、せっかく治りかけていた川下が、今度は脳溢血で倒れた。殴られた方と反対側で起こったのだ。生命はとりとめたものの、また入院。今度は本当に復帰不可能かもしれない。

そして変化は加速してゆく。タテ割り。他の分掌、クラス、学年など、手伝いをしようとすると怒られる。「細かなこと」まで報告を要求する。すぐ「始末書」を書かせる。そうすると先生方が、本当に「些細なこと」まで報告するようになる。「チクリ」としか考えられないようなことまで起こってくる。

シッポを振ってすり寄ってくるのが出てくる。

「なんや、あいつは」
あいなく目をそばめられる。疑心が暗鬼を生じる。教員がバラバラになる。

命令はすべてトップダウン。自分がやりたい講演や文化祭の時のコンサートなど、突然決めてきて発表する。現場はあわてる。先生方の意見は通らない。結局、「何もしない」ことになる。

「何でも自分でやらんと、気がすまん人なんや」
しかし、それでは、日本人の「トップ」とは言えなくなる。

日本人の総師というのは、自分がいかに賢くても、愚者の大らかさを演出・演技しなければならない。最も優秀な部下を抜擢してそれに自由に仕事をやらせ、最後の責任だけは自分がとる、という形だ。日露戦争の時の陸軍の大山巌は、勝っている時の指揮はすべて児玉源太郎に任せ、「負け戦になったら、自分が指揮をとる」と言っていた。海軍の東郷平八郎も同じ。

これは、この時代の、京都の校長の特色だったらしい。

昭和五十年代、各地に革新知事が誕生した。京都も例外ではなかった。特に京都ではその間に組合が強くなり、さらに中学から高校に進学する際に地元集中方式を採用したために、公立高校がガタガタになってしまった。そののち革新府政が終わってから、組合対策に手を焼いた府がやったのが、体育会系の管理職を大量に作ることだった。タテつながりで教員をコントロールしようとしたのだ。この計画は失敗する。

高田校長は体育科ではなかったが、その流れの中の一人だったのだ。顧問の先生、「管理職だけど、教育者ではありませんよ」

「管理職」がふえてくる。中高各一人の教頭のほかに、ジャッキーがなったのはいい。しかし三年連続で一人ずつふえた。

「うちの学校て、教頭先生、何人いるんですかー?」と生徒。五人である。

「えらい、周囲を固めたな」

それも、前からいる小川パパとジャッキー以外は、全部元京都の校長。

「京都で校長やってたら、あそこの学校の管理職で行ける、という天下りルートができたようなもんですよ」

「将来的には生え抜きの校長を、って言ってたのに、これはもう無理やろなあ」

つけられたあだ名が、「京都府立高校」 中津は、教務部長の任期が終わった時、教頭就任を要請された。

——断った——

「大阪の私学のやり方しかできませんから」

教頭が、今度は一週間くらい、話をしなかった。

私学の独自性など吹っ飛んでしまった。

目指した「面倒見のいい学校」でもなくなった。

拡大路線は当然ストップ。「第三グランド」の土地も「歯抜け」のまま。こういうのは全部そろわないと意味がない。現状では二束三文。もう一度売るわけにもいかない。借金だけ残った。創立協力者の社長さんを名目上の理事長にしたのもそのためだった。何年かいてもらって、退職金を出した形にして、一部だけでも借金を返そうというのである。

しかし皮肉なことに、川下が倒れたことで宗派との関係は改善された。新副理事長が働きかけたのだ。京都地域とはまだまだというところだが、宗教の授業に大阪から先生が来てくれるようになった。そして礼拝もおおっぴらにできるようになった。しかしそれは「宣伝」のために、形式的にやってるだけなのではないのか。「中味」はどうなのか。サチコ先生が副理事長に、

「宗教のカンバン、下ろすんですか」

「そんなことはありません。ずっと宗教立でいきます」

そして川下に近かった人がどんどんいなくなる。理事長付だった顧問の先生もいなくなった。教会の時代からずっと川下の手伝いをしてきた校務員さんが、

「わしも、もう、終わりかなあ」

霧生の立場も、である。これは『草迷宮』の最後のシーンで行かなければならないのかもしれない。

――菖蒲　行きましょう。
明　ええ。
菖蒲　菖蒲、男に、
明　さようなら。
明、法師に、
明　さようなら。
〈装置、左右にわかれて引っ込む。ホリゾント幕、上がる。裸舞台となった後、後方の搬入口がゆっくりと開く〉（平成九年四月、シアターコクーンにおける蜷川幸雄の演出）
菖蒲　ごらんなさい。隠れ里が開かれてゆく。
明　村も盛んになって行くことでしょう。人々も変わってゆくことでしょう。
菖蒲と明、誰に言うともなく、

菖蒲・明　世間によろしく。さようなら。

　菖蒲と明は、ゆっくりと地の底に沈んでゆく。男と法師は、身じろぎもせず菖蒲と明を見守っている。手毬を突き続ける風娘たち。闇が訪れる。その中に流れる唄。——

（岸田理生『身毒丸・草迷宮』東京・劇書房　九七・四による）

　しかしそうなると、「宗教立」を名乗ったところとして、これまでのこの学校にはどんな意味があったのか。

平成12年度　中学校入学模擬試験・国語

二　次の文章は、白石力《つとむ》の短編小説『月』の全文です。よく読んで後の問いに答えなさい。なお、原文の旧漢字・歴史的かなづかいはすべて現在のものに直してあります。

老松を渡る風が夜空に寂《さび》しく鳴っては消えました。悟一《ごいち》は[a]提げてきた手桶《ておけ》をそっと草の上に下ろしました。丘は一面に月の光に白く青く[b]テらされていました。そしてひときわ白く、たった一つの墓標がその中ほどに立っているのでした。細い細い小道が消えそうにそこまでついていました。悟一はいま、たった一人で［A］その小道を登ってきたのです。それは悟一の父の墓標でした。悟一はその前にしばらくたたずんでいました。だがやがて手桶をとると、［B］墓標の側《そば》まで行って、ぐっと持ち上げた手桶をそのまま墓標の上に傾《かたむ》けたのです。銀色に光った水がざっと音を立てて墓標の上にかぶさりました。二度三度、乱れた水の音がして淋《さび》しく風に持って行かれました。悟一は最後の雫《しずく》を墓標に[c]注ぎ終えると、ほっとしたように手桶を置きました。墓標は余すところなく濡《ぬ》れてしまいました。雫は墓標の文字の上をするすると下りてきて、下の草の間にしみ込んで行きました。濡れた墓標は月の光を弾《はじ》いてきらきらと光りました。冷たい冷たいその光は※黒耀石《こくようせき》のように深い深い悲しみを宿していました。悟一は父の墓標に寄り掛《か》かりました。そしてじっと月を眺《なが》めました。水が着物をとおして肩《かた》にしみてくるのもかまわないで、じっと月を眺めていました。月はまどかに満ちていて、冷たく冴《さ》えていました。

悟一は母をオボえていませんでした。父も最後まで母のことは話しませんでした。父は話もあまりしないでいつもいつも何かを考え込んでいるように見えました。一人で寂しく［C］何かをしていました。でも悟一にはやさしくしてくれました。時々はエガオなんかを作って淋しそうな悟一の気を引き立てようとしましたが、そのエガオにはどうしても一筆掃《は》いたような悲しさを隠《かく》すことができませんでした。悟一はそんな時なおのこと悲しくなりました。母のことをきくと、父はきまって顔を曇《くも》らせて、「いいお母さんだったよ。」と言ったきり、そのあとは［D］黙《だま》ってしまうのが常でした。それで悟一も母のことはもうたずねようともしませんでした。父は陽《ひ》が翳《かげ》ったような寒々しい肩をしていましたが、秋風が吹いて雁《かり》が鳴くころ、とうとう亡くなってしまいました。①父は死ぬ時に「月のよく見える、一晩中月にテラされているところに墓を建ててくれ、そして月のよい晩には墓にたっぷり水を掛けてくれ、どこも濡れないところがないように、たっぷり掛けてくれ。」と言ったのでした。そしてそのほかには何も言いませんでした。

それから悟一は月のよい晩には必ず手桶に水を汲《く》んで行っては父の墓にたっぷり掛けるのでした。なぜかは知りませんでしたが、「寒いだろうなあ、」と言いながら、父の言ったとおりに水を注いでいるのでした。しばらくして悟一は誰《だれ》からともなく父の噂《うわさ》を聞きました。父は昔、大変悪いことをしたのだと言うのです。悟一は信じませんでした。でもしまいにはそれがほんとうだと思わなければならないようになりました。悟一は一人でどんなに悲しかったでしょう。だがそれと同時にお母さんは大変やさしい、心の美しい、天人のような人だったということも聞きました。何もオボえていないお母さん、どこの世界にいらっしゃるのか、いろいろ想《おも》ってみてはやはり悲しくなるのでした。

その晩も満月なのでした。水を掛け終えて、悟一は墓標に寄り掛かりました。墓標にじっとした影《かげ》が※黝々《ゆうゆう》と落ちました。草の葉は細かい陰《かげ》を無数に作って時々動きました。墓標は冷たく濡れていました。墓標を下りた水が草の間をそろそろと流れて行きました。草の葉は露《つゆ》を[E]貯《た》めていました。墓標はぱっとテリ輝《かがや》いて見えました。お母さんは天人のような人だった。お母さんはきっと月の世界にいらっしゃるのだろう。悟一はまた月を眺めました。お母さんは月の世界には行けないのだ。悟一は急にこみ上げてくるものを感じました。ああ、それで月のよい晩には月にいるお母さんからよく見えるように、お墓に水を掛けるのだろう。月の光によくテるように、悟一はそう思いました。冷たく光る墓標に手を掛けて、悟一は月を眺めていました。丘の上は※あまねく月の光に濡れていました。

②まどかな月が潤《うる》んで潤んで形が分からなくなっても、悟一はまだ月を眺めていました。いつまでも、いつまでも。

※黒耀石……火山岩の一種。光沢《こうたく》があり、装飾《そうしょく》に用いられる。
黝々……うすぐらいこと。
あまねく……すべての場所に。

問一　――線部a～eの漢字はひらがなに、カタカナは漢字に直しなさい。

問二　[A]～[E]に入るもっとも適当な語句を、次のア～コの中から選んで記号で答えなさい。同じ語句を二回以上用いてはいけません。

ア、うきうきと　イ、きっちりと　ウ、しっとりと　エ、つかつかと　オ、とぼとぼと
カ、はっきりと　キ、ぷつりと　ク、べったりと　ケ、ぼそぼそと　コ、もじもじと

問三　――線部①について、

(1) このように、死ぬ前に言い残す言葉のことを何と言いますか。漢字二字で答えなさい。

(2) 次の文章は、なぜ父がこのように言い残したか、という理由を説明したものです。[①]～

③に入れるのに最も適当な部分を本文中から指定された字数でぬき出して答えなさい。句読点は字数に含めません。

悟一の母は死んだ後①（4字）に行きました。でも、父は昔、②（9字）ので、そこに行けません。そこで、墓標が光って③（14字）するため、このように言い残したのです。

問四 ――線部②について、この時の悟一の気持ちの説明として最も適当なものを、次のア〜エの中から選んで記号で答えなさい。

ア、母をなつかしく思うと同時に、父も死んだのち母と同じところに行けたのだろうか、と不安に思っている。

イ、母をなつかしく思うと同時に、そこから母はいつも見守ってくれているのだ、と思い、これから強く行きて行こう、と決意している。

ウ、母をなつかしく思うと同時に、母と同じところに行くことができない自分の罪深さを自覚していた父の気持ちを、かわいそうに思っている。

エ、母をなつかしく思うと同時に、自分も死んだら母と同じところに行くのだ、そうすればまた家族がそろって暮らすことができる、と期待している。

（解答は319ページ）

エピローグ●秘蹟

キリスト教で「秘蹟」と呼ばれるものがある。事典を引くと、「神の恵みの目に見えるしるし。恵みの手段」カトリックでは洗礼、堅信、聖体、叙階、結婚、病者の塗油（昔は「終油」と言ってた）、ゆるし（これも昔は「告解」）の七つである。プロテスタントでは「サクラメント」と言われ、特にキリストが制定した洗礼、聖餐（カトリックの「聖体」にあたる）と、それに準じるものとしての結婚になる。

ところが最近のカトリック神学では、これを「救いの歴史／神の救いの働き」「神と出会う場」とする。そして「七つ」とは、その中の「特別な状況」なのである。そういうことになると、「秘蹟」は他にも存在しうることになる。

この学校、信徒の生徒は少なかった。例の宗派上層部との対立が響いて、一時期、宗派の新聞の関西版に、「あそこの学校は当宗派とは全く関係ありません」という記事が載ったこともあった。そのせいもあったかもしれない。人数的には、近い宗派を入れても、各学年に三名とか五名とか。教職員の方では七、八人である。

川下は普段から、

「なってくれたらうれしいですけど、信徒になることは強制しません。ただ、宗教というものに対して理解を持ってほしいと思います」

「宗教というもの」と広げると、だいぶかわってくる。

一期生にお寺の関係者が二名いた。

一人はすでに得度していた。

「お葬式とかで呼ばれて、行かないかんようになった時は、公欠になりますか?」

「そういうケースは、今までないから、わからんで。そうなった時に考えることにしよう」

これは別口かも。

なべさん。一年目、普通の社会科学系の学部を受けた。二年目、

「家を継ぐことにしました」

真宗学科に入った。

七期生、ダサマ先生のF組。途中で一年ひっかかった内部生。試験直前には、夜、決まって教科担当者の自宅に電話をかけてきて、「出るとこ」を聞いていた。入試は全部落ちて、最後に一番難しいとこが一つ残った。

「現役はムリやな」

発表の日、電話がかかってきた。

「先生…おれや」

「どやった？」

「…」

「何やて？　聞こえんぞ」

「…通った…」

「通った？　ほんまか？」

「ほんまや…」

泣きながらかけてるらしい。

「これは、むちゃむちゃすごいで」

　それだけではなかった。五年かかったが卒業して、学校に来た。

「坊さんの資格も、一緒に取っててん」

「中高と宗教の授業あったし、同じような授業や思て受けてたら、取れてしもてん」

「なまぐさ坊主やねん」

「こないだ、犬の法要たのまれて、お経あげてきた」

　十一期生霧生組には神社の娘がいた。志望は当然神道学科。お兄ちゃんが六期生A組にいたのだが、理系に行ったので、妹のところに回ってきたらしい。

「もう少し広く『宗教』のこと、勉強したいとも思うし…」

上智の「神学部」も受けようかな、と言ってた。ちょうど年一回の「宗教講演会」が、上智の

神学部の先生だった。講演のあと、川下、古川に、霧生が加わって夕食の接待をした時に、

「受けるかもしれませんので、よろしく」

だが本当の「神道学科」になった。そして院まで行った。

「出たら、一番上の位を取れるんやろ？　自分とこの神社に（偉すぎて）戻れんようなるん違う？」

あいさつに来た。

同じ宗派に最初に入信したのは、一期生の男子。大阪の大学だったが、そのころから勉強しはじめて、七期生が高三の時に信徒になった。保健室でよくお世話になってた松原のところに
教員の方では、一期生の修学旅行について来て、骨折した女子と一緒に帰った先生。すごいセレブだったが、出身地の東京に帰って、子どもができてから一緒に信徒になった。

元共産党の顧問の先生。八十過ぎてたのに勉強しはじめて、信徒になった。高田校長に、

「あんたも、なりなさい」

別の派では、けーこ。両親も信徒だったが、本人は教会に行ってなかった。それが、

「教会、行くようになりまして」

大学に入った年には、霧生がいろいろな派の合同イベントが尾道であることを聞いてきて、一緒に連れて行った。

「よかったー。りっちゃんも一緒に来ればよかったのにー」

卒業してから、また違う派に入信した。入信式の前に、

「御両親と同じ派やったら、確か、琵琶湖に入って、身、清めるとか言ってなかったっけ？

呼んでや」

「いやや。恥ずかしいやん」

結局、琵琶湖には飛び込まなかった。

やっぱし「宗教」の時間がある、ということは大きい。公立と違って普通の授業やＬＨＲの中でも話ができるし。宗教的な行事もあるし。

そして、なんと言ってもりっちゃんであろう。まったく宗教には縁のなかった「一般的日本人」一年の宗教の授業のあとで、

「先生、仏教でも、キリスト教でも、ちゃんと『理論』て、あんねんなあ。キリスト教なんて『アーメン、アーメン』って、お祈りしてるだけや、思てたもん」

それで勉強しはじめた。土曜日の礼拝にも来るようになった。誘われて、けーこの教会にも行った――やり方がぜんぜん違うので驚いた。彼女も入信しそうだった。しかしこういうのは、周りにそういう関係の人間が常にいないと…。「近く」にいる。

――この学校は「秘蹟」になったのだ――

〔完〕

入学試験、定期考査問題　解答

昭和64年度　高等学校入学試験

一、問一　①眺　②扱　③依然
　④縫　⑤書斎
　問二　a えんがわ　b がまん
　c しんぼう　d ようしゃ
　e かそう
問三　1　問四　3　問五　3
問六　2
問七　死んだ猫をかわいそうに思う気持ち。
（17字）
問八　ふだんは何事に対しても冷淡だが、
事が重大になってから騒ぎ出す人物。
（33字）
問九　イ2　ロ1　ハ1　ニ2
問十　2・7

平成8年度　高三現代文　第二学期中間考査

第1問　設問1　②遮　④臨　⑤佳境
　⑥戦
設問2　①へいぜい　③がくぜん
⑦みぎり　⑧つつじ

設問3　イ3　ロ3　ハ4　ニ1
設問4　甲6　乙7　丙3　丁8
設問5　高峰を恋している、というこ
と。（15字）
設問6　2　設問7　3
設問8　1　設問9　1
設問10　3
設問11　(1) 6・9　(2) d
(3) 9
設問12　5　設問13　5
設問14　(1) j　(2) 4または5

平成12年度　中学校入学・模擬試験

二、問一　a さ　b 照　c そそ
d 覚　e 笑顔
問二　A オ　B エ　C ケ　D キ
E ウ
問三　(1) 遺言
(2) ①月の世界
②大変悪いことをした
③お母さんからよく見えるよう
に
問四　ウ

【著者略歴】

白石　良（しらいし・りょう）

1956年、北海道札幌市生まれ。
関西大学文学部卒。上智大学神学部中退。神職の資格も持つ。
著書に『敷設艇怒和島の航海』（ノンフィクション・元就出版社刊）、主要論文に『「日本史」に於けるフロイスの人物造型・高山飛騨守友照を中心に』（大阪・和泉書院）など。

小説 学校をつくろう

二〇〇七年七月一九日　第一刷

著　者　白　石　　良
発行人　浜　　正　史
発行所　元《げん》就《しゅう》出版社
〒171-0022　東京都豊島区南池袋四―二〇―九
サンロードビル2F・B
電話　〇三―三九八六―七七三六
FAX　〇三―三九八七―二五八〇
振替　〇〇一二〇―三―三一〇七八

装幀　純谷祥一　印刷　中央精版印刷

ISBN978-4-86106-156-1　C0093